Richtig essen wird immer schwieriger. Allergien nehmen zu, ebenso chronische Krankheiten und zivilisatorische Verschleißleiden, die auf Essgewohnheiten beruhen oder auch nicht – je nachdem, wem man glaubt. Schon 1982 schrieb Rohkostfreund Werner Sonntag in der *Zeit*, »dass über die Hälfte aller Krankheiten in der Bundesrepublik ihre Ursache in der Ernährung haben. Das Nachdenken beginnt aber erst, wenn es einem mal dreckig gegangen ist. Wieso Allergie? Was ist los mit den Zähnen? … Der Chefkoch [einer ›Gesundkost‹-Fabrik, die Industriezucker verwendet] spricht von wirtschaftlichen Zwängen. Die Reformhäuser, denen es – als einzigen im Einzelhandel – glänzend geht, sind gefüllt mit ›wirtschaftlichen Zwängen‹. … Der Suchende hat es schwer. Und viele suchen.«

Das war vor 34 Jahren. Seitdem hat sich die Lage weiter zugespitzt. Heute ist alles bio, was nicht billig ist, auf meinem Pestogläschen steht plötzlich ›vegan‹, die beteiligten Lobbys sind kaum überblickbar, von Ethikfragen ganz zu schweigen. Genau der richtige Zeitpunkt für die kriminalliterarische Lästerexpertin Lisa Nerz, ihre virtuelle Wahrheitenverkostung auf die Glaubenskämpfe um Ernährung auszudehnen.

Und wie das so ist mit ideologisch aufgeladenen Themen, scheint es wenig gesichertes Wissen zu geben, sondern vor allem jede Menge Widersprüche und Grauzonen. Sowie auf allen Seiten reichlich Frontmache, Rechthaberei, Gier und Missionsdrang. Ganz besonders im Netz, wo mittels Social Media eine Kultur des Verkündens blüht. Information ist billig und wildwüchsig. Es herrscht eine grelle Kakophonie aus Exhibitionismus, Aggression, Schmähungen und Da-geht's-lang-Parolen.

Wieder einmal nutzt Christine Lehmann das Genre Krimi als kulturellen Spiegel. Oder ist es doch ein Zerrspiegel?

Wie auch immer: Ich lasse mich gern in eine Küche setzen, durch die Brutzelgeräusche und appetitliche Düfte ziehen, während parallel eine unbekannte, tief ernste Stimme philosophische Gruselzenarien entwirft. Das tolle an Lisa-Nerz-Romanen ist, dass ich in jedem einzelnen so viel über unsere Welt lerne, wobei zugleich das Gefühl vorherrscht, ›bloß‹ locker unterhalten zu werden. In dieser Hinsicht leisten Christine Lehmanns Krimis bei aller Flapsigkeit genau das, was zu den vornehmsten Aufgaben von Literatur gehört: Sie beleuchten ein Stück Wahrheit. Und sei es nur die, dass Entscheidungen rund ums Essen folgenreicher sind, als wir uns tagtäglich klarmachen. Guten Appetit!

Else Laudan

Christine Lehmann

Allesfresser

Ariadne Krimi 1211
Argument Verlag

Ähnlichkeiten mit lebenden oder toten Personen sind nicht beabsichtigt und rein zufällig.
Christine Lehmann

Deutsche Originalausgabe

Glashüttenstraße 28, 20357 Hamburg
Telefon 040/4018000 – Fax 040/40180020
www.argument.de
Umschlag: Martin Grundmann, Hamburg
Umschlaggrafik: © scusi – fotolia.com
Lektorat: Else Laudan
Satz: Iris Konopik
Druck und Bindung: CPI books GmbH, Leck
Printed in Germany
Gedruckt auf säure- und chlorfreiem Papier
ISBN 978-3-86754-211-1
Erste Auflage 2016

1

Es ist eine große Tötungslust in uns. Für jeden Mord führt ihr gute Gründe an. Ich musste sie töten, sagt der Serienkiller, weil sie eine böse Frau war. Ich habe eine Familie zu ernähren, meine Kinder wollen studieren, sagt der Metzger. Wenn ihr den Mund aufmacht, kommen Begründungen heraus. Wenn ich euch zuhöre, dann ist der Massenmord ein vernünftiger Akt. Ihr habt euch daran gewöhnt, Mörder zu sein.

Am Strick führe ich dich ins Menschenschlachthaus. Du riechst das Blut, du hörst das Ächzen der Sterbenden, aber du vertraust mir. Wenn deine Beine versagen und dir die Sinne schwinden, ist es zu spät. Ich warte nicht, bis das Betäubungsmittel wirkt. Ich haue den Haken in deine Fersen und schlitze dir gleich den Hals auf. Du zuckst noch, während du an den Füßen baumelnd vom Band zu den Zerlegern gefahren wirst, die dir den Bauch aufschneiden und die Eingeweide herausholen.

Mit scharfem Messer ritzte Richard die Hautseite der Entenbrust. Vorsicht, nicht das Fleisch verletzen! Er langte nach Salz- und Pfeffermühle und drehte die Mühlenköpfe mit resolutem Knirsch.

»Schmeckt Salz aus der Mühle eigentlich eleganter?«, fragte ich.

»Schon gut, Lisa, für dich dient essen nur der Lebenserhaltung.« Er rieb Salz und Pfeffer mit den Fingern in die Schnittwunden.

Cipión schnüffelte. Er durfte nicht erwarten, dass Richard ein Stück fallen ließ, und wartete doch. Der Dackel kannte die menschliche Fähigkeit, eigenen Prinzipien untreu zu werden. Um seine Hoffnung zu dämpfen und sich selbst vor der bevorstehenden Enttäuschung zu schützen, hatte er sich an der

Heizung unter dem Küchentisch zusammengerollt und tat vor sich und der Welt so, als interessierte ihn das alles nicht. Doch seine Nase bewegte sich, und ab und zu musste er den Kopf heben.

Im abenddunklen Fenster spiegelten sich Küchenlampe, Hängeschränke und die halb angelehnte Tür hinter mir. Richard langte hüfthoch runter und drehte den Ofen auf milde Hitze. Mit der anderen Hand stellte er eine Eisenpfanne auf das Cerankochfeld und ließ am Faden Öl in die Fläche rinnen.

»Gefressen ist doch alles in zehn Minuten.«

»Darum muss das Kochen Freude machen«, erwiderte er und wischte sich die Hände am um die Hüfte geschlungenen Handtuch ab. Seine asymmetrischen Augen glitzerten. Er hatte zwar das Jackett abgelegt, aber er kochte im weißen Hemd mit Weste.

Ich streckte die Beine unter den Küchentisch und scrollte durch den Content des Blogs *vegancode*. Die Posts hatten weder Datumsheader noch Footer. Die Einträge standen als Texte untereinander. Die jüngsten oben.

Ich kann keinen Unterschied erkennen zwischen Hunden und Katzen, die wir verwöhnen, und Schweinen und Kühen, die wir quälen und töten. Meine Mutter stellt Vogelhäuschen auf und rettet Igel über den Winter. Als die Wale an der Küste von Neuseeland verendeten, war sie in Tränen aufgelöst. Eine Stunde später briet sie ein Putenschnitzel. Als ob die Bioputе nicht sterben musste. Ich bin anders. Ich bin straight. Ich mache die Augen auf, ich unterscheide nicht zwischen menschlichen und tierischen Tieren, zwischen Haustieren und Schlachtvieh.

Im Menschenbauernhof nehme ich dir dein neugeborenes Kind weg. Und wenn du schreist, dann binde ich dich an. Zwei Mal am Tag setzt dir jemand die Pumpe an die Brüste, deine Milch wird abgezapft und verkauft. Solange du Milch gibst, musst du nicht schwanger werden. Versiegt sie, dann wirst du künstlich geschwängert, aber auch das nächste Kind kannst du nicht behalten. Nach zehn oder fünfzehn Jahren bist du verbraucht und wirst geschlachtet.

»Wieso könnt ihr sie nicht aufspüren?«

»Sie benutzt ein anonymes Routing-Programm«, antwortete der Oberstaatsanwalt. Er kippte die Pfanne und leitete aus der Viskosität den Hitzegrad des Öls ab. »Solche Programme suchen sich ihre Routen über Rechner von Privatpersonen, die es ebenfalls installiert haben. So geht das über ein paar Stationen ins Internet. Die eigene IP-Adresse landet nur beim ersten Computer. Beim zweiten Punkt landet man dann mit der des ersten, beim dritten mit der des zweiten und so weiter. So was lässt sich praktisch nicht zurückverfolgen. Zudem wird die Route alle paar Minuten erneuert.« Richard legte die erste, dann die zweite Entenbrust mit der geritzten Hautseite zuunterst in die Pfanne. Das Fett knallte und spritzte.

»Dafür braucht man aber ein paar Kenntnisse.«

»Nicht mehr, als auch du mit Hilfe des weltweiten Gehirns zusammenkratzen könntest.«

Ich hatte schon nach anonymem Bloggen gegoogelt. In der Tat: Dazu musste man kein Nerd sein. »Da braucht sie vermutlich nicht mal einen kleinen Bruder dazu.«

»Den gibt es nicht. Zumindest wird er nicht erwähnt.« Wieder guckte er auf die Uhr, drehte die Hitze unter der Pfanne etwas zurück, nahm eine Gabel und wendete die Entenbrüstchen von der Haut- auf die Fleischseite. Die Pfannenschlacht zwischen Wasser und Fett flammte erneut auf.

»Das wäre das erste Mal, dass du eine Diät durchhältst«, war Mamas Reaktion. Es geht nicht um Diät. Das begreift ihr nie. Es geht nicht um eure versklavenden Regeln, nach denen wir schön sein sollen. Darum kann es nicht gehen angesichts des massenhaften Leids fühlender Lebewesen, die geschlachtet und zerstückelt werden. Meine Mutter will die Kontrolle über mich nicht verlieren, darum droht sie. »Glaub nicht, dass ich extra für dich koche, mein Kind.« Sie setzt mir Käsespätzle vor. »Die kannst du doch wohl essen. An den Bohnen war auch Butter, und bist du gestorben?«

Ihr seid Sadisten. Ihr werdet gemein, wenn ihr im Unrecht seid. Es ist das schlechte Gewissen. Ihr faselt von Bio und dass auch ihr weniger Fleisch essen wollt, ihr redet von gesund leben, ihr nehmt Vitamine, ihr schimpft über die Hormone im Schweinebraten und Antibiotika. Ihr sagt: »Nichts kann man mehr essen.« Mit Gicht- und Arthrosefingern zerschneidet ihr weiter die Steaks, zerreißt Hähnchenflügel. Ihr stopft Eiweiß in euch hinein, das eure Gelenke in Dauerentzündungen zerfrisst. Dazu Sahne, darüber Käse, hinterher Milcheis und Schlagsahne. Zwischendurch ein Joghurt für die Darmflora. Ihr giert nach Gesundheit und vergiftet euch täglich. Ihr findet es schick, den Politikern zu misstrauen, aber ihr glaubt der Milchindustrie, die euch seit Jahrzehnten weismacht, Milch gebe euch Kalzium, und den Schwefel verschweigt, der eurem Körper mehr Kalzium entzieht, als die Milch euch gibt. Milch ist ein Stoff für Säuglinge, den produzieren die Mütter. Ihr suckelt Kuhmilch wie Babys. Ihr wollt nicht erwachsen werden. Wie Kinder kneift ihr die Augen zu, wenn man euch die Wahrheit zeigt und ihr Verantwortung übernehmen müsstet. Mit euren vermilchten Kindergehirnen und kollernden Hämorrhoiden-Därmen könnt ihr das nicht.

»Wow! Das gefällt mir.«

»Hm.« Richard teilte seine Aufmerksamkeit zwischen dem Geschehen in der Pfanne und dem Ziffernblatt seiner Armbanduhr. Mit dem Pfannendreher legte er die Brüstchen auf einen Teller und schob sie in den Ofen. Ah, Stille! Nur etwas Rauch zog noch durch die Küche. Richard nahm die Pfanne vom Herd, goss das Öl in den Ausguss, stellte sie zurück und löschte mit blutrotem Kirschsaft. Die Kirschen tropften bereits in einem

Sieb in der zweiten Spüle ab. Mit kräftigen Händen öffnete er ein vakuumverschlossenes Glas Geflügelfond und schüttete die harngelbe Brühe in den wallenden und dampfenden Kirschsaft. Mit dem Pfannendreher kratzte er den Bratensatz vom Pfannenboden, während die Flüssigkeit schnell Kochfahrt aufnahm. Ich vermutete, dass noch irgendeine Art von rotfarbigem Alkohol aus Trauben dazugehörte, aber den ließ Richard wie immer weg.

»Und jetzt einreduzieren«, sagte ich.

»Reduzieren, Lisa.«

»Redukochen?«

Richard nahm die Sellerieknolle und begann die erdige Schale abzuschneiden. Die verletzten Ölkanäle entließen Aromen von Phthalid. (Googelte ich nebenher.) Wie spricht man das aus? Fffffta…

»Wenn das eine Art privates Tagebuch ist, warum stellt die Schreiberin es ins Netz? Wer die URL hat, ist drauf.«

»Aber die Mutter findet es garantiert nicht unter der Matratze oder hinterm Schrank«, sagte Richard.

»Sprichst du aus Erfahrung?«

Er gab einen undefinierbaren Laut von sich.

»Sag bloß, du hast als Kind Tagebuch geschrieben.«

»Damals gab's keine Wolken zum Auslagern.«

Meine Mutter hatte vermutlich auch gesucht, aber nichts gefunden. Bestimmte Menschen taten gut daran, ihre Geheimnisse im Kopf aufzuheben. Den knackte man nicht mit einem Passwort. »Aber warum stellt sie es nicht auf einen externen Server, zu dem nur sie Zugang hat?«

»Das kostet Geld. Und man muss volljährig dafür sein.«

»Eine Sicherung des Blogs als ›nur für mich‹ wäre auch nicht schlecht gewesen.«

»Vielleicht soll das Blog für bestimmte Leute zugänglich sein. Es werden keine Klarnamen und Orte genannt.«

Ich kopierte »Mit euren vermilchten Kindergehirnen« in Anführungszeichen in die Google-Suchzeile. Der entsprechende

Post aus dem Blog erschien. Sie hatte auch keinen noindex-Meta-Tag gesetzt. »Und wie bist du darauf gestoßen?«

»Ein Kollege hat mich auf das Blog aufmerksam gemacht. Es war wohl Beifang der Pornografie-Fahnder.«

»Gelogen, Richard. Die vom BKA, BND und NSA haben das Netz nach Stichworten durchgerastert wie Mord und Terrorismus.«

Richard blickte mich an. »Weil Terroristen Mord und Terrorismus immer als Flags vor sich hertragen. Würde ich auch so machen, wenn ich was in der Richtung vorhätte.« Wenn Richard sich Ironie gestattete, dann herrschte Fegefeuer der Verachtung.

»Willst du damit sagen, die Schlapphüte suchen genauso deppert wie ich hier über die Suchmaschine nach Begriffen wie schlachten, töten und Blut?«

Dazu sagte er nichts.

Ich rief Facebook auf. Die Vegane Gesellschaft hatte über 65 000 Mitglieder und behauptete: »Veganer beenden das Unrecht, das das eine Tier zum Kuscheltier und das andere zum Sklaven macht.« Dazu das Bild eines Schweins mit Katzenkopf. Und: »Milch tötet Kälbchen und Kühe und gefährdet auch dein eigenes Leben.«

»Wusstest du, dass Milch so granatenmäßig ungesund ist?«

Du denkst, Kühe sterben doch nicht daran, dass sie Milch geben. Das ist ein Irrtum. Damit du Milch trinken kannst, muss die Kuh gebären. Das Kalb wird ihr nach der Geburt entrissen, auch Bio-Kälber. Männliche Kälber werden sieben Monate lang gemästet und dann geschlachtet, weibliche Tiere werden ab dem zweiten Lebensjahr jedes Jahr künstlich befruchtet, damit sie gebären und Milch geben. Nach fünf Jahren sind sie verbraucht und werden geschlachtet. Eigentlich könnten sie dreißig Jahre alt werden. Und wir kriegen Asthma, Neurodermitis, Morbus Crohn, Akne, Diabetes, Nierensteine und Krebs. In Ländern mit hohem Milchkonsum gibt es besonders viel Osteoporose.

Ich ging meinen Milch-, Käse- und Joghurtkonsum durch und hörte meine Knochen bröseln. So fängt das an mit dem Veganwahnsinn. Es ist die Angst. Als ob ich hundert werden wollte.

»Nur seltsam«, bemerkte Richard, »dass bei uns siebzig Prozent der Erwachsenen Milchzucker verdauen können. Offenbar war es ein Evolutionsvorteil, wenn man sich in unseren Breiten Milchkühe halten konnte. Damit kam man über die langen und kalten Wintermonate ohne Pflanzenwachstum.« Er löste das Schalenpapier von einer kleinen Zwiebel und ließ das Messer über sie hinweghacken. Dann öffnete er den Kühlschrank und nahm die Butterdose heraus. Mit einem frischen Messer schnitzte er ein paar Flocken in einen Topf und stellte die Herdplatte an. Die Butter schmolz, er fegte mit dem Messer die Zwiebeln hinein und schob sie mit dem Kochlöffel hin und her. Sonntagsduft kam auf, der Geruch nach gebratenen Zwiebeln, der in meinem Kindheitsdorf sonntagmittags durch die Straßen zog.

»Und was beunruhigt dich an diesem Tagebuch so?«, erkundigte ich mich. »Abgesehen davon, dass sich die Autorin den veganen Schuss gesetzt hat?«

Der Staatsanwalt warf mir einen Blick aus asymmetrischen Augen zu.

Ich musste lachen. »Du glaubst doch nicht im Ernst, dass es den Menschenbauernhof mit dem Menschenschlachthaus wirklich gibt.«

Er schob die Selleriewürfel vom Brett in den Topf, wo sie zu schmurgeln begannen. »*Das Menschenschlachthaus*, das war ein Bestseller von Wilhelm Lamszus. Der hat 1912 den Ersten Weltkriegs vorweggenommen, ohne ihn verhindern zu können. ›Zitternd sehen wir, wie unsere Gesichter, unsere Uniformen rote nasse Flecken haben, und erkennen deutlich Fleischfasern auf dem Zeug. Eine fremde abgerissene Hand … und da … und da … Stücke Fleisch, daran die Uniform noch haftet – da wissen wir es, und Grauen fällt uns an: Da draußen liegen Arme, Beine, Köpfe, Rümpfe, die heulen in die Nacht hinaus, das ganze Regiment liegt dort zerfetzt am Boden, ein Menschenklumpen, der zum Himmel schreit.‹«

»Brrr! Soll ich Wagner fragen, ob er einen Weg zu ihrem Computer findet?«

»Wagner kann nicht helfen.« Richard streute zwei Löffel Instantgemüsebrühe in den Topf, ließ Wasser in den Messbecher laufen und erstickte das Geschmurgel. Wieder nahm er die Salzmühle und ließ Kristalle in den noch zarten Dampf rieseln. Dann langte er nach dem Schälchen Zucker, das er für Gäste im Kaffeetassenschrank stehen hatte. Mit den Fingerspitzen streute er eine Prise ins Gemüse. Deckel drauf. »Ich habe ihn schon gefragt.« Er schaute mit memorierendem Blick auf die Armbanduhr.

»So ernst nimmst du das?«

»Lisa, wir sperren ganze Schulen, sobald ein jugendlicher Wirrkopf eine Amokdrohung ins Netz stellt.« Er wischte sich die Hände am Hüfthandtuch ab. »Lies es ganz!«

Nichtmenschliche Tiere werden massenhaft massakriert, aber wenn ich ein menschliches Tier töte, bin ich für euch eine Mörderin und kriege lebenslänglich. Mandela war 72, als er rauskam. Ich wäre dreißig Jahre jünger, hätte also noch ein Leben. Falls ich den Knast überlebe. Politische haben es schwer dort, berichtet eine von uns, die drin war. Für die Muslime kocht ihr halal. Aber Veganer, die sollen eben das Fleisch weglassen. Es gebe keinen medizinischen Grund, sich vegan zu ernähren. Als ob es einen medizinischen Grund für halal gäbe. Ihr versteht auch den Unterschied zwischen vegetarisch und vegan nicht. Es geht nicht nur ums Fleisch, es geht um Milch, Honig, Eier. Ihr könnt nicht sagen, ob das Brot mit Lecithin aus Eiern gebacken wurde, ob der Kuchen Gelatine enthält, ob in der Salatsoße Laktose verarbeitet ist. Und wenn die Hände und Füße kribbeln und ich Veg1-Tabletten brauche, dann sagt ihr: »Essen Sie Fleisch, dann sind Sie geheilt.« Wer nicht kooperiert, wird nicht vorzeitig entlassen. Wer nicht für die Kriegs- und Autoindustrie gegen ein paar Cent Teile zusammenbaut, den mobbt ihr. Bei mir werdet ihr anschließende Sicherungsverwahrung verhängen. Veganismus ist gemeingefährlich.

Im Gesetz steht, ein Mörder ist, wer aus Mordlust, zur Befriedigung des Geschlechtstriebs, aus Habgier oder sonst aus niedrigen Beweggründen, heimtückisch oder grausam oder mit gemeingefährlichen Mitteln oder um eine andere Straftat zu ermöglichen oder zu verdecken, einen Menschen tötet. Tagtäglich tötet die Fleischindustrie aus Habgier Hunderttausende Schweine, Hühner, Puten und Kühe. Was unterscheidet die von euch, außer dass ihr ein Gesetzbuch schreiben könnt, außer dass ihr Maschinen, Käfige und Techniken für Unterwerfung, Folter und Massenmord entwickelt habt? Tiere haben auch ein Nervensystem, sie empfinden Schmerzen, sie können leiden, sie haben Gefühle, sie können denken, Werkzeuge benutzen, sogar welche bauen. Ein Krake kann schauspielern. Er stellt Tiere dar, die sein Fressfeind fürchtet, eine Schlange, eine giftige Flunder. Vögel können zählen, sie können einander austricksen, sie benutzen Werkzeuge, sie spielen aus Lebenslust. Als Mörder bestraft ihr aber nur den, der das Tier tötet, das sich Mensch nennt.

Wenn ich dich töte, dann nicht aus Habgier, auch nicht zur Befriedigung meines Geschlechtstriebs. Ich habe keine niedrigen Beweggründe. Auch dafür habt ihr ein Wort. Ihr nennt es Terrorismus.

»Na ja, so leicht ist es nicht, einen Menschen zu töten, wie die hier schreibt. Man ist nämlich live dabei, wenn er stirbt. Und wer Tiere nicht sterben sehen kann, der soll einen Menschen sterben sehen können? Nee-nee, Richard.«

»Die Tierschützerszene hat durchaus ein gewisses Aggressionspotenzial, Lisa. Es werden Pelzläden verwüstet, Farbbomben auf Metzgereien geworden.«

»Ach Gott, ein Metzger ist doch nun wirklich nur das letzte Glied in der Kette der bösen Fleischindustrie.«

»Aber leicht als Zielscheibe auszumachen.«

»Aber nicht leicht umzubringen. Bei all den Messern um sich herum. Schon gar nicht von einer jungen Veganerin.«

Sein Schweigen wurde groß.

»Was ist los? Was ist passiert?«

»Eigentlich darf ich dir das nicht sagen. Es ist absolutes Stillschweigen vereinbart worden zwischen Polizei, Familie und der Presse. Und bislang halten sich alle daran.«

»Das hört sich vielversprechend an.«

Richard zögerte nur noch, um mich zappeln zu lassen. »Aber du darfst auf keinen Fall …«

»Mach ich nicht, versprochen. Nun sag schon!«

»Hinni Rappküfer ist verschwunden.«

»Aha, und wer ist das?«

»Ein ziemlich populärer Fernsehkoch, Lisa. Er hat … er hatte sonntags seine Show. Die Sendungen werden auf Schloss Favorite in Ludwigsburg aufgezeichnet.« Richard kam auf meine Seite des Tischs und dirigierte mein Auf und Ab in den Blogtexten. »Da ist es!«

Sonntag, Mordstunde. Es sieht leicht aus. Du stehst hinter dem Herd, ganz Herr über Töpfe und Nahrung, Dompteur toter Tiere. Deine Augen leuchten, deine Begeisterung springt über. Du hast Charisma. Die Skrupel redest du nieder. Du sprichst von einem schönen Stück Fleisch, einem schönen Fisch, zärtlich streichelst und klopfst du Fasern und silbrige Haut. »Die Augen des Fischs müssen klar sein, dann ist er frisch«, erklärst du den Hausfrauen. Es gefällt dir, du genießt die Macht über das, was tot vor dir liegt, damit du es aufschneiden und zerstückeln kannst. Du nennst Speck, was ein geräuchertes Teil vom toten Schwein ist, als habe es nichts mit dem Leben zu tun, das enden musste, damit du zeigen kannst, wie cool du bist, wie geschmeidig du aus Leichenteilen Gaumenfreuden bereitest. Du bist ein intelligenter Mensch, wieso erkennst du nicht, was du tust?

»Es gibt doch Dutzende von Fernsehköchen, die mit Fleisch und Fisch hantieren. Warum hat sie sich ausgerechnet in den verguckt?«

Das Netz überschwemmte mich mit Kochbüchern und Rezepten. »Wenn Sie Kartoffelbrei richtig machen wollen, nehmen Sie genauso viel Butter wie Kartoffeln, die Butter klären Sie …«

Umpf!

Für diese Menge Butter war Rappküfer schlank, ein dunkelblonder Bursche mit wasserblauen Augen voller Energie und Liebe zum Tun. In Youtube-Videos ging er hinter der Küchenzeile auf und ab und jonglierte mit Messer und Brett. »Immer quer zu den Fasern schneiden, sonst wird das Fleisch zäh!« Während er Sahne schlug, Eier quirlte und hauchdünnes Kalbfleisch durch die Panade zog, dozierte er mit einer an Zwischentönen reichen und weichen, aber tiefen Stimme: »Der Veganismus ist bei genauer Betrachtung die Kulmination sämtlicher Ernährungslügen der letzten Jahrzehnte, kaschiert durch völlig überzogene ethische Ansprüche. Ich wurde hineingeboren in eine traditionsreiche Vegetarierfamilie. Mein halbes Leben bin ich krank gewesen. Dann habe ich umgestellt auf eine besonders fleisch- und fettreiche Kost.«

Okay. Da konnte ich mithalten.

»Sie alle, meine Damen und Herren, fürchten seit Jahrzehnten nichts so sehr wie tierisches Fett und Cholesterin. Man erzählt Ihnen, Herzinfarkte, Arteriosklerose und Krebs gingen darauf zurück. Sie verkneifen sich Eier und Butter und stopfen stattdessen Veggiecremes und Pflanzenöl in sich hinein, gar nicht zu reden von all der Schokolade, den Burgern, dem Brot und Kuchen. Und das, meine Damen und Herren, hat dramatische Auswirkungen auf Ihre Gesundheit. Das Heer der frierenden und von Burnout geplagten Menschen wird immer größer, von den vielen Krebstoten ganz zu schweigen. Ja, ich weiß, Veganer behaupten immer wieder, dass rein pflanzliche Kost gesund sei und alle Nährstoffe zur Verfügung stelle, die der Körper braucht.

Aber was nützen Ihnen all die vielen guten Nährstoffe, wenn Ihre Zellen nicht mit ausreichend Energie versorgt werden? Und dazu eignen sich am besten ungesättigte Fette. Kohlehydrate hingegen, wie sie von Veganern und Vegetariern und – seien Sie ehrlich, auch von Ihnen – im Übermaß konsumiert werden, blockieren die Energiegewinnung in den Mitochondrien der Zellen. Im schlimmsten Fall befördern sie Diabetes, jetzt schon eine Volkskrankheit. Dazu kommen Unmengen von Pflanzenölen. Geben Sie zu, auch Sie glauben, ein Öl sei besser als das Stück Butter, das ich hier nehme. Was Sie nicht wissen, weil man es Ihnen verschweigt: Ihr Distelöl oder andere mehrfach ungesättigte Fettsäuren führen zu Fetteinlagerungen in Nieren und Leber und sogar in den Zellen der roten Blutkörperchen. Die platzen, und Sie werden anämisch, müde und schwach. Und noch was tun sie Ihren Zellen an. Man nennt es Peroxidation. Ungesättigte Fettsäuren zerstören Ihre körpereigenen Fette, die Lipide. So machen sie die Zellmembranen kaputt. Sie brauchen eine Unmenge Selen und Vitamin E, um das aufzufangen. So viel können Sie sich gar nicht zuführen.«

»Wusstest du das?«, fragte ich Richard. »Wie kannst du da noch Olivenöl nehmen?«

»Weil man eine Vinaigrette mit Öl und nicht mit Butter macht, Lisa.« Er schlug mit der Gabel Essig und Senf und ließ das Öl aus der Flasche nur tröpfchenweise hineinrinnen.

»Und das Cholesterin …«, fuhr Rappküfer unerbittlich im Youtube-Viereck fort, »ja, das, meine Damen und Herren, ist nun wirklich einer der wichtigsten Stoffe für Regeneration, Reparatur und Aufbau unseres Organismus. Unser Herz besteht fast nur aus Cholesterin. Je höher der Cholesteringehalt Ihrer Nahrung, desto stabiler sind Ihre Zellmembranen und Ihr Bindegewebe.«

»O Gott, wir werden alle sterben.«

»Unausweichlich«, antwortete Richard. »Und zwar völlig unabhängig von dem, was wir essen.«

Ich suchte rasch nach Beschwichtigung. »Schau mal, dieser

Rappküfer stellt sich gegen den Rest der Welt. Seine Thesen werden von ungefähr 80 000 Artikeln in Google widerlegt, die den gesundheitlichen Nutzen von mehrfach ungesättigten Fettsäuren beschwören. Weißt du was?«

Er schaute über die Schulter rückwärts. »Nein.«

»Unsere vegane Bloggerin mag sich ja mächtig an ihm reiben. Aber Rappküfers Gegner sitzen in den Chefetagen der Gesundheitsindustrie, die ihre Öle und Cholesterinsenker verkaufen will. Wenn dem jemand was getan hat, dann die. Wie kommt ihr überhaupt darauf, dass er entführt wurde? Vielleicht hat er sich abgesetzt. Flucht vor der ›Ich habe da schon mal was vorbereitet‹-Show. Oder er ist beim Drachenfliegen verunglückt.«

»Er ist beim Joggen verschwunden«, antwortete Richard. »Auf dem Schmidener Feld.«

»Habt ihr mal unter die Planen für den Spargel geguckt?«

Richards Braue zuckte ungehalten. »Seine Familie ist der Meinung, er sei entführt worden.«

»Warum?«

»Es gab Drohungen.«

»Aus der Veganerszene?«

Richard nickte. »Tatsache ist, dass gestern die Mannschaft eines Ruderboots im Oberwasser der Staustufe Poppenweiler eine verschlossene PET-Flasche aus dem Wasser gefischt hat. Eigentlich eine Manöverübung für die Mannschaft, aber es stellte sich bei näherer Betrachtung heraus, dass die Flasche ein … ein Salatblatt enthielt.«

Ich musste lachen.

»Und zwar eines vom Radicchio. Darin war von außen gut erkennbar die Botschaft geritzt: ›Bin entführt, Hinni Rapp.‹ Deshalb brachte man sie umgehend zur Polizei.«

»Er hätte halt nur noch dazuschreiben müssen, wo er steckt.«

»Es handelte sich um ein eher kleines Stück Salatblatt. Und es steht zu vermuten, dass ihm sein Aufenthaltsort nicht bekannt ist.«

»Ihr glaubt doch nicht im Ernst, dass unsere straighte Veganerin irgendwas damit zu tun hat.«

»Ihr ist das falsche Wort, Lisa.«

»Also du?«

»Meisner leitet die Ermittlungen. Und sie ist gar nicht glücklich, dass sich in den zehn Tagen, die Rappküfer jetzt schon abgängig ist, nicht eine einzige belastbare Spur ergeben hat. Sie haben sein ganzes privates und berufliches Umfeld umgekrempelt. Ohne irgendwelche Verdachtsmomente oder Anhaltspunkte. Man hat auch das ganze Abhörklimbim installiert, aber es gab keinen einzigen Anruf mit irgendeiner Lösegeldforderung.«

»Wie lange hält wohl ein Salatblatt in einer PET-Flasche frisch?«

»Die Spezialisten vom LKA sagen, gekühlt im Flusswasser gut vierzehn Tage. Rappküfer könnte es gelungen sein, die Botschaft schon am ersten Tag seiner Entführung abzusetzen, vielleicht aber auch erst vor ein paar Tagen.«

»Immerhin ist damit schon mal klar, dass er sich irgendwo am Neckarufer befindet.«

»Nicht unbedingt. Ganz Stuttgart wird in den Neckar entwässert, es gibt zahllose Abwasserröhren und kleine Zuleitungen, einschließlich des Nesenbachs, der von Vaihingen aus Stuttgart als unterirdischer Abwasserkanal durchquert. Außerdem fließt oberhalb des Fundorts auch die Rems in den Neckar. An diesem Ende kannst du nichts holen, Lisa. Das beackert die Polizei. Aber vielleicht hier.« Er deutete auf mein Tablet.

»Mann, Richard, für unmögliche Zusammenhänge bin eigentlich ich zuständig. Und deine Rolle ist es, ›Unsinn!‹ zu sagen.«

»Immerhin ist die Autorin des Blogs im Schwäbischen zu Hause. Sie redet von Käsespätzle.«

»Dann würde ich dem BKA empfehlen, V-Leute in Veganerkreisen zu rekrutieren.«

»Das BKA kümmert sich um nationale Bedrohungen.«

»Veganismus ist eine nationale Bedrohung. In der Kantine

des *Stuttgarter Anzeigers* gibt es seit neuestem jeden Mittag ein veganes Gericht. Tofu und Ahornsirup marschieren durch die Instanzen. Manager schreiben Kochbücher und predigen die Erlösung durch Gemüse. Der Messias ist eine Möhre.«

Richard deutete ein Schmunzeln an.

Während ich den Bloginhalt auf mein Tablet runterzog und überflog, zerfielen im Backofen bei schwacher Hitze die Molekülketten der Enten-Proteine zu Aminosäuren. Sie hörten auf, biologische Fähigkeiten zu haben, auch wenn die DNS erhalten blieb. Im Topf wurden die Selleriewürfel weich, Zellen platzten.

2

Gestern Nacht haben wir den Metzgereibetrieb besucht. Wir haben Fenster und Türen mit Farbe geschmückt, das Türschloss des Leichenhandels mit Kleber verschlossen und die Werbeschilder mit dem Wort »Mörder« verziert. Außerdem haben wir den Satz »Solange Menschen schlachten, gibt es Krieg« an der Hauswand hinterlassen. Merkt euch: Wir geben niemals auf, solange ihr fühlende Lebewesen als Produktionsmaschinen für eure Gefräßigkeit missbraucht. Wir solidarisieren uns mit allen Kämpfenden gegen diese Perversion weltweit. Keinen Frieden mit Massenmördern! Feuer, Flamme und Farbe der Tierausbeutungsindustrie! Für die Befreiung von Tier und Mensch!

Gebrannt hatte noch kein Metzgerladen, wie ich dem Netz entnahm, aber nicht nur ein Schlachter in Norddeutschland, auch einer in Baden-Württemberg war schon Opfer von Farbbombenanschlägen geworden, und das mehrfach. Der Laden befand sich in Leinfelden. Der Inhaber bezifferte den Schaden auf mittlerweile dreißigtausend Euro und stand kurz vor der Aufgabe. Ein örtlicher Aktivist der Tierschutzorganisation FAMA (Front against Murder of Animals) hielt sein Gesicht in die Kamera des Pressefotografen, bestritt jegliche Beteiligung an diesen Anschlägen, konnte und wollte aber nicht verhehlen, dass sie ihn freuten.

Falsch ist, was anderen wehtut, Menschen, Tieren, der Erde, auf der wir leben. Das ist eine Wahrheit. Sie ist so einfach, dass jedes Kind sie versteht. Wenn ihr die Augen aufmachtet, könntet ihr nichts essen, was ein Gesicht und eine Mutter hat.

Im Menschenbauernhof lebst du von Kindheit an eingepfercht mit Tausenden deiner Spezies, nackt und ohne Rückzugsmöglichkeit. Damit ihr euch nicht gegenseitig zerfleischt vor Stress, reiße ich dir schon als Kind Fingernägel und Zähne raus. Du brauchst sie nicht, denn du kriegst nahrhaften Brei mit Medikamenten, die dich schnell fett machen. Scheißen und pinkeln kannst du unter dich. Die Ammoniakdämpfe zerfressen dir die Lungen, aber so lange lebst du nicht, dass dir das Sorgen machen müsste. Alle sagen, du bist glücklich, denn du kennst kein anderes Leben, du musst dich um nichts kümmern, für dich wird gesorgt von deiner Geburt bis zu deinem Tod.

Ich begab mich ganz runter zum Anfang. Es begann ohne Vorspruch und ohne Zielerklärung.

Wenn im Fernsehen Berichte über Legebatterien und Tiertransporte kamen, habe ich nicht hingeschaut. Ich dachte, es wird ja abgestellt, wenn sie darüber berichten. Es seien Ausnahmen, Auswüchse. Meine Mutter kauft sowieso im Bioladen und nur zertifizierten Fisch. Ich habe nicht wissen wollen, dass die Fische innerlich platzen, wenn man sie aus der Meerestiefe holt, und im langsamen Todeskampf ersticken, wenn sie aus den Netzen in die Bäuche der Fischkutter fallen. Ich aß, weil es hieß, es sei gesund, und wir gehörten nicht zu denen, die Billigfleisch im Supermarkt kaufen. Mein Unbehagen ignorierte ich. Meine Übelkeit hielt ich für Hunger. So stopfte ich immer noch ein bisschen mehr in mich hinein, weil es im Kopf eine falsche Befriedigung erzeugte, ein falsches Glück.

Bis mein Körper Nein sagte. Es war Ostern. Vor mir lag ein Stück Lammbraten. Ich sah das Lämmchen mit blanken Augen auf der Weide springen. Nur ein paar Tage hatte es atmen dürfen. Meine Hände konnten Messer und Gabel nicht fassen.

»Du wirst doch jetzt nicht unter die Vegetarier gehen?«, sagte mein Vater. Er glaubt seit seiner Studentenzeit, sich perfekt in der Welt auszukennen. »Der Mensch ist ein Omnivore, ein Allesfresser«, trompetete er über den Tisch. »Einer der vielen Denkfehler der Vegetarier ist, dass sie glauben, die Intensivmast sei die einzige Möglichkeit, Tiere zu halten. Der zweite ist, dass sie glauben, dass Nutztiere Getreide brauchen, mit dem man besser die Menschen direkt ernähren könnte. Aber, mein liebes Kind, Schafe fressen, was wir Menschen nicht verdauen können: die Zellulose der Gräser. Die wandeln sie für uns in hochwertige Nahrung um, in Fleisch und Milch, in Eiweiß und Fett.«

Ich dachte, mein Anfall würde vorübergehen. Ich behauptete, ich würde eine Diät machen. Meine Mutter schwor auf No-Carb, keine Kohlehydrate. »Das ist das Einzige, was wirkt. Keine Kartoffeln, kein Brot, dafür viel Fleisch und Fisch.« Sie denkt, sie kennt sich damit aus, weil sie immer wieder eine Diät macht und immer fetter wird.

Dann sah ich Storchenbein, das Mädchen in roten Leggins. Sie war eine Klasse unter mir. Das wusste ich, also musste ich sie vorher schon gesehen haben. Aber erst an diesem Tag sah ich sie bewusst. Sie stand unter der Linde mit einem dunklen Brot in der Hand und biss in einen Apfel. Vielleicht schaute ich sie deshalb an, weil ich Hunger hatte, denn ich hatte mein Geld vergessen und konnte mir nichts beim Schulbäcker kaufen. Sie lächelte, kam zu mir und bot mir ihr Brot an.

»Cashewcreme«, sagte sie. »Das ist vegan.«

Auch ihre Schuhe waren vegan. Sie sahen aus wie Leder, waren aber aus Mikrofaser von Buchenholz. »Kannst du in der Waschmaschine waschen.« Ich dachte an die neuen Stiefel und sagte: »Vegan ist nicht so mein Ding. Aber das Brot ist lecker.«

»Hab 'ne Botulinvergiftung überlebt«, erzählte sie. »Gepökelter Schinken vom Biohof. Glückliches Schweineleben, den ganzen Tag auf der Weide. Leider ohne Nitritsalz gepökelt. Das hielten die für gesünder. Und wir hatten keine Ahnung.«

Auf dem Feld nebenan hatte ein Bauer Mist aus seiner Hühnermast ausgebracht. Dieser Mist enthielt Leichenteile. Mit dem Regenwasser drang der Dung in die Bioschweineweide ein. Und damit das Bakterium Clostridium botulinum. Es vermehrt sich hauptsächlich in Tierkadavern. Nitritsalz hätte die Bakterien abgetötet, so aber vermehrten sie sich im Schinken und produzierten das Gift.

»Man schmeckt es nicht«, sagte Storchenbein. Sie bekam Lähmungen und musste auf der Intensivstation behandelt werden. »Seitdem esse ich kein Fleisch mehr«, sagte sie. »Zuerst waren wir nur Vegetarier. Aber wenn du Eier isst, ändert sich ja nichts. Die Felder werden weiter mit Leichenteilen vergiftet. Und wenn meine Mutter nicht auf vegan umgestellt hätte, würde sie heute auch nicht mehr leben.«

Sie litt unter Morbus Crohn. Mindestens fünfzehn Prozent der Rinder haben Paratuberkulose. Der Erreger ist in der Milch, er kommt mit der Gülle auf die Felder, er überlebt im Wasser monatelang. Er kann uns über die Milch oder ein halbrohes Steak infizieren und Morbus Crohn auslösen. Bei dieser Krankheit hat man immer wieder Durchfall und kann einen Darmverschluss kriegen. »Gilt als nicht heilbar«, sagte Storchenbein. »Aber meine Mami wurde geheilt, als sie aufhörte, Milch zu trinken und Milchprodukte zu essen. Wenn du das gesehen hast, dann weißt du, warum du vegan lebst. Alles andere wäre total bescheuert.«

Betrifft mich nicht, dachte ich. Aber es ließ mir keine Ruhe. Ich informierte mich. Das Campylobacter kann Durchfall und Hirnhaut- und Gelenkentzündungen auslösen, bis hin zu Lähmungen. Die meisten Leute vergiften sich zu Weihnachten, wenn sie die Pute zu früh aus dem Ofen holen, oder wenn sie die Hände nicht gründlich waschen, bevor sie den Salat oder Nachtisch machen.

Ich konnte keine Eier mehr essen und keine Milch mehr trinken. »Du willst doch eigentlich auch öfter mal vegetarisch kochen«, sagte ich zu Mama. Sie hätte Gemüse und Kartoffeln vegan zubereiten können und für Vater was braten. Aber dazu war sie zu feige. »Dein Vater ist imstande und geht zum Essen ins Restaurant. Männer brauchen ihr Stück Fleisch.«

Er hält sich irre was darauf zugute, dass er kein Rassist ist, nicht homophob und nichts gegen den Islam hat. Er hält sich für einen linken Öko, nur klüger als alle anderen. Er denkt, es reicht, gegen Atomkraft zu sein und mit dem Rad in die Schule zu fahren. »Speziesismus«, sagte er, »ist keine politische Kategorie, sondern Naturromantik.«

»In einer speziesistischen Gesellschaft«, erklärte ich, »müssen Millionen Lebewesen leiden und sterben, nur weil sie einer anderen Spezies angehören als das menschliche Tier.«

»Das ist kein menschliches Alleinstellungsmerkmal«, sagte mein Vater, »deine lieben Tiere trennen auch zwischen Spezies, nämlich denen, die man frisst, und denen, die man nicht frisst. Ein Gnu stirbt qualvoll, wenn der Löwe es gepackt hat. Löwen beißen ihm nämlich in die Kehle oder ins Maul und drücken ihm die Luft ab, bis es erstickt. Der Mensch gehört zu den Raubtieren, und sogar zu den schlimmsten, das will ich dir konzedieren. Vom Tier unterscheidet uns die Ethik. Wir legen fest, was gut und böse ist. Und wir sind fähig zum Mitleid, zum Beispiel mit Tieren.«

»Darum kann ich es vor meinem Gewissen nicht mehr rechtfertigen«, sagte ich, »dass andere Lebewesen für mich leiden müssen, wenn ich es vermeiden kann.«

Er lachte sein sadistisches Pädagogenlachen. »Dann verzichte doch zuallererst mal auf dein Handy und deinen Laptop. In den kongolesischen Minen sterben die Arbeiter für Tantal. Mit dem Geld werden Kriege finanziert. An einem durchschnittlichen Handy klebt mehr Blut als an einem Steak. Und nicht zu vergessen das Kupfer. Du dürftest kein Licht anmachen, keine Uhr tragen. Bei der Herstellung von Kupfer verwendet man nämlich Knochenleim als Inhibitor.«

Für ihn ist die Welt in Ordnung, wenn er sie erklärt hat und die anderen schweigen.

Ich fragte Storchenbein. Sie hatte ein Handy für ihre Musik vor allem. Licht machten sie auch an. Es gibt auf der ganzen Welt kein Kupfer, wo nicht bei der Reinigung in der Elektrolyse Knochenleim verwendet wird. Sie versuchten so wenig Kupfer wie möglich zu verwenden. Mit dem Geigespielen hatte Storchenbein aufgehört, als sie erfuhr, dass Geigen mit Knochenleim geklebt werden, weil er hart ist und den Ton am besten überträgt. Plastiktüten verwendete sie auch nicht. Erdöl besteht aus toten Tieren. Sie wurden zwar nicht für uns umgebracht, aber Plastik schadet den Tieren heute. Es schwimmt tonnenweise im Meer.

Sie haben mich mit ins Zentrum genommen. Ihre Mutter kocht freitags dort. Zum ersten Mal hörte ich *Goldfinger*. Und als sie sangen »I didn't ask to be broken« und dann »so free me!«, da musste ich echt weinen. Ich fühlte mich gleich richtig dort. Sie sind Freeganer. Sie holen sich die Nahrungsmittel aus den Containern hinter den Läden. Täglich landen Tausende Tonnen im Müll, nur weil das Mindesthaltbarkeitsdatum abgelaufen ist. Woanders sterben Kinder an Hunger. Aber in Deutschland ist es eine Straftat, Diebstahl, wenn ich mir hole, was in die Müllverbrennung soll. An wem? Ihr könntet die abgelaufenen Lebensmittel verschenken. Doch das tut ihr nicht, denn das würde eure Lebensmittelpreise verderben. Deshalb kriminalisiert ihr die Lebensmittelretter. Das ist eure Logik.

Am Kühlschrank klebte ein Zettel, auf dem stand, wie man die Lebensmittel kennzeichnen sollte. Ein Strich für nicht-vegan, ein Kreis für vegan und ein Smiley für containert und vegan. Nicht alle, die an den Kühlschrank gehen, sind Veganer. »Wir schreiben niemandem etwas vor«, haben sie mir erklärt. »Das muss jeder für sich selbst entscheiden.«

Ich fragte, was man machen müsste, um im Haus zu wohnen. »Nichts«, sagten sie und lachten. Sobald ich achtzehn bin, kann ich bei ihnen einziehen. Irgendeine Ecke findet sich für mich.

Richard steckte ein Gerät zusammen, das mich an den Satz meines Vaters erinnerte, wenn er sich zu Tisch setzte: »Da hat Mutti aber wieder gezaubert.« Mein Vater zauberte nicht, wenn er in seinem Zweitwagenhandel einen Motor wieder zum Laufen brachte, denn Schraubendreher hießen nicht Zauberstab. Zu

Zeiten meiner Eltern, als Männer nur am offenen Feuer Fleisch wendeten, war die Zubereitung von Suppen oder Kartoffelbrei eine Kunst der Alchemie, die man durchaus mit Misstrauen betrachtete. Immerhin war mein Vater auf dem Sofa im Wohnzimmer verendet, als ich vierzehn war. Herzinfarkt.

»Wie hieß noch mal die Frau, die vor zweihundert Jahren ein Dutzend Menschen vergiftet hat?«

»Gesche Gottfried, auch der Engel von Bremen genannt. Wie kommst du darauf?«

»Keine Ahnung.«

Richard ließ den Zauberstab surren und senkte ihn in den Topf mit dem weich gekochten Sellerie. »Ihren ersten Mord beging sie 1813 an ihrem Ehemann.« Über den Topf gebeugt fing er mit hackenden Bewegungen die Stückchen ein und zermalmte sie. »Zwei Jahre später brachte sie ihre Mutter um und, weil es so schön lief, noch zwei Töchter, ihren Vater und ihren Sohn. Im folgenden Jahr hielt sie sich zurück und vergiftete nur ihren Bruder. Im Jahr danach war ihr zweiter Mann dran.« Der Inhalt des Topfs wehrte sich mit unanständigen Geräuschen gegen die Zerstückelung. »Sechs Jahre war sie abstinent, dann vergiftete sie ihren Verlobten. In den folgenden Jahren ging es weiter mit ihrer Freundin, einem Nachbarn, der Vermieterin, dem kleinen Kind einer Freundin und der Freundin selbst. Der Letzte war ein Freund, dem sie Geld schuldete.«

»Dann ging es ihr ums Geld?«

»Nicht unbedingt.« Richard hob den Zauberstab aus dem Mus. »Es war wohl eher eine Folge ihrer Erfahrung, wie leicht es war, jemanden umzubringen, ohne dass irgendwer Verdacht schöpfte. Man bedauerte sie sogar für ihre tragischen Verluste. Es wurde zum Selbstläufer, zur gewohnheitsmäßigen Reaktion auf Widerstände, Sorgen und Unlust. Ihr erster Mann musste sterben, weil er einer Liebschaft, ihre Kinder, weil sie der zweiten Ehe im Weg standen. Das waren keine Widerstände, die sie nicht auch anders hätte überwinden können. Und das kleine Kind ihrer Freundin dürfte ihr in keiner Weise im Weg gestanden haben. Mit manchem Mord befreite sie sich auch aus Geldsorgen. Ihre Männer hat sie jedes Mal langsam vergiftet und dabei so aufopfernd gepflegt, dass sie ihr versprachen, sie in ihren Testamenten zu bedenken.« Er klopfte die Reste Mus aus dem Zauberstab.

»Und wie hat sie es gemacht?«

»Sie hat Mäusebutter ins Essen gemischt.« Richard spülte den Kopf des Zauberstabs unterm Wasserhahn ab. »Mäusebutter, so nannte man damals mit Arsen gemischtes Fett in kleinen Kügelchen. Übrigens sind auch gar nicht alle gestorben, die sie damit verköstigt hat.«

»Nicht lustig, eine Arsenvergiftung«, bemerkte ich. »Tagelang Krämpfe, Erbrechen, Koliken, innere Blutungen, schließlich Nieren- und Kreislaufversagen. Das muss doch aufgefallen sein.«

»Damals starb man oft an Infektionen. Bakterien waren noch unbekannt, von Viren ganz zu schweigen, und wie gefährlich die Stoffwechselprodukte von Schimmelpilzen waren, schien auch niemand zu wissen oder wissen zu wollen. Erstaunlich eigentlich, wenn man bedenkt, dass das Wissen über Lebensmittel und ihre Zubereitung zur Entgiftung seit Tausenden von Jahren tradiert wird. Aber es sieht so aus, als ginge das Wissen darüber in regelmäßigen Abständen fast vollständig verloren. Meine Mutter hat grüne Kartoffeln noch weggeworfen, und das in den Hungerzeiten nach dem Krieg, weil sie Solanin enthalten. Und heute wundern sich die Leute, wenn sie nach Pellkartoffeln oder in der Schale gebackenen Kartoffeln Kopfschmerzen kriegen. Dass man die grünen Stellen wenigstens wegschneidet, haben sie noch nie gehört.«

»Liegt sicher daran, dass Pommes keine Schale haben«, bemerkte ich. »Und wie hat man Gesche drangekriegt?«

»Ihr Vermieter hat Verdacht geschöpft, als er die Kügelchen im Schinken fand. Er ließ sie von einem Apotheker untersuchen.«

Richard öffnete den Kühlschrank, nahm einen Becher Sahne heraus, zog den Deckel ab und goss einen großzügigen Schwapp in den Topf. Er schnitt eine Zitrone in zwei Hälften und drückte eine davon mit kräftiger Hand durch die Finger der anderen Hand ins Püree. Die Kerne blieben in seinen Fingern zurück. Er schüttelte sie in den Mülleimer und spülte die Hände ab.

»Gesche Gottfried war übrigens die letzte Person, die in Bremen öffentlich hingerichtet wurde, 1831 vor dreißigtausend Zuschauern.« Wieder schaute er auf seine Uhr. »Und ihr Prozess war der erste in der Rechtsgeschichte, wo die Verteidigung die Schuldunfähigkeit der Angeklagten ins Feld führte. Das Gericht verwarf den Antrag, und zwar mit dem heute noch gültigen Argument, Gesche Gottfried habe gewusst, was sie tat und dass sie damit Unrecht beging.«

»Jetzt weiß ich, wie ich drauf komme.«

Er schaute mich an.

»Ich musste mir klarmachen, dass es wenigstens eine Massenmörderin auf der Welt gibt. So erscheint deine Idee weniger absurd, dass unsere Veganerin einen Starkoch einpfercht, mästet und dann zur Schlachtbank führt.«

Wenn dann alle Fakten auf dem Tisch liegen, dann haltet ihr uns vor, wir wollten euch jeden Spaß am Leben verderben. »Ihr müsst doch Vitamin-B_{12}-Tabletten nehmen«, sagt ihr. »Das beweist doch, dass der Mensch Fleisch braucht.« Das ist eine von den vielen Lügen, mit denen die Massenmordindustrie versucht, sich am Laufen zu halten. Vitamin B_{12} wird von Bakterien produziert, die in verdorbenem Fleisch vorkommen, aber auch in der Erde. Und Gemüse wächst aus der Erde. Wer Leber, Fisch und Käse isst, kann vielleicht seinen Bedarf decken. Aber viele Omnis leiden auch an Vitamin-B_{12}-Mangel. Doch das wollt ihr nicht hören. Ihr Omnis wollt jede Diskussion gewinnen. Ihr erklärt uns den Krieg. Denn wir zeigen euch, was für Heuchler ihr seid. Ihr wollt die Eisbären retten und seht nicht das Leid der Milchkuh, die ihr Kälbchen vermisst. Ihr wollt nicht wissen. Denn mit diesem Wissen kann kein Mensch leben, es sei denn, er ist innerlich verroht und unfähig zum Mitgefühl. Können wir ruhig zusehen, wie regelmäßig Ställe wegen Seuchen geschlossen und Millionen Tiere getötet werden? Sie sagen gekeult dazu oder vernichtet, als ginge es um eine Sache, nicht um Leben. Sie sterben nicht, damit wir essen und uns durch sie am Leben erhalten, sie sterben auch nicht den Gnadentod, sie werden nicht von einem Leiden erlöst. Sie werden nur deshalb massenhaft ermordet, weil wir Angst haben, uns bei ihnen anzustecken. Oder aus noch nichtigerem Grund. Männliche Eintagsküken werden zu Abermillionen getötet, weil sie der Industrie zu nichts nütze sind.

In der Menschenmilchproduktion werden alle männlichen Babys gleich nach der Geburt vernichtet. Die weiblichen Babys werden zu Milchfrauen herangezogen. Von den männlichen braucht man nur einige wenige zur Besamung. Der Rest wird mit Gas betäubt und geschreddert. Manchmal macht man sich nicht die Mühe, sie erst zu betäuben. Sie kommen gleich in den Schredder und werden dann zu Mehl verarbeitet und dem Futter zur Mast der Milchweibchen beigemischt.

Ich schob das Tablet weg und zündete mir eine Zigarette an. »Ein Teenie, der das liest, kriegt einen Schock fürs Leben und isst nie wieder Fleisch.«

»Genau das ist vermutlich die Absicht, Lisa.«

»Du hast alles gelesen?«

»Manches habe ich nur überflogen.« Er war der empfindlichste Staatsanwalt, den ich kannte. Beim Anblick von Leichen wurde er ohnmächtig. Deshalb war er Leiter des Dezernats für Wirtschaftsstrafsachen geworden.

»Und die gemordete Ente ist dir völlig egal?«

»Was soll ich dazu sagen?« Selten sah ich Richard um eine Antwort verlegen. Die Erklärungsmaschinerie eines fast Sechzigjährigen funktionierte sonst reibungslos. »Es ist halt eine Frage, wie sehr wir an uns heranlassen, dass für unseren Teller Tiere sterben und vorher womöglich leiden. Der Tod ist ja nicht das eigentliche Problem.«

»Nein?«

Er lächelte. »Wenn ich tot bin, ist mir mein Tod egal, Lisa. Fühlen kann ich ihn nur vorher, falls ich etwa Todesangst hätte. Schlimm ist er hinterher nicht für mich, sondern für …« Er schaute mich an. »… für die Hinterbliebenen. Die Trauer der Übriggebliebenen macht den Tod zu einem katastrophalen Ereignis. Und mal ehrlich … wer trauert um die Ente, die wir heute essen?«

»Die anderen Enten«, schlug ich vor.

Richard legte den Kopf schief.

»Okay. Aber die Kinder trauern. In meinem Dorf hatte ein Nachbar Kaninchen. Für die habe ich als Kind Löwenzahn gerupft. Sie mümmelten die Blätter so geil zwischen ihre gespaltenen Oberlippen hinein. Das mit dem Schlappohr habe ich Rosalinde getauft. Und eines Tages … Ich war dem Nachbarn ewig böse. Er starb zwei Jahre später an irgendwas Gruseligem, und ich fand das nur gerecht.«

»Ja, Menschen machen einen Unterschied zwischen Lebewesen, zu denen sie eine Beziehung aufgebaut haben, und solchen, zu denen sie keine haben.«

»Und die Bloggerin hat leider eine höchst emotionale Beziehung zu allen Lebewesen dieser Erde aufgebaut.«

»Ausgenommen diejenigen, die sie töten will«, sagte Richard. »Stellvertretend für uns alle, die Omnivoren.«

»Dann würde sie doch wieder einen Unterschied machen zwischen menschlichen und tierischen Tieren.«

»Menschen kann man hassen, Lisa, Tiere nicht.«

Die schlimmste Todesart, dachte ich lange, ist Verbrennen. Jetzt habe ich gelesen, dass man schon nach zwei oder drei Atemzügen im Rauch das Bewusstsein verliert. Ertrinken ist schlimmer. Den Zwang, schließlich Atem zu holen, kann niemand unterdrücken. Manche schlucken das Wasser zuerst. Der Magen platzt dann. Kommt schließlich Süßwasser in die Lunge, dann diffundiert es sofort ins Blut. Das Blutvolumen in den Adern vervielfacht sich binnen Minuten. Selbst wenn man jetzt noch einmal aus dem Wasser käme und Luft holen könnte, stirbt man. Das Herz kann das viele Blut nicht mehr durch den Körper pumpen und bleibt stehen. Salzwasser ist nicht ganz so tödlich. Es bleibt in der Lunge und entzieht dem Körper Wasser. Der Kreislauf bricht zusammen. Man kann gerettet werden, wenn man das Wasser rechtzeitig aus der Lunge bekommt. Aber wie ertränkt man einen Menschen? Er wird sich mit aller Macht wehren.

Du brauchst also keine Angst zu haben, dass ich dich ertränke. Doch du hast gar keine Angst. Du fühlst dich sicher. Du glaubst, keiner kann dir etwas anhaben. Du denkst, du hast dein Leben unter Kontrolle, so wie du die gerupften, enthäuteten und geschuppten Kadaver deiner Opfer unter Kontrolle hast.

Ich googelte nach Storchenbein. »Englischer Begriff. Generelle Umfangsverminderung eines Beins unterschiedlicher Ursache.« Außerdem hieß eine Modelleisenbahn-Lok von Märklin mit Uhrwerkantrieb Storchenbein.

»Übrigens ist ihr Vater Lehrer«, sagte ich. »Er radelt zur Schule.«

»Sie schreibt allerdings weder, was er unterrichtet, noch in welcher Schulart.«

»Auf ihrem Schulhof steht eine Linde.«

»Wie auf vermutlich vielen Schulhöfen.«

»Kennst du in Stuttgart ein Reformhaus?«

Richard blickte mich entgeistert an. »Ich war noch nie in einem Reformhaus. Ich meine mich jedoch zu erinnern, dass es in Cannstatt eines gibt, und in Möhringen, glaube ich.«

»Was gibt es dort denn noch, was es nicht auch in jedem Bioladen gibt?«

»Das kann ich dir nicht sagen, Lisa.«

Ich ging zu den Weltverbitterern, wie mein Vater sie nennt. Zum ersten Mal in meinem Leben betrat ich ein Reformhaus. Ich bin extra in eine andere Stadt gefahren, nicht in die, wo alle hinfuhren. Damit mich niemand auf der Straße erkannte und meinen Eltern was erzählte. Als ob ich was Verbotenes täte. Oder Lächerliches. Mir klopfte das Herz. Ich weiß nicht, was ich erwartet hatte. Dass ich mich erklären müsste: Ich lebe schon seit zwei Wochen vegan. Doch es verlangte niemand Erklärungen von mir. Niemand belächelte mich. Ich war unter Gleichen. Eine ältere Frau hinter der Kasse, eine andere davor, beide schlank.

In den Regalen standen Erbsen und Linsen in noch mehr Farben als in unserem Biosupermarkt. Vieles kannte ich schon, die perlmuttfarbenen Macadamianüsse, die krummen Kerne der Cashewnüsse, die meine Mutter nie kaufte. Zu teuer. In Ruhe konnte ich mir durchlesen, was auf den Packungen von Amarant und Couscous stand. Im Kühlregal standen Sojamilch und Sojajoghurt. Daneben der Tofu, weiß, geräuchert, in Marinaden, vegane Würste, veganer Käse, Tofubutter. Ich hörte schon die Häme in der Stimme meines Vaters, wenn er »vegane Wurst« vorlas. »Ist das nicht ein Widerspruch in sich?« Ein paar Döschen mit veganem Brotaufstrich konnte ich mitnehmen. Nur nicht die, wo »wie feine Leberwurst« draufstand, nicht den veganen Fleischsalat. Dafür Creme aus Sonnenblumenkernen mit Wasser und Zitronensaft, Gurken-Dill oder Meerrettich, Curry oder Kräutern. Zum Glück schaute ich noch rechtzeitig nach, ob ich auch genug Geld dabeihatte. Das meiste stellte ich heimlich ins Regal zurück. Ich weiß nicht, was die Frau an der Kasse dachte. Bestimmt gab es nicht viele Schülerinnen, die hier einkauften. Zwanzig Euro bezahlte ich für zwei Döschen Brotaufstrich, Macadamianüsse und Datteln.

Daheim gab es Streit an dem Abend. Ich müsste doch nicht ausgerechnet jetzt, mitten im Abitur, mit dieser Spinnerterei anfangen. Für eine Diät sei später genug Zeit. Jetzt bräuchte ich Kraft und Konzentration.

Ich habe Kraft. Mehr als jemals zuvor.

Die Sachen aus dem Reformhaus hatte ich an zwei Abenden vertilgt. Zum Glück half mir Storchenbeins Mutter. Sie wurde mein Vegan Guide. Sie zeigte mir den Weg der inneren Reinigung, die den Geist leicht macht und das Leben unbeschwert und heiter.

Kein Reformhaus am Ort. Man fuhr in eine größere Stadt zum Einkaufen. Die Bloggerin war noch eine größere Stadt weiter gefahren.

Für wen schrieb sie das, so darauf bedacht, keine Klarnamen und Ortsangaben zu verwenden? War es vielleicht nur der erste Ausdruck literarischer Ambitionen? Und sie noch diese Schülerin, die das schrieb?

Man muss auf nichts verzichten, höre ich immer. Als ob Verzicht so schlimm wäre. Ich habe mit Storchenbeins Mutter darüber gesprochen. Sie erklärte mir, dass wir beim Fleisch vor allem die Gewürze wie Salz, Raucharoma und Majoran schmecken, nicht das Fleisch selbst. Es schmeckt im Grunde nach fast nichts. Denselben Geschmack kann man auch Tofu verpassen.

Aber wenn ich darauf verzichten will? Es gibt so viele andere Aromen. Essbare Pflanzen gibt es unendlich viele. Ich verliere nichts, ich bekomme etwas dazu. Wenn mein Körper erst entgiftet ist, fühle ich mich noch besser. Ich bin kein bisschen müde oder abgeschlafft. Mein Geist ist klar. Es fühlt sich total richtig an. Zum ersten Mal in meinem Leben.

Meine Eltern sind voll eifersüchtig. »Du hast dich verändert«, sagt meine Mutter. »Ich erkenne dich gar nicht wieder.« Na hoffentlich! »Das ist Gehirnwäsche!«, sagt mein Vater. Sie haben mir verboten, zu Storchenbeins Mutter zu gehen und dort zu essen. Mein Vater will sie sogar anzeigen. Das sei gesundheitsgefährdend, Körperverletzung.

»Nur weil sie sich weigert, Tierleichen zu essen?«, habe ich ihn gefragt. »Weil sie keine Massenmörderin ist wie ihr?«

Meine Mutter hat mir ins Gesicht geschlagen. Blitzschnell. »So redest du nicht mit deinen Eltern!«

Das ganze Arsenal von Entrüstung und Belehrung. Mein Vater schwallte von kultureller Übereinkunft, gemeinsamen Mahlzeiten, jugendlichem Trotz und Protesthandlungen. Dann Kumpanei. Er könne mich verstehen. Die Jugend gehe ihre eigenen Wege. Seinetwegen könnte ich ja auf Fleisch verzichten. Aber er lasse sich deshalb nicht als Mörder beschimpfen.

Ich konfrontierte ihn mit den Fakten. Die gesamte Jahresernte Deutschlands würde draufgehen, wenn die Inder so viele Hähnchen äßen wie wir. In den reichen Ländern werden Millionen Tonnen Getreide ans Vieh verfüttert, während in der sogenannten Dritten Welt täglich vierzigtausend Kinder verhungern. Auch das ist Massenmord. Er wurde laut und gab den Checker. »Was glaubst du, wo wir heute wären, wenn sich die Menschheit nur von Wurzeln, Gemüse und Getreide ernährt hätte? Unser Darm ist viel zu kurz für Gräser und harte Fasern, der Steinzeitmensch hat sich von Früchten ernährt. Und überlebt hat er nur, weil er im Winter tierisches Eiweiß bekam. Das hat dem Hirn überdies die Energie gegeben, sich zu entwickeln.«

Dann müssen Löwen ja wahre Intelligenzbestien sein.

Mein Vater beschwor die Viehhaltung als Fortschrittsmotor: Zugriff auf eiweißreiche Nahrung ohne Jagd, Zeit für Kultur und technische Erfindungen, von denen wir heute leben. Dafür seid ihr das Raubtier geworden, das die Welt ausbeutet und vernichtet, was es hervorgebracht hat, das die Urwälder abholzt, die Meere leerfischt, das die Schwachen unterwirft, quält und massenhaft abschlachtet, das in jeder Weltgegend Kriege führt, bei denen Frauen und Kinder sterben.

Der jüdische Literaturnobelpreisträger Isaac Singer schreibt: »Solange Menschen das Blut von Tieren vergießen, wird es keinen Frieden geben. Es ist nur ein kleiner Schritt vom Töten von Tieren zu den Gaskammern Hitlers und zu den Konzentrationslagern Stalins. Solange Menschen mit Messer oder Pistole dastehen, um jene umzubringen, die schwächer sind als sie, wird es keine Gerechtigkeit geben.«

»Dann erklär mir doch bitte mal«, sagte mein Vater mit Wutpünktchen in den Augen, »warum der ach so friedliche Ackerbauer Kain seinen Bruder Abel erschlagen hat.«

»Ja, warum eigentlich?«, fragte ich meinen Checker in der Küche.

Seine Gastromagie näherte sich dem Finale. Die Brüstchen im Ofen waren genügend denaturiert, die Soße ausreichend reduziert. Richard schüttete die Kirschen aus dem Sieb in die Pfanne, schob den Kochlöffel kreuz und quer, ließ Pfeffer und Salz knirschen und presste die andere Hälfte der Zitrone aus. Cipión kam unter dem Tisch hervor. Er wusste, wenn Menschen am Herd in schneller Folge Geräte und Gegenstände aufnahmen und ablegten, konnte es zu unverhofften Abstürzen von Essbarem kommen.

Zeit für mich, meine Elektronik vom Tisch aufs Fensterbrett zu räumen. Ich stand auf, fasste an Richards Schulter vorbei und holte zwei Teller aus dem Hängeschrank. Er wich mit dem Kopf aus. Dann langte ich auf der anderen Seite an ihm vorbei zur Schublade, während er nach dem Zuckerschälchen griff, und angelte nach Gabeln und Messern. Die Teller durfte ich dann gleich wieder vom Tisch rüber auf die Arbeitsfläche stellen.

Richard nahm den Topflappen und klappte die Herdlade auf, holte die Entenbrüstchen heraus, legte mit dem Messer je ein Brüstchen auf je einen Teller und schnitt sie entlang der Narben zu kleinen Scheiben auf. In den Spalten schimmerte es rosig.

»Warum erschlägt der Bauer Kain den Hirten Abel und nicht umgekehrt?«, fragte ich und faltete Servietten unter die Gabeln. Richards Jugendstilstockwerk in der Kauzenhecke oberhalb der Lichter Stuttgarts und unterhalb des Fernsehturms verfügte natürlich über ein Esszimmer mit einem fast schwarzen Art-déco-Tisch, das er für Besuch bereithielt. Besuch war ich schon lange nicht mehr.

»Aus Neid.« Richard löffelte um das Fleisch die dunkle, wie Blut glänzende Soße herum, aus der schwarze Kirschkugeln herausragten, dann setzte er je ein Häufchen Selleriepüree daneben. »Und zwar, weil Gott Abels Opfer mit Wohlgefallen annahm, Kains aber nicht.«

»Gott ist also nicht so der Vegetarier.«

Richard wandte sich mit den Tellern dem Tisch zu und hielt einen Moment inne. Eigentlich hätte er die Teller einfach nur links und rechts hinstellen müssen, wie er sie in den Händen hielt. Nach einem Augenblick des Abwägens stellte er sie jedoch überkreuz ab, den aus der rechten Hand auf die linke Seite und den linken nach rechts an meinen Platz. War mein Fleischstück das größere oder seines, war seines dicker, meines länger? War mein Klacks Püree größer oder kleiner?

Richard befreite sich vom Geschirrhandtuch, stellte die Salatschüssel auf den Tisch und setzte sich. »Ich habe dir das dünnere Stück gegeben, du magst es ja nicht so gern, wenn es innen zu rosig ist. Dafür ist es etwas größer. Ist dir das recht? Dann guten Appetit.« Er faltete die Serviette auseinander. »Abel ist der zweite Sohn von Adam und Eva. In der Genesis heißt es: ›Abel wurde Schafhirte, Kain Ackerbauer.‹ Das sind die beiden Grundberufe der menschlichen Überlebenskunst nach der Phase der Jäger und Sammler.« Er nahm Messer und Gabel und sondierte mit der Messerspitze die Entenbrustscheiben.

Ich kaute schon. Die Kruste knisterte zwischen den Zähnen. »Lecker.«

Er spießte mit der Gabel eine Entenbrüstchenscheibe auf, schob von der schwarzen Soße darauf und hob sie vom Teller. »›Und es geschah nach einiger Zeit, da brachte Kain von den Früchten des Ackerbodens dem Herrn eine Opfergabe. Und Abel, auch er brachte von den Erstlingen seiner Herde und von ihrem Fett. Und der Herr blickte auf Abel und auf seine Opfergabe; aber auf Kain und auf seine Opfergabe blickte er nicht.‹«

»Übrigens super, das Selleriepüree.«

Richard schob den Bissen in den Mund und grunzte. Er konnte jedoch die Erziehung zum pietistischen Stündler nicht verleugnen, die ihm sein furchtbarer Vater hatte angedeihen lassen, und fuhr mit mehr Genuss des Geistigen als des Kulinarischen fort: »Die jüdisch-rabbinische Auslegung dafür lautet: Abel hat das Wertvollste aus seiner Herde ins Opferfeuer gelegt, fette Lämmer. Kain aber hat nur beliebige Ackerfrüchte verbrannt. Die Rabbiner sagen, Kain brachte sein Opfer nur formell, Abel aber aus ganzem Herzen und tiefer Glaubensfurcht.« Richard spießte ein Salatblatt auf seine Gabel.

»Furcht ist kein guter Ratgeber.«

»Dann nenn es Respekt.«

»Wenn man nun aber davon ausgeht, dass das alles Fabel ist, dann stellt sich schon die Frage: Warum spielt in der Geschichte der Viehzüchter den Edlen und warum ist der Ackerbauer der Knicker?«

Richard zog die Brauen hoch. »Und was wäre das Wertvollste der Ernte gewesen?«

»Die besten Saatkörner, das Öl. Das brennt ja auch gut.«

Richard kaute und wog ab. »Die Brüder verkörpern zwei Welten, die der Nomaden mit ihren Herden und die der sesshaften Bauern. Und wie der zivilisierte Mensch halt so ist, er trauert dem wilden Nomadenleben in den Weiten der Wüste nach.«

»Okay.«

»Bei den biederen Landwirten waren die Hirten trotzdem nicht sonderlich beliebt. Ziegen und Schafe fielen in ihre Felder ein. Und sie brauchten Wasser, das in Trockenzeiten den Feldern fehlte.«

Ich musste lachen. »Da haben wir Kains eigentliches Mordmotiv: Tod den Tierzüchtern! Die alte Story, von Veganern neu interpretiert.«

»Wenn du so willst.«

Mir fiel ein Rädchen aus dem Angstapparat meiner katholischen Erziehung ein. »Hat nicht Gott Adam und Eva beim

Rauswurf aus dem Paradies auch zum mühseligen Ackerbauerndasein verdammt?« Ich zog mein Tablet vom Fensterbrett neben den Teller, googelte nach »So sei der Erdboden verflucht …« und las vor: »›… um deinetwillen: Mit Mühsal sollst du davon essen alle Tage deines Lebens; und Dornen und Disteln wird er dir sprossen lassen, und du wirst das Kraut des Feldes essen!‹ und so weiter. Da haben wir's: Gott hat die Menschheit zu Vegetariern verdammt.«

»Zumindest hat er erkannt, dass es mühseliger ist, seine Ernährung mit Ackerbau sicherzustellen als mit Viehzucht.«

»So ein Scheinheiliger, dieser Gott. Der Mensch soll sich zur Strafe durch Disteln ackern, um sich zu ernähren.«

Richard kaute.

»Doch er selbst schnüffelt lieber den Rauch von verbrannten Lämmern, statt Abel durch Missachtung zu strafen. Das ist nicht gerecht.«

»Immerhin hat er ihn ermorden lassen.«

»Auch wieder wahr.«

»In der Pfanne ist noch Soße, willst du noch?« Richard war schon halb aufgestanden. Ich musste nur hinter mich zum Herd langen und schwenkte die Pfanne über mein Brüstchen. Die Soße kleckste.

»Und hilft uns das jetzt irgendwie weiter?«

»Religiöse Antworten helfen selten«, bemerkte Richard. »Sie führen eher in die persönliche Katastrophe.«

»Du glaubst also wirklich, die Bloggerin hat den Fernsehkoch Rappküfer entführt und quält ihn nun langsam zu Tode oder etwas dieser Art?«

Richard schaute mich über die abgegessenen Teller hinweg mit seinem Staatsanwaltgesicht an.

Gott hat nicht gewollt, dass wir Tiere essen. Das ist eine universelle Wahrheit, die in allen Mythen und Religionen vorkommt. Im Paradies lebten Adam und Eva in Harmonie mit den Tieren und ernährten sich von den Früchten auf den Bäumen, während die Tiere die Blätter und Gräser fraßen. Es gab keine Nahrungskonkurrenz und niemand musste einen anderen töten. Auch die Griechen und Römer glaubten, dass die Menschen einst in Harmonie mit der Natur lebten, die ihnen so viel Nahrung bereitstellte, dass sie keine Tiere töten mussten. Es gab keine Kriege, keine Verbrechen, keine Laster. Sie nannten es das Goldene Zeitalter. Es endete, weil Jupiter seinen Vater Saturn stürzte. Im Silbernen und Bronzenen Zeitalter wurden Macht- und Besitzgier immer stärker, die Leute rafften Unnötiges zusammen und fingen an, die Natur auszubeuten. Deshalb wurden die Lebensbedingungen immer schlechter. Inzwischen leben wir in der Eisenzeit. Gewalt, Krieg, Geldgier und Machtstreben beherrschen uns vollständig, Ausbeutung von Mensch und Natur sind die Folge.

Im ersten Buch Mose aber heißt es: »Hiermit übergebe Ich euch alle Pflanzen auf der ganzen Erde, die Samen tragen, und alle Bäume mit samenhaltigen Früchten. Euch sollen sie zur Nahrung dienen.« Und der Prophet Daniel beschloss, sich nicht mehr mit den Delikatessen des Königs und dem Wein zu verunreinigen, und schlug den Hofbeamten eine Probe vor. Man solle ihm und den Seinen zehn Tage lang nur etwas Gemüse und Wasser geben. Und danach solle man die Gesichter vergleichen. Und nach zehn Tagen waren die Gesichter Daniels und seiner Kinder fetter an Fleisch als die aller Kinder, die die Delikatessen des Königs aßen. Daraufhin beschloss der König, den Kindern die Delikatessen wegzunehmen und ihnen Gemüse zu geben.

Heute werden diejenigen, die zur Umkehr mahnen, ausgelacht, als Spinner verunglimpft und kriminalisiert. Wir müssen werden wie Kain. In der Bibel erschlägt Kain den Abel. Der Ackerbauer tötet den Viehzüchter. Denn das Vieh fraß die Ernte vom Feld, und nachdem der Hirte das Vieh getränkt hatte, war der Brunnen leer. Die Reichen konnten sich das Fleisch kaufen, die Armen hatten nichts mehr zu essen und mussten verhungern. Kain sah es und handelte. Das ist die geheime Wahrheit der Geschichte von Kain und Abel.

Denn bei Jesaja lesen wir: »Wer einen Stier schlachtet, gleicht dem, der einen Mann erschlägt; wer ein Schaf opfert, gleicht dem, der einem Hund das Genick bricht.«

Richard legte das Besteck auf seinen Teller und langte nach meinem. Ich suchte in meiner katholischen Erziehung nach Hinweisen auf vegane Gebote. Kein Fleisch am Freitag, klar, aber dafür gab es Fisch und Maultaschen. »Können Veganer ihre Rechtfertigung wirklich aus der Bibel holen?«

»Die Bibel ist für alles gut«, antwortete Richard. »Das muss ich dir nicht erklären. Es haben viele an ihr geschrieben. Jede Aussage hat ihr Gegenstück. Der alttestamentarische Gott liebte jedenfalls Schlachtfeste und den Geruch von verbranntem Fleisch und Blut.«

»Die Schreiberin zitiert hier irgendwas von, wer einen Stier schlachtet ist wie einer, der einen Mann erschlägt. Wobei mir auffällt: Frauen sind bei weltanschaulichen Angelegenheiten nur Statistinnen.«

»Ein beliebtes Missverständnis, Lisa. Verdammt werden bei Jesaja nicht diejenigen, die dem mosaischen Gott Schafe und Stiere opfern, sondern diejenigen, die zur Vorsicht auch noch anderen Göttern Menschen und Hunde darbringen.«

»Und Jesus?«

»Der hat sich nicht gegen seinen Vater aufgelehnt. Fisch aß er, und bei Lukas erkundigt er sich ausdrücklich, wo er mit seinen Jüngern das Passah-Lamm essen kann.« Richard ließ die Teller ins Gitter der Spülmaschine klappern. »Jesus lehnte die Einteilung in reine und unreine Speisen sowieso ab. ›Merkt ihr nicht, dass alles, was von außen in den Menschen hineingeht, ihn nicht unrein machen kann? Denn es geht nicht in sein Herz, sondern in den Bauch, und es kommt heraus in die Grube.‹«

»Der Mensch macht alles zu Scheiße.«

Richard deutete ein Lächeln an. »Jesus beweist übrigens eine bemerkenswerte anatomische Kenntnis. Die konnte er nur haben, weil man beim Schlachten Tieren in den Bauch schauen konnte und den Magen-Darm-Trakt vom Herzen unterscheiden gelernt hatte.«

»Du wirst auch nie Veganer, was?«

»Kaffee?« Er schaltete den Automaten ein.

»Schade«, bemerkte ich. »Dann werde ich mich künftig nicht mehr so nett von dir bekochen lassen können.«

»Wie bitte?«

»Ich muss meine Lederjacke ausziehen, Richard.«

3

Ich würde Sally fragen müssen. In letzter Zeit hatte ich bei ihr auffällig leckere Gerichte aus Linsen, Kichererbsen und Kidneybohnen bekommen. Ich war mir fast sicher, ich karrte seit Wochen eine Veganerin zum Hundespaziergang im Auto hoch an die Bärenseen. Gut, dass wir nicht mehr auf Pferdekutschen angewiesen waren.

Und unlängst hatte Sally mir von der Freundin einer Freundin erzählt, die zwanzig Jahre lang unter Migräne gelitten hatte. »Dazu ständig Infektionen und Allergien. Nichts hat geholfen, auch Meditation nicht. Vegetarisch hat sie sich schon länger ernährt. Dann hat sie konsequent auf vegane Rohkost umgestellt. Und schon nach drei Wochen ging es ihr gut. Keine Schmerzen mehr. Stell dir das vor! Nach zwanzig Jahren endlich schmerzfrei und das nun schon seit fünf Jahren. Du musst sie unbedingt mal kennenlernen.«

»Wozu? Ich habe keine Migräne.«

»Sie nennt sich Kleopatra. Sie macht Workshops. Ihren Jungen ernährt sie auch vegan. Man merkt es sofort, er ist nicht so ein Zappelphilipp wie die Jungs heute. Er kann sich stundenlang still mit einer Sache beschäftigen. Ich meine, wenn du das siehst …«

In diesem Moment ging ihr Terrier Ghost einem Jogger an die Achillesferse.

Wir haben einen Golden Retriever. In meiner speziesistischen Überheblichkeit dachte ich, Hunde seien dazu da, Stöckchen hinterherzulaufen, sich in der Wohnung zu langweilen, darauf zu warten, dass jemand sie knuddelt, mit ihnen rausgeht und ihnen abends einen Napf stinkenden Dosenfutters hinstellt. In der Familienhierarchie stehen sie noch tiefer als der Mülleimer, den meine Mutter mit Essensresten füllt.

Unser Ziel muss es sein, dass in einer veganen Gesellschaft nichtmenschliche Tiere weder als Haus- noch als Nutztiere gehalten werden. Bis dahin ist es notwendig, Hunde und Katzen als Opfer unserer speziesistischen Gesellschaft zu versorgen. Dafür gibt es veganes Tierfutter.

Cipión schaute mich sorgenvoll an. Keine Frage, er konnte Gedanken lesen. Vermutlich sogar präziser, als sie in meinem Kopf rumpelten, denn er musste nichts in Worte übersetzen. Er checkte das Unheil unmittelbar. »Schlag dir das aus dem Kopf!«, sagte er. »Ich kann schließlich nichts dafür, dass ich bei dir leben muss.«

»Glaubst du denn, das Dosenfutter, das ich dir gebe, ist gesund? Mit dem ganzen Parfüm und Zucker, die da drin sind. Eigentlich müsstest du Kaninchen jagen und ganz fressen, samt Darm, Darminhalt und Haaren.«

»Schon. Aber wo kriege ich Kaninchen her? Also lass mir wenigstens meine Schweinsohren und Ochsenziemer.«

Im Internet fand ich ein reiches Angebot an veganer Tiernahrung. Armer Cipión. Bei einem Vegetarier bekäme er immerhin noch leckere Eier und Joghurt. Und wollten nicht gerade wir die Tiere nicht mehr unseren Zielen und Zwecken unterwerfen? Oder hatte ich da was falsch verstanden?

»Jammer nicht«, sagte ich zu Cipión. »Erstens, du musst auf nichts verzichten. Und zweitens, auch ich muss mich umkrempeln.«

Zum Beispiel die Klamotten. Kein Leder, keine Seide, keine Wolle. Aber hatte ich nicht gerade gelernt, dass Baumwolle irre viel Wasser verbrauchte und politisch Bäh war? Und all die Insekten, die im Sprühregen der Insektizide krepierten. War das vegan? Sally kaufte nur noch secondhand, hatte sie mir bei demselben Spaziergang rund um die Bärenseen erklärt. »Extra für mich wird nichts mehr hergestellt.«

Aber der Unschick zurückliegender Moden? Vegan shoppen

ging man am besten im Internet, vor allem, wenn man schnell eine komplette Lebensausstattung brauchte.

Beim Anblick von hellblauen Fair-Trade-Pants, jägergrünen Guerilla-Thermal-Parkas, grünblauen Non-Toxic-Jackets, blassblauen Hoodys mit gelben Holzknöpfen oder blau-türkis gestreiften Sherpa-Flanell-Shirts hätte ich die Identitätskrise gekriegt, hätte ich eine Identität besessen.

Eine Weile betrachtete ich eine Fußgurke, die der Anbieter forsch als ausgefallenen Veganer-Chelsea-Boot in Wildlederoptik pries. Du musst auf nichts verzichten, schwebte wie eine Drohung über allem. Bikerstiefel aus Kunstleder. »Das tragen die armen Leute«, hatte meine Mutter stets geurteilt. Als gute Katholikin hatte sie den Kauf einer Nerzstola gebeichtet und sie dann demütig sonntags in die Kirche getragen. Stolz war sie nur auf das Echte: Echtleder, Echtwildseide, Schurwolle. Zudem war das Skaileder auch nicht wirklich billig. Und der weibliche Mensch besaß ja nicht nur ein Paar Schuhe. *Ibiza Gold* nannte sich ein Sneaker, der glänzte wie die goldene Seite der Lebensretterfolie, in die im Fernsehen Menschen nach Unfällen gehüllt wurden. »Direkt von der Tanzfläche Ibizas. Nicht nur modisch auf der Höhe der Zeit, bietet der Schuh höchsten Tragekomfort und besteht aus nachhaltigen Materialien, Oeko-Tex-zertifiziert und fair in Portugal produziert.« Warum hatte Ökozeug nur immer einen so aufgeregt toten Schick?

Entweder Mode oder Fairness. Ich schickte den ersten Warenkorb ab. Und jetzt die Unterwäsche. Man weiß ja nie, was sich ergibt. Micromodal hieß der Stoff, der einen Arsch zum Anfassen machte, sich glatt und entspannt um die Hinterbacken des Models schmiegte und zwischen Unterbackenfalten und Arschritze ins genitale Zwielicht einwölbte. Eine Faser aus Buchenholz. Mehr davon und ab damit in den Warenkorb!

Als ich die Kreditkarte in meinen Geldbeutel zurücksteckte, fiel mir auf: Das geht ja gar nicht. Kork war auch ein nettes Material. Und für Cipión Halsband und Leine aus pastellfarbenem Skaileder. Aber war die Tierhaltung nicht überhaupt Missbrauch der Kreatur für unser Kuschel- und Treuer-Freund-Bedürfnis?

»Kannst du Cipión nehmen?«

»Kommt darauf an, wie lange?« Richard war gerade dabei, einen Kaffeebecher unter die Düse des Automaten zu stellen.

»Er mag dich doch sowieso lieber als mich. So wie er sich hinschmeißt, wenn du kommst.«

Richard hielt inne und drehte sich um. »Aber, Lisa! Das macht er doch nur, weil er selig darüber ist, dass sich seine Meute vergrößert.«

»Ja, aber als Veganerin müsste ich ihn mit Gemüse füttern. Und das ist Tierquälerei.«

»Nun mach mal halblang. Für seine Existenz bist du nicht verantwortlich, du hast ihn aus einer Höhle gerettet. Weder du noch er hatten eine Wahl. Nach meinem Dafürhalten kann ein Veganer einen ihm dergestalt anvertrauten Hund weiterhin mit Fleisch ernähren, muss es sogar aus Verantwortung dem Tier gegenüber. Du kannst Cipión ja nicht im Wald aussetzen, damit er sich selber versorgt. Hunde sind auf Menschen programmiert. Und alle Haustiere in Heime abschieben geht auch nicht, sie töten sowieso nicht.«

Er stellte den Becher unter die Düse und drückte auf den Knopf. Der Automat begann die Bohnen zu mahlen. Ich zündete mir eine Zigarette an. Glücklicherweise waren Drogen pflanzlichen Ursprungs, Nikotin, Koffein, Alkohol, Meskalin, Heroin …

Die Aschenbecher konnte ich also in meiner Wohnung stehen lassen. Was noch? Seit Ewigkeiten wohnte ich schon im dritten Stock des gelben Klinkerbaus in der Neckarstraße mit Blick auf den Bunker der Staatsanwaltschaft. Für Perspektivwechsel sorgte die Straße selbst. Neuerdings war links der Treppe am Eingang zur Staatsanwaltschaft eine Rampe für Rollstühle und Rollatoren gewachsen. Man ging mit Gesetz und Zeit und machte sich barrierefrei. Demnächst sicher auch vegan.

Ich ging schon mal voran und markierte im Geist mit Hilfe

eines Vegan Guide namens Rothilde, die eine Ratgeberseite im Internet betrieb, Leichenteile und Tierversklavungsprodukte in meiner Bude. Die Haarbürste: Schweineborsten. Kosmetikpinsel: Ziegenhaar. Honig im Shampoo, Ziegenmilch in der Seife, die Handcreme mit Lanolin, also Schafwollfett, Gesichtscremes mit Keratin und Kollagen aus Knochen- und Hörnermehl, pfui. Propolis in der Zahncreme, das hatte man den Honigbienen gestohlen. Und im roten Lippenstift bluteten die toten Schildläuse.

Mein Sofa hatte wohl gute Chancen davonzukommen, es bestand vermutlich zu hundert Prozent aus Polyester und Acryl. Aber das schottische Plaid darauf nicht. Die waren üblicherweise aus Schurwolle, und von Cipións Decke wusste ich, dass sie dreißig Prozent Wolle hatte. Und natürlich die Daunen in meinem Kopfkissen und meiner Decke.

»Sie müssen nicht gleich alles wegschmeißen«, sagte Rothilde mit freundlichem Lächeln, »das käme einer Missachtung des Opfers gleich, das die Tiere bereits gebracht haben. Aber Sie werden die Sachen nach und nach verschenken und durch andere ersetzen. Ist das Bewusstsein erst einmal geschärft, werden Sie sich alsbald mit diesen Gegenständen nicht mehr wohlfühlen.«

Im Geist füllte ich Kisten mit dem Lederetui des Nagelsets auf dem Nachttisch, Schuhen, Lederjacken, Gürteln, Wollsocken, der Pudelmütze, dem Schal, Pullovern, Blazern, Seidentüchern, Seidenunterwäsche. Aber auch bei den Jeans zog Rothilde auf ihrer hellblauen Internetseite die Nase kraus: Made in China, in Bangladesch, in Vietnam, miserable Arbeitsbedingungen. Wir boykottieren die ganze Welt.

Teppiche besaß ich keine. Aber zwei Kisten Bücher. Und wer glaubt, Bücher bestünden nur aus Papier, der irrt. Verklebt sind sie mit Leim aus Knochen und Tierblut, zumindest die gebundenen. Geige oder Gitarre besaß ich nicht, die wurden mit Knochenkleister geleimt. Die alten Schränke, der Kneipentisch in meinem Salon und die Stühle vermutlich auch. Und harmlos waren auch die alten Klassen- und Kinderfotos in der Schuhschachtel unterm Schrank nicht. Wegschmeißen musste ich sie nicht – es sei denn, mein geschärftes Bewusstsein machte es mir bald unmöglich, sie noch anzufassen –, aber nie wieder durfte ich Abzüge machen lassen, denn sie wurden in Gelatine gebadet.

»Und was haben wir denn da?«, sagte Rothilde lächelnd und schüttelte angesichts meiner Sammlung von Spirituosen den Kopf. Dass die rote Farbe des Campari von der Cochenille-Laus herrühren konnte, wusste ich. Aber Wodka hatte ich bisher für unproblematisch gehalten. »Wird oft durch Tierkohle gefiltert«, erläuterte mir Rothilde. »Das ist Aktivkohle aus Blut oder Knochen. Man benutzt sie auch, um Zucker weiß zu machen. In Deutschland zwar nicht mehr, aber Sie wissen natürlich nie, wo der Zucker herkommt, der in der Cola oder im Ketchup ist.«

»Bitte!«, sagte Richard und stellt mir den Pott Kaffee hin. Zucker nahm ich keinen. Milch sowieso nicht. Alles gut.

Irrtum!

»Wie sehen eigentlich die Kaffeebohnen aus?«

»Bitte?«

Ich stand auf, klappte den Deckel des Automaten hoch, griff mir ein paar Bohnen und hielt sie in der flachen Hand unter die Küchenlampe. »Findest du, sie glänzen?«

»Ich würde sagen, sie schimmern. Schmeckt der Kaffee nicht?«

»Kaffeebohnen dürfen offiziell mit Schellack oder Bienenwachs glasiert werden.«

»Aha.« Der Kaffeebecher dampfte vor seinen zum Trinken gespitzten Lippen.

»Und Schellack«, wiederholte ich Rothildes Worte, »gewinnt man aus der Lackschildlaus.« Tja, hätten Sie's gewusst? Gut, dass ich keine historische Plattensammlung besaß. Es war überhaupt nicht gut, zu viel zu besitzen.

»Und nun werfen wir noch einen Blick in Ihre Nahrungsergänzungsmittel und Vitaminpräparate«, drohte Rothilde freundlich. »Vitamin A kann aus Fischlebertran, Eigelb oder Butter stammen, Vitamin B aus Tierleber, Vitamin D aus Fisch,

Milch oder Eiern und Vitamin H, auch Biotin genannt, aus Krebspanzern oder Milch. Aber keine Sorge, das bekommen Sie über Sojabohnen, Haferflocken oder Walnüsse ebenfalls. Und informieren Sie sich, bevor Sie einkaufen gehen. Nicht alles, was rein pflanzlich zu sein scheint, ist es auch. Manche Biere und auch mancher Essig werden mit Gelatine geklärt. Auch viele Obstsäfte. Und selbst Papier wird manchmal mit Gelatine fest gemacht.« Wer brauchte heute noch Papier?

Richard zündete sich seine Kaffeezigarette an, setzte sich aber nicht wieder. »Musst du eigentlich unbedingt schon heute Abend mit diesem Humbug anfangen?«

»He, du willst doch, dass ich die Bloggerin finde. Glaubst du, ich komme in die Szene rein, wenn ich halbe Sachen mache? Die riechen es doch sofort an meinen Fürzen, wenn ich Fleisch esse.«

Richard verzog das Gesicht und verließ mit dem Kaffeebecher in der Hand und qualmender Zigarette die Küche. Cipión dackelte hinterher. Ich nahm einen Schluck aus meinem Becher. Gleich morgen, nein, übermorgen würde ich meinen ersten Tofu braten.

Irgendwo hatte ich so was schon mal als Hähnchenfleischersatz gegessen, in meiner Zeit als Redakteurin der Emanzenzeitschrift *Amazone*. Tofu war übrigens gar kein neumodischer Veggiegummi, sondern hatte in China eine lange Tradition. Er war so etwas wie Sojakäse, stand bei Wikipedia. Proteine der Sojamilch gerinnen zu einem Quark, der wird entwässert und zu Blöcken gepresst. Er schmeckt nach nichts. Man macht ihn schmackhaft mit Gewürzen, Salz und Rauch. Ich erinnerte mich, dass er sich wie Fleisch kaute, nur elastischer und fester. Seitan hieß der Käse, wenn er aus Gluten vom Weizenmehl bestand. Eine Glutenallergie sollte man als Veganer nicht haben.

Einmal brachte ich Topinambur nach Hause. »Rosserdäpfel«, sagte mein Vater. »Die haben wir früher an Pferde verfüttert. Kommt alles wieder und wird gegessen, wenn es nur einen indianischen Namen hat.«

Er ist persönlich beleidigt, weil er keinen Einfluss mehr auf mich hat. Er erträgt es nicht, dass ich ihn infrage stelle. Er kann mich nicht in Ruhe lassen.

Nie könnt ihr uns in Ruhe lassen. Ständig zwingt ihr uns eure Diskussionen auf, euer schlechtes Gewissen. Wer Fleisch isst, weiß ja, dass dafür Tiere sterben und unter grausamen Bedingungen gehalten werden. Weil ihr im Unrecht seid, werdet ihr laut. Der Mensch ist ein Allesfresser, schreit ihr, er braucht tierisches Eiweiß, weil es am leichtesten verdaulich ist. Auch das ist eine der vielen Lügen der Tiermordindustrie. Woher kommen denn all die Autoimmunerkrankungen und Allergien? Massenhaft stopft ihr Proteine in euch hinein, die den menschlichen ähnlich sind. Irgendwann tickt das Immunsystem aus, macht keinen Unterschied mehr und greift die eigenen Zellen an, um sie zu verdauen. Und es kommt heutzutage nicht mehr darauf an, leichtverdauliche Hochenergienahrung zu sich zu nehmen. Wir leben im Überfluss und bewegen uns zu wenig. Wir brauchen eine Entschleunigung des Essens. Alle unsere Zivilisationskrankheiten stehen im Zusammenhang mit unserem enormen Fleisch- und Milchkonsum. In Milch-Regionen sind Brust- und Prostatakrebs, Diabetes und chronische Darmerkrankungen weit weiter verbreitet als anderswo. Das ist erwiesen. Wenn ihr schon nicht für euch selbst Verantwortung übernehmen wollt, so denkt wenigstens an die anderen, eure Kinder, die Kinder in der Dritten Welt. Wir produzieren so viel Hähnchen, dass wir die Schlegel und Flügel nach Afrika exportieren müssen. Dort werden sie so billig verkauft, dass die einheimischen Bauern nichts mehr verkaufen können.

Was kann ich allein schon ausrichten?, fragt ihr immer. Darum ist es wichtig, dass viele die Zusammenhänge erkennen und für sich die Entscheidung treffen, sich nicht mehr am Massenmord zu beteiligen und vegan zu leben. Die echte Moral macht keinen Unterschied zwischen den Spezies, sie betrachtet jedes Leben als wertes Leben.

Richard guckte im Wohnzimmer die *Tagesschau*, ich hörte es. In den nächsten Tagen würden bei mir die Pakete eintrudeln. Die Hälfte davon würde Oma Scheible im Treppenhaus abfangen und mir bringen. Mit schillernden Äuglein. »So, isch ebbes unterwegs?«

»Ja, ein paar Pakete kommen schon noch.« Ihre Kiefer malmten im hageren Gesicht. Taktvoll war Oma Scheible nicht, aber sie besaß ein Feingefühl für Familienstände und Krankheiten. Ich hingegen nicht. Aber ich begriff's dann auch. »Aus dem Alter bin ich raus.«

Oma Scheible hatte immer Geschichten auf Lager. Hier passte die einer Frau, die sich mit siebzig das Embryo ihrer Tochter hatte einpflanzen lassen und ihren eigenen Enkel austrug.

»Aber, Frau Scheible, für wie alt halten Sie mich eigentlich?«

Das brachte sie nicht in Verlegenheit. Hauptsache, die große Linie stimmte. »Aber ma derf doch graduliere? Hot er sie endlich g'fragt. Zu meiner Zeit hemmer d' Ausschteuer noch von der Mueder kriegt.«

Vielleicht schenkte ich ihr das schottische Plaid. So änderten sich die Zeiten. In den achtziger Jahren strickten wir Pullover aus Wolle direkt vom Biohof und rieben uns das Lanolin in Knötchen von den Fingern, wir glaubten an Honig und teure Bioeier, hielten Seide für eine natürliche Alternative zur Baumwolle aus der Intensivlandwirtschaft und zogen Kerzen aus Bienenwachs.

Bevor ich vegan-style auf die Gasse konnte, würde es noch ein paar Tage dauern. Aber je eher ich anfing … Am Küchentisch stellte ich mein Hirn weit und ließ mich einwickeln ins Netz von Links, Namen und Gedankenverbindungen.

Eine Bloggerin namens »Kleopatras rohes Leben« schrieb: »Ich gucke kein Fernsehen, keine Werbung, keine Nachrichten, Zeitung lese ich gar nicht. Noch darf ich unzensiert auf Youtube für Rohkost werben. Wie lange noch? Folgt mir sicherheitshalber auf Facebook, da können Beiträge nicht so einfach von bösen Mächten gelöscht werden.«

Das musste die Kleopatra mit der Migräne sein, von der Sally mir erzählt hatte. Ich klickte mich rüber zu Facebook. Der letzte Eintrag auf der Seite »Kleopatras rohes Leben« war drei Monate alt und lautete: »Wegen einer familiären Notfallsituation ruht meine Tätigkeit.« Das Profilfoto zeigte eine schlanke rothaarige Frau Anfang dreißig in violetter Schürze. Sie stellte mit Mixer, Gemüse und Agavensirup köstliche Mahlzeiten her. Nichts wurde über vierzig Grad erhitzt. Sie vertrieb Küchenmaschinen und Bücher, die man nicht gut Kochbücher nennen konnte. Ihre Youtube-Videos hatten bis zu hunderttausend Klicks. Mit hoher Stimme und energischen Bewegungen erklärte sie, in welchem Verhältnis man gehäckselten Spinat mit Orangensaft, Möhrensaft, Roter Bete, Kokosraspeln und Ingwer mischen musste, um einen Guten-Morgen-Drink zu erhalten. In Zwiefalten auf der Schwäbischen Alb bot sie außerdem ihre Dienste als Heilpraktikerin an.

Auf einer anderen Internetseite über Rohkost erfuhr ich völlig unerwartet: Kleopatras rohes Leben war vor ein paar Wochen zu Ende gegangen. Sie war an Krebs gestorben, und zwar an Zungenkrebs. Darunter ein Hater-Kommentar: »Kleopatra ist nicht an Krebs gestorben, sondern an ihrem krankhaften Verhältnis zu verarschender Rohkost. Sie wurde von Schlechtkostessern ohne Hirn fehlgeleitet, fehlbehandelt und missbraucht.« Nein, es war kein Fleischesser, der seinen Hohn über sie ausgoss, sondern ein anderer Rohköstler. »Das blöde Törtchen-Gebacke und Mit-Agavendicksaft-Gesüße hat mit Rohkost rein gar nichts zu tun. Schon der Schwachsinn, Rohkostköchin zu sein, strotzt vor Dummheit. Auch eine Rohkostschule zu besuchen ist krank, weil man Rohkost in der Natur erlernt, aber nicht in einem Kochstudio, und es ist extreme Heuchelei, sich als Schlechtkostesser in die Rohkostszene zu drängen. Ihr kleiner Sohn ist nun befreit von einer Heuchlerin, die die Welt und sich selbst mit Mixturen belogen hat.«

Himmel! Extremer ging immer.

Von Storchenbeins Mutter lerne ich kochen. Sie betreibt eine mobile VoKü und kocht freitags im Zentrum. Ich begegne Gemüsen, denen ich noch nie vorher begegnet bin: Schwarzwurzeln, die beim Schälen klebrige Hände machen, gelbe Butterrübchen, warzenreiche Kochgurken, violette Karotten, mehlige Süßkartoffeln. Es gibt so vieles, was ihr mit euren fleischgierigen Augen nicht mehr wahrnehmt. Bäume hängen voller Früchte, Sträucher voller Beeren, die Erde bringt saftige Kohlrabis, knackige Selleriestangen, süße Zwiebeln, bunte Rüben und Sträuße von Kräutern hervor. Eine Welt unerschöpflicher Aromen. Wie armselig seid ihr, die ihr euch auf den Leichengeschmack von Tierkadavern reduziert habt.

Stopp! Noch mal hoch. »Sie betreibt eine mobile VoKü und kocht freitags im Zentrum.« Volksküchen, auch Volxküche, BeVoKü (Bevölkerungsküche) oder VoKü genannt, neuerdings auch Küfa (Küche für Alle) oder SoliKü (Solidarische Küche) bei allen, denen das Wort »Volk« suspekt war, gab es in Stuttgart, Freiburg, Karlsruhe, Heidelberg und Pforzheim. Sie wurden von Maulwürfen betrieben. Maulwurf stand für ein Kollektiv leidenschaftlicher Volxköch*innen, die sich als Teil einer widerständisch-emanzipatorischen Bewegung verstanden und auf Demos, in Camps und bei Veranstaltungen kochten. Sie zielten auf ein Leben ohne Diskriminierung, lehnten Macht und Hierarchien ab, hatten keine Chefs, wehrten sich gegen Normal-Normen, wollten niemanden ausgrenzen und waren sich des Widerspruchs bewusst, dass sie in einer strukturell diskriminierenden Gesellschaft aufgewachsen waren und lebten. Deshalb wollten sie von anderen angesprochen werden, wenn sie sich selbst mackrig und checker*innenmäßig verhielten und anderen Unwohlsein bereiteten. Gekocht wurde ausschließlich vegan, ökologisch, regional und saisonal. So stand es auf der Internetseite der VegaKoS (Vegane Kommune Stuttgart). Sie befand sich in der Filderstraße.

Im Prinzip mein Ding, mal abgesehen von vegan-ökologisch-regional-und-saisonal, endlich ein Ort, wo ich – antihetero-normativ-queer-identitätslos-und-narbengesichtig – auflaufen konnte, ohne unter Erklärungs- und Bekenntnisdruck gesetzt zu werden. Solange ich kein Leder trug. Aber dieses Einledern war ja auch nur eine Schutzidentität für die Augen anderer gewesen, hinter der ich mein verschnurzeltes Lisa-Ich verbarg.

Ich nahm iPad, Tasse und Zigaretten und eilte ins Wohnzimmer, wo mein Checker, Oberstaatsanwalt Dr. Richard Weber, im Clubsessel saß, die Beine mit Füßen nur in Socken über die Ecke des schweren Art-déco-Couchtischs aus Schiefer gelegt, dem Rauch seiner Zigarette hinterherschaute und mit der linken Hand Cipión hinterm Schlappohr kraulte, der an der Sesselseite lehnte und einen Giraffenhals machte.

»Ich habe sie!«

Richard nahm die besockten Füße vom Tisch und richtete sich auf. Cipión schüttelte seine Ohren um den Kopf und sank auf dem weichen Teppich nieder.

»Zumindest fast«, schränkte ich ein. »Leider müssen wir bis Freitag warten. Und hoffen, dass sie dann in die VegaKoS kommt.«

»Das sind noch fünf Tage.«

»Und dann ist auch noch nichts klar. Die wird mir ja nicht beim Gemüseschnippeln erzählen, dass sie ein Blog schreibt und Hinni Rappküfer entführt hat. Bist du wirklich sicher, dass sich mein ganzer Veganaufwand lohnt?«

»Kollegin Meisner hält mich für total durchgeknallt, das will ich dir nicht verschweigen. Nur der Respekt vor mir hat sie davon abgehalten, mir den Besuch bei einem Psychiater nahezulegen. Natürlich gehen sie allen Hinweisen nach, auch im Netz, aber das ist – so ihre Worte – dynamisch und schwer zu fassen. Die größten Maulhelden sind im realen Leben kreuzbrave Finanzbeamte oder Werbefachleute.«

»Aber da tobt ein echter Glaubenskrieg. Dieser Rappküfer

sollte im Fernsehen gegen die vegane Köchin Rothilde antreten, ein Faktencheck: Wer lebt gesünder und länger? In Veganerkreisen wurde der Sendetermin exzessiv gepostet. Veganer gegen Fleischesser, endlich die Wahrheit, die Aufklärung, der Sieg. Doch die Sendung wurde nicht ausgestrahlt. Stattdessen lief ein Naturfilm. Jetzt brennt das Netz von Verschwörungstheorien. Selbst die Coolsten fragen sich, ob der LIV ... der Landesinnungsverband für das Fleischerhandwerk ...«

Richard nickte ungeduldig. Hätte ich ihm nicht aufzudröseln brauchen.

»... beim Sender angerufen hat und wie viel Monsanto, Wiesenhof und Vion dafür bezahlt haben, dass sie nicht läuft.«

»Ach herrje, in welcher Welt leben die denn?«, seufzte Richard. »Als ob die Konzerne heute noch vor den Medien zittern würden. Und wer weiß, womöglich hätten die Veganer gar nicht gewonnen. Ich erinnere mich, da gab es vor ein paar Jahren mal eine Sendung im Fernsehen, da hat irgendein Fernsehkoch, ich glaube, es war sogar Rappküfer, einer Gruppe vier Wochen lang eine gesunde Mischkost aufgetischt und der anderen Fastfood und Hamburger. Am Ende kam heraus, dass die Blutwerte in beiden Gruppen gleich gut waren. In Wahrheit kennt sich niemand mit Ernährung wirklich aus. Alle zehn Jahre wird eine andere Sau durchs Dorf getrieben. Ich bin noch mit ›Fleisch ist ein Stück Lebenskraft‹ und guter Butter groß geworden. Dann kam die Mittelmeerdiät, die von Olivenöl triefte. Neuerdings kommt alles Übel von den Kohlehydraten, und Obst ist plötzlich auch nicht mehr so gesund, wegen der Fruktose, dafür ist der Haushaltszucker jetzt wieder der Gute. Die Glaubenssätze ändern sich alle paar Jahre. Die Krebsraten nicht. Wer glaubt denn den Ernährungsgurus noch irgendein Wort?«

»Den ethischen Veganern geht es aber nicht so sehr um die persönliche Krebsvermeidung. Sie sind hochpolitisch: gegen das Gesetz des Sonntagsbratens am Familientisch, gegen die Tötungsindustrie der Geldwelt, gegen das Blutopfer für patriarchalische Götter. Durch Gemüse zum Weltfrieden. Und das hätte Konsequenzen für das globale Wirtschaftssystem.«

»Also ist es zum Scheitern verurteilt.«

»Ach so, und deshalb muss ein Fernsehkoch umgebracht werden?«

»Lisa, verstehst du, warum die RAF Schleyer umgebracht hat?«

»Veganer lehnen das Töten ab, Richard.«

Seine linke Braue zuckte. »Christen lehnen das Töten auch ab. Das mit Rappküfer ist nicht politisch, sondern privat. Aus irgendeinem Grund hat die Bloggerin sich in ihn verbissen.«

Und aus irgendeinem Grund hatte Richard Angst. Im Alter wurden Ängste größer. Auf ihre alten Tage fürchtete meine Mutter sich vor Einbrechern und Vergewaltigern, und Richard womöglich vor dem Ausbruch unbändiger Mordlust bei jungen Frauen?

»Hör mal«, sagte ich, »es fällt mir einfach schwer, mir vorzustellen, dass eine jugendliche Bloggerin einen gestandenen Mann wie Rappküfer unter ihre Kontrolle bringt.«

»Höre ich da Geringschätzung gegenüber Frauen, die nur Gemüse essen?«

»Höhö, du Affe! Ja, es ist viel Hass im Text. Ich kann's sogar verstehen, Richard. Die fühlt sich daheim gefangen. Mir kommt das vor wie … wie eine Aufrüstung für den Ausbruch von zu Hause. Hassen, damit sie es schafft oder so. Und eigentlich würde sie gern ihrem zynischen Vater die Luft abdrehen.«

Dein Kopf steckt in der Schlinge. Die Hände habe ich dir auf den Rücken gebunden. So lasse ich dich stehen. Über eine Videokamera kann ich dich beobachten. Nach ein paar Stunden weißt du, dass du noch viele Stunden stehen wirst. So lange, bis du nicht mehr kannst. Dann fällst du in die Schlinge. Sobald der Strick die Halsschlagadern zupresst, verlierst du das Bewusstsein und dein Leben zieht an dir vorbei. Erhängen ist ein schöner und schneller Tod. Aber das weißt du nicht. Und du willst ja auch nicht sterben. Vielleicht denkst du an die Tausende Schweine oder Rinder, die stundenlang in Viehtransportern stehen, ohne Wasser, ohne Futter, bis sie nicht mehr stehen können, fallen und von den anderen totgetrampelt werden. Anfangs bist du kampfbereit, willst dich nicht geschlagen geben, denkst fieberhaft nach, überlegst dir Strategien, entlastest mal das eine, mal das andere Bein. Der Rücken beginnt zu schmerzen, deine Bandscheibe. Jetzt spielst du schon gelegentlich mit dem Gedanken aufzugeben. Dich fallen lassen. Aus und Ende. Deine Beine wollen einknicken, Todesangst fährt dir in die Glieder und treibt deinen Kreislauf noch mal hoch, du raffst dich auf. Vielleicht kommt doch noch Rettung. Vielleicht erlöse ich dich.

Richard schaute mich an. »Anscheinend wird kein Gefühl im Menschen so schnell und nachhaltig geweckt wie der Hass.«

»Findest du?«

Er beugte sich vor und drückte die Zigarette im Aschenbecher aus. Die Ellbogen auf die Knie gestützt, blieb er sitzen. »Schau dich doch um, Lisa. Hass ist ganz leicht. Und sehr effizient. Er macht aus dem Verhassten einen Wurm, während man selbst der Held ist. Und für den Helden gelten keinerlei zivilisatorische Regeln mehr. Dem Guten ist gewissermaßen alles erlaubt. Wer anderer Ansicht ist, wird mit einem bodenlosen Vokabular der Gehässigkeit überschüttet. Kein Wort ist zu faschistisch, um ihn damit zu charakterisieren. Wer sich auf der Seite der guten Sache glaubt, erteilt sich selbst die Erlaubnis, Farbbeutel zu werfen, den Besitz des anderen zu verwüsten, ihn mit dem Tod zu bedrohen, seinen Tod billigend in Kauf zu nehmen, ja ihn zu töten. Und offenbar gibt es immer nur eine einzige gute Sache, nämlich die eigene, die automatisch alle anderen Interessen und Bestrebungen entwertet und als das Böse schlechthin vernichten darf.«

»Tiermord kann nie gut sein«, bemerkte ich. »Wie das Wort ja schon sagt.«

»Und wo hört das Töten auf, Mord zu sein? Schon bei den Ratten oder erst beim Maiszünsler oder der Malariamücke?«

Ich machte eine große Geste. »Wir töten nichts, was ein Gesicht und eine Mutter hat.«

Richard runzelte die Stirn. »Also auch keine Spinnen, Wanderheuschrecken, Raupen, Zecken oder Tsetsefliegen. Ein Glück, dass wir in Deutschland kaum wirklich gefährliche Insekten haben.«

»Dann hieße es Notwehr, Richard.«

Seine Braue zuckte. »Weißt du, wovor ich mich am meisten fürchte, Lisa?«

»Vor dem Tod jedenfalls nicht. Ach so ja ...« Ich lachte. »Klar ...«

»Ja?«

»Vor der Hochzeit.«

Er riss die Augen auf. »Was?«

»Oder warum hast du mich noch nicht gefragt?«

»Dich?«

»Ach, gibt es sonst noch jemanden?«

»Lisa ...« Er lehnte sich zurück, fuhr sich über das dichte nussbraune Haar und lockerte sich den Krawattenknoten. »Das ... ähem ... ich ...« Er unterbrach das Gestammel und schlitzte die Augen. »Ja, du hast völlig recht.«

»Äh ... womit?«

»Wie sollte es gehen? Du im veganen weißen Smoking vor dem Traualtar? Und vor welchem? Deinem katholischen mit dem Leib Christi in der Monstranz? Oder meinem evangelischen ohne kannibalische Mahlzeit? Bedenke, unsere Mütter sind beide noch am Leben. Willst du es auf einen Religionskrieg ankommen lassen?«

»Meine Mutter gewinnt. Sie hat den Teufel des wahren Glaubens auf ihrer Seite.«

»Unterschätz meine Mutter nicht!«

»Okay.«

Er schaute mich fragend an. Ich grinste nett. Er stand auf, steckte die Hände in die Hosentaschen seines cognacfarbenen Dreiteilers und ging auf Socken ans Fenster. Der Ostervollmond rollte über die Stadt. Ich konnte ihn im Fensterviereck sehen. Dass darunter vor seinen Augen der Stadtkessel glitzerte, wusste ich nur. In den Bücherregalen aus dunklem Holz flackerten die Gesamtausgaben der Klassiker von Lessing bis Schiller, Arno Schmidt, Kästner, Frisch und Grass bis zu Christa Wolf, den Brontë-Schwestern oder Hannah Arendt. Dazwischen Einzelstücke wie Gerd Brantenbergs *Töchter Egalias* und die Glossen von Alfred Polgar, Martin von Arndts *Tage der Nemesis* über den Genozid an den Armeniern und ein paar Krimis von Conan Doyle, Dashiell Hammett, Wolfgang Schorlau, Heinrich Steinfest und Christine Lehmann. Aber auch Jules Vernes *Reise zum Mond* und *In 80 Tagen um die Erde* hatte ich mir bei ihm schon geliehen, auch von Cervantes den *Don Quijote de la Mancha* und *El coloquio de los perros,* die Unterhaltung der beiden sprechenden Hunde Berganza und Cipión. Und Berganza sagte: »*Cipión, hermano, te óyo hablar y sé que te hablo, y no puedo creerlo, por parecerme que el hablar nosotros pasa de los términos de naturaleza* … Cipión, mein Bruder, ich höre dich sprechen und ich weiß, dass ich zu dir spreche, aber ich kann es kaum glauben, denn, dass wir sprechen, scheint über unsere Natur zu gehen.«

Er hatte andere zum Sprechen gebracht, mein Dackel Cipión, aber selbst nie ein Wort gesagt. Er bellte nicht, womöglich weil er bis heute trauerte, dass er die menschliche Sprache nicht beherrschte. Gebell war das Dümmste, was ein Hund von sich geben konnte, ein infantiler Lärm, immer missverständlich: Heult er vor Angst oder knurrt er? Cipión wusste, dass wir Menschen ein klares »Ich will« oder »Lass das!« brauchten, weil wir andernfalls unsere komplexbeladenen Gefühle auf das Tier projizierten und ihm Eifersucht, Liebe oder Trauer unterstellten.

»Aber zum Glück werden Ehen ja juristisch auf dem Standesamt geschlossen«, sagte Richard und wandte sich zu mir um.

»Und man braucht nicht einmal mehr Zeugen dafür.« Er machte zwei Schritte zu seinem Schreibtisch, nahm das Handy, weckte es und wischte. »Am Donnerstag hätte ich Zeit. Nach der Sitzung.«

»Öööö …« Ich rief auf dem Tablet meinen Kalender auf.

»Zum Vorgespräch müssen wir beide hin, Lisa.«

»Ach so, ja.«

»Hast du deine Geburtsurkunde?«

»Ach du meine Güte. Keine Ahnung. Nee, ich glaube, die liegt noch bei meiner Mutter. Und wenn ich die frage, dann weiß sie sofort, was Sache ist.«

Da stand er nun und wartete mit freundlich neutralem Gesicht.

Ich musste lachen. »Okay, okay, Richard. Ich hab's kapiert. So einfach ist das nicht. Das kann man nicht mal eben so schnell nebenher machen.«

»Seit wann schrecken dich kleinere Widerstände?«

»Meine Mutter würde es mir nie verzeihen, wenn sie nicht dabei sein dürfte.«

»Und? Brauchst du ihre Verzeihung?«

»Aber ich muss hinfahren!«

Er legte das Handy auf den Tisch zurück. »Dachte ich mir's doch.«

»Was?«

»Es war nur wieder einmal einer deiner Nerz'schen Versuche, mich aus dem Tritt zu bringen und eine Situation zu chaotisieren, um sie unter deine Kontrolle zu bringen.«

»Hui! Jetzt aber!«

Im Gegensatz zu mir brauchte Richard nicht das letzte Wort. Schweigend verließ er das Zimmer. Nach ein paar Sekunden tönten die Saiten seines Bechstein-Flügels. Vermutlich Bach.

4

Ich ziehe mich hinter den großen Blonden zurück. Ich bin das einzige Mädchen unter den acht Interessenten. Die Einzige, die auf der SÜFFA zugesagt hat. Die anderen kommen, glaube ich, von der Arbeitsagentur. Es ist kalt. Der große Blonde dreht sich eine Zigarette und steckt sie hinters Ohr. Der Hof liegt an der Hauptstraße am Ortsausgang. Damit man die Todesschreie nicht hört, denke ich. Man kann vom Gehweg aus hineinschauen, man sieht das Todestor, die Haken. Die Dame von der Innung erklärt uns die strengen EU-Hygienevorschriften. Deshalb schlachten die meisten Metzger nicht mehr selber, sondern kaufen beim Großhändler. Dort werden pro Stunde achtzehntausend Tiere ermordet, von Maschinen ausgenommen und zerlegt, über vierzigtausend Schweine pro Tag. Das ist billiger. 1,80 Euro würde ein Kilo Schweinefleisch vom Großschlachter kosten, 1,50 Euro zahlt der Mörder dem Bauern, der ihm die Schweine anliefert. Das Schlachten kostet ihn mehr als 30 Cent pro Kilo. Er macht es trotzdem. Er macht es gern. Er behauptet, dass er wissen will, woher seine Schweine kommen, deren Fleisch er verarbeitet und verkauft. »Kurze Anfahrtswege, weniger Stress für die Tiere«, sagt er. »Sie fürchten sich nicht. Sie ahnen nicht«, sagt er, »was auf sie zukommt.« Woher wisst ihr das? Ich darf nicht auffallen, ich frage nicht.

»Den Italienern sind die EU-Regeln egal, sie halten sich nicht daran, nur wir, hier in Deutschland«, erklärt mir der große Blonde. »Mein Onkel hat aufgegeben. Aber ob die Großschlachtereien wirklich hygienischer sind ... Der hier schlachtet seine zehn Schweine und macht dann alles sauber. In den Großschlachtereien arbeiten sie rund um die Uhr. Und sie stehen unter Druck. Da übersieht man schon mal, dass ein Gelenk entzündet ist und man alles steril machen müsste.«

Der Laster mit den Schweinen kommt. Sie strecken die platten Nasen zwischen den Latten heraus. Blitzlebendig. Der Mörder ist ganz in Weiß gekleidet, weiße Hosen, weiße Plastikschürze, weiße Baseballkappe. Er hat eine große Zange, die Strom führt. Der Bauer treibt mit einem Brett ein Schwein in die Ecke des Lasters. Der Mörder setzt die Kupferklauen der Stromzange über die Ohren des Schweins. Es fällt. Sind die anderen Schweine schon so blöd geworden, dass sie nicht merken, was passiert? Macht die Viehhaltung gefühllos und gleichgültig, weil sie soziale Beziehungen zerstört? Der Geselle des Mörders befestigt das Hinterbein der Leiche an einer Metallschlaufe. Der Kadaver wird ins Schlachthaus gezogen und kopfüber aufgehängt. »Schlachten ist Betäubung und Blutentzug«, erklärt uns der Mörder. Er sticht in die Hauptschlagader. Blut spritzt auf seine weiße Gummischürze. Der Geselle fängt den Blutstrom in einem Eimer auf. »Das verarbeiten wir morgen zu Blutwurst«, sagt der Mörder und geht zurück zum Viehtransporter. Ein Schwein nach dem anderen fällt. Sie schreien nicht. Niemand schreit. Nur ich sterbe jedes Mal mit. Mein Körper flattert in Todesnot.

Im Menschenschlachthof berauben wir die Individuen der Erkenntnis ihres Todes, wir überrumpeln sie, sie sterben ohne Abschied, ohne ein letztes Gebet. Zwei Männer hieven den Leichnam in die Brühmaschine, wo ihm bei siebzig Grad die Haare entfernt werden. Manchmal bewegt sich einer, weil er doch nicht tot war. Anschließend legen sie die Leiche auf eine Metallplatte und brennen die Hautstellen ab, wo noch Haare sind. Der Mörder schneidet Augen und Augenlider heraus. Die Augen sind für eine Schule, wo sie in Bio ein Auge sezieren wollen. Die Ohren bleiben dran. Sie werden später getrocknet und zu Hundesnacks verarbeitet. Blass und kahl wie eine Porzellanfigur hängt die Leiche mit beiden Füßen in Metallhaken. Der Mörder schneidet mit einem langen Messer die Bauchdecke auf, der Darm quillt heraus und fällt zu Boden. Er steckt den Arm in die Bauchhöhle und löst Lunge, Herz, Nieren, Leber und Galle heraus. Dann zerteilt er die Leiche mit einer elektrischen Säge in zwei Hälften.

»Eine saubere Sache«, sagt der große Blonde, zwinkert mir zu und zieht die Zigarette hinterm Ohr hervor.

SÜFFA war die Abkürzung für irgendwas, was im Zusammenhang mit der Fachmesse für die Fleischbranche stand. Nächster Termin Oktober. Ich guckte nach kleinen Schlachtereien im Land und fand nur eine, in Gärtringen, nicht weit weg von Stuttgart. Da morgen anrufen! Ein Angebot an künftige Lehrlinge zum Besuch eines Schlachtbetriebs fand ich auf die Schnelle nicht. Später recherchieren!

Die VegaKoS hatte auch eine Facebookseite. Letzter Post war der Aufruf zu einer Telefon- und Online-Aktion gegen ebendiese SÜFFA im Oktober. »Am Dienstag startet unsere Aktion. Auf unserer Internetseite findet ihr die Liste mit den Telefonnummern und Mail-Adressen der Verantwortlichen. Besonders wirkungsvoll ist es, direkt anzurufen. Aber bitte höflich bleiben! Wer sich das nicht zutraut, schreibe zahlreich E-Mails. Einen Vorschlag findet ihr auch auf unserer Seite.«

Ich klickte mich rüber.

Die Fachmesse für die Fleischbranche ist national und im angrenzenden Ausland, also Schweiz und Frankreich, der Branchentreff für das Fleischerhandwerk und die mittelständische Industrie. Hier sollen Hersteller*innen in Kontakt mit Schlachtmaschinen und Schlachtwerkzeug kommen. Hinter dieser Fassade wird deutlich, dass die Messe von Profiteur*innen der Fleischindustrie genutzt wird, um neue Mittel einer schnelleren und billigeren Tierausbeutung zu vermarkten. Es dreht sich ausschließlich darum, wie Lebewesen am besten umgebracht, zerstückelt und zu Waren verarbeitet werden können. Das Töten bekommt Event-Charakter, etwa durch einen Zerlegewettbewerb für Gesell*innen.

»Derb!«, hatte eine gewisse Janice Niggemann kommentiert.

»In der Fleischindustrie«, schrieb ich darunter, »werden nicht nur Tiere zur Gewinnmaximierung gequält und ausgebeutet, sondern auch die Arbeiterinnen und Arbeiter. In den Tierfabriken in Niedersachsen arbeiten Leute aus Rumänien und Bulgarien für drei Euro die Stunde. Ohne Rechte, oft ohne Obdach, sie schlafen im Wald.«

Während ich auf Klicks und Kommentare wartete, wechselte ich auf mein Profil und löschte und verbarg eilig alles, was nach Leder, Currywurst und Tierversklavung aussah.

Janice Niggemann antwortete mir: »In Indonesien und Thailand, da halten sie auf Fischkuttern Arbeiter als Sklaven. Die schaffen zwanzig Stunden für eine Schale Reise, nachts sperrt man sie in Käfige. Wenn einer von Bord will, schmeißt man ihn ins Meer. Das ist real. Neunzig Prozent der Shrimps und Fische gehen in die USA und nach Europa.«

»Wenn«, bemerkte ich, »sie die Arbeitssklaven schlachten und ihr Fleisch verkaufen dürften, würden sie sie wenigstens anständig füttern.«

Zwei Gefälltmir ploppten sofort auf. Von Obstcocktail und Fleischfresserficker. Der eine postete Videos von *Refused*: »New Noise«. Der andere stand auf das monotone Hardest-Core-Gekreische von *Earth Crisis,* aber auch den Deutsch-Hip-Hop von *Albino*.

Eine Violette Sirsch schrieb: »Keine Gewalt! Ich gucke nicht mehr Fernsehen, hör kein Radio, les keine Zeitung. Ertrage so viel Blut und Tod nicht. Das sammelt sich wie stinkender Müll im Kopf. Wir müssen an uns selbst gesunden, achtsam miteinander umgehen, jede Idee von Gewalt aus unserem Denken verbannen.«

»Hast recht«, sagte ich und verbannte eifrig.

»Welcome, Lisa Nerz«, sagte VegaKoS. »Schön, dass du dabei bist.«

»Fleisch esse ich schon lang nicht mehr«, schrieb ich. »Jetzt bin ich vegan. Man muss bei sich selbst anfangen. Straight sein.«

Das gefiel Janice Niggemann, Violette Sirsch, VegaKoS, Tieranarchie, Obstcocktail und Denise Methang.

Ich klickte mich in die Profile. Denise war in Böblingen geboren und zur Schule gegangen, outete sich als Partnerin von Kevin Eder und postete Baby-Fotos. Elise, kurz Eli oder Purzel hieß das Kipf und lag hin und wieder in den Armen von Kevin. Sein Profil war für Nicht-Freund*innen verschlossen. Es verriet nur, dass er in Bregenz geboren war. Von Denise verwies ein Link auf eine Internetseite, aus der hervorging, dass sie in einem ehemaligen Ladenraum der VegaKoS in der Filderstraße mit Hilfe von großen Mixern eine Bar für Smoothies betrieben, die mittags von Architekten, IT-Fachleuten, Arzthelferinnen und Kunsthandwerkerinnen vom nahen Marienplatz, aus dem Lehen und aus dem Heusteig frequentiert wurde. Dazu gab es, wie ich ihrer beerenbunten Seite entnahm, vegane Muffins und, falls das Gemüse im Saft noch nicht reichte, Salate.

Janice Niggemann war eine rundliche Kurzhaarige mit wimpernlosen grauen Augen, in Reutlingen geboren, in Zwiefalten auf der Alb zur Schule gegangen und Studentin der Agrarwissenschaften in Hohenheim. Die achtsame Violette Sirsch hatte ihr schmales Gesicht fast vollständig hinter langen schwarzen Haaren versteckt. Ihr Profil verbarg sie für alle außer ihre Freund*innen. Sie hatte nie auch nur ein öffentliches Foto gepostet und verriet Fremden auch nicht ihren Geburtstag und Geburtsort.

Der Admin der VegaKoS-Seite hatte inzwischen meinen Beitrag über die Schlachtsklaven kommentiert: »Ihre Vermittlung als Arbeitskräfte ist ein lukratives Geschäft, aber am meisten verdienen die Unternehmen der Fleischindustrie an ihnen.«

»Tiere sind keine Ware, sie sind Lebewesen!«, rief Janice. »Boykott den Mörderinnen und Mördern! Keine Mordmesse in Stuttgart! Fleischerinnen und Fleischern das Handwerk legen, die Messe verhindern!«

Gefällt mir, klickte ich. »Es gibt ja auch keine Messe, wo man zeigt, wie man Menschen unterdrückt, quält, ermordet und zerstückelt.«

Das gefiel wieder den Decknamen wie Obstcocktail, Tieranarchie und Fleischfresserficker. Die anderen hielten sich zurück.

Ich guckte nach, wer der Admin der VegaKoS-Seite war. Lionel Bourne, in Manchester geboren, hatte in Paris und Berlin studiert und war jetzt in Stuttgart an einem privaten Institut für ökologische Kapitalismuskritik Dozent für Philosophie, 28 Jahre alt, rotblond mit klugen blauen Augen.

Von den anderen – der wimpernlosen Janice, der achtsamen Violette oder Denise und Kevin – war keine und keiner älter als fünfundzwanzig, Kinder, gepierct, tätowiert und auf sich und die gute Sache konzentriert.

Klar wusste ich, wovor sich Richard am meisten fürchtete: vor denen, die die Welt retten wollten und wussten, wie es ging. Bisher war das nie ohne massenhaft Tote abgegangen. Richard war unter dem moralischen Omnipotenzanspruch eines pietistischen Vaters groß gezüchtigt worden. Finster genug. Aber erst als erwachsener Mann hatte er erfahren, welche Blutspur sein Vater hinterlassen hatte, um die kleine Welt in Balingen zu ordnen. Unter Richards bildungsbürgerlichem Dreiteiler und einem Bekenntnis zum Rechtsstaat klopfte ein Herz für kurzbeinige Anarchos wie Kinder, Dackel und Nerze.

Jetzt spielte er gekränkt das wohltemperierte Klavier.

Mir fiel auf, dass ich vorhin schon mal auf Zwiefalten gestoßen war, ein Kaff am Biosphärengebiet Schwäbische Alb auf halber Strecke zum Bodensee, beherrscht von der ehemaligen Abtei Zwiefalten, heute einem Zentrum für Psychiatrie, und einer bombastischen Rokoko-Klosterkirche. Ich wusste zwar nicht mehr, warum, aber ich war mit meinen Eltern einmal dort gewesen. Die Figur des heiligen Erasmus von Antiochien, auch Elmo genannt, hatte ich noch vor Augen, den gipsweißen dürren Leib eines rüstigen Glatzkopfs mit einem Schlitz im Bauch, aus dem eine Schlange kam, die sich um einen Baumstamm wand. War aber keine Schlange, sondern sein Darm, der auf eine Winde gewickelt wurde. Die Folter des Ausdärmens hatte Elmo dank göttlicher Intervention gut überstanden und danach noch sieben Jahre gelebt. Deshalb rief meine Mutter ihn an, wenn ich Bauchweh hatte. Elmo war auch Helfer bei Krankheiten der Haustiere, denn ein Rabe hatte ihn in der Wüste durchgefüttert. Und er schützte vor Feuer auf dem Schiff. Zeigte sich bei Gewitter am Mast das Elmsfeuer – daher der Name –, war das Schiff vor Blitzschlag geschützt.

Einmal hatte auch ich ein Elmsfeuer gesehen, dieses bläuliche Leuchten elektrischer Unruhe, das mir Richard erklärte. Es war auf einem Flug nach Schottland gewesen, kurz bevor wir abstürzten. Ach Gott ja, was hatten wir schon alles zusammen erlebt!

»Habe gerade erfahren, was mit Kleopatra passiert ist. Sehr traurig«, postete ich.

»Hat soooo vielen geholfen«, antwortete Janice Niggemann aus Zwiefalten. »Sie wird uns und der Sache fehlen.«

»Wie geht es ihrem Jungen?«, fragte ich.

»Die Allesfresser haben ihn vergiftet. In der Pflegefamilie, da haben sie ihn mit Kadavern zwangsernährt. Im Krankenhaus konnten sie ihn nicht retten.«

»Nicht zu fassen!« Ich fasste es wirklich nicht. »Woran genau ist er gestorben?«

Janice verstand die Frage nicht. »Seine Organe, die haben das nicht geschafft, nehm ich an.«

Ich knüppelte meinen Widerspruchsgeist nieder. Kein vitaler junger Mensch starb an einer Fleischmahlzeit, es sei denn, ihm blieb ein Klops im Hals stecken. Oder entwickelte ein Rohkostkind etwa die nötigen Verdauungsenzyme und -bakterien nicht? Aber gestillt hatte Kleopatra ihn doch wohl? Also hatte das Kind die Eiweißverdauung entwickelt. Und Pflanzeneiweiße waren ohnehin viel schwerer zu knacken. Auf diese Frage hatte das weltweite Netz auch keine schnelle Antwort parat. Egal.

Ich kehrte zu Facebook zurück. Lionel hatte unter dem Signet der VegaKoS inzwischen gepostet: »Noch einen Erfolg können wir dank unseres Mailings und zahlreicher Anrufe verbuchen: Die Kochsendung des Kannibalen Hinni Rappküfer ist abgesetzt worden.«

»Wurde Zeit!«, antwortete Janice. »Jeden Sonntag Mord und Leichenfledderei.«

»Und wenn der Grund ein anderer ist?«, gab ich zu bedenken.

»Was für ein Grund sollte das sein?«, fragte ein neues Gesicht namens Cecile Montigny.

»Vielleicht ist er krank geworden oder ihm ist etwas zugestoßen.«

»Er soll am Leichengift krepieren!«, kommentierte Tieranarchie, die oder der ihr oder sein Gesicht hinter einem Comicschweinskopf versteckte.

»Leichen sind nicht giftig.« Das rutschte mir voreilig aus den Tasten. Die Gefälltmir-Klicks blieben aus. Ich schob eine Erklärung nach. »Meine Mama war die Leichenwäscherin im Dorf. Tote machen mir keine Angst.«

»Fauliges Fleisch enthält Botulismus-Bakterien«, teilte die achtsame Violette mit.

»Der einzige Fall von Botulismus, den ich in meinem Dorf miterlebt habe«, antwortete ich, »kam von einem Glas schlampig eingemachter Bohnen.«

»Typische Lüge der Allesfresser«, widersprach Janice.

»Doch, das kann vorkommen«, sagte VegaKoS, alias Lionel. »Gemüse kommt aus der Erde, und Erde ist ein Verwesungsprodukt.«

Funktionierte der Nerz'sche Zufallsgenerator doch noch? War die achtsame Violette tatsächlich Storchenbein, die einen Botulismus überlebt hatte? Und war dann Janice die Bloggerin? Auf meine Menschenschlachthof-Andeutung hatte sie nicht zustimmend reagiert. Taktik und Camouflage? Hätte ich Janice face to face vor mir gehabt, hätte ich es gewusst. Wer sich nicht verraten will, verrät sich immer durch irgendeinen Wimpernschlag oder ein Mundwinkelzucken.

Das musste bis kommenden Freitag warten. Wie lang überlebte ein Mann, der wie ein Stück Vieh angekettet und im Käfig in seinen Exkrementen gehalten wurde? Nun ja, das Vieh überlebte ja auch. Allerdings leidend.

Auf dem Sofa in der Wirklichkeit von Richards Jugendstilwohnung auf der Halbhöhe konnte ich an diesem Abend nicht mehr tun, als mich in den Spiegel fremden Lebens zu beamen. Janice likete zum Beispiel jeden Beitrag von VegaKoS, alias Lionel, und wenn sie mal einen Tag nicht dazu gekommen war, holte sie es am anderen Tag nach. Auch auf seinem Profil war sie eifrig und mit vielen Smileys dabei. Violette hielt sich dagegen zurück mit Likes und Kommentaren. Lionel hatte viele internationale Freunde und folgte zahlreichen Seiten im Spektrum von vegan bis hin zur Anti-Kuhglocken-Bewegung (Kuhquälerei auf der Alm durch lärmendes Geläut und Gewicht) und Links über antifa, anarcho und proasyl bis zur Marsexploration. Cecile Montigny ging täglich mit drei Hunden spazieren und hatte das Phantombild eines jungen Mannes gepostet, der in einem Park einen kläffenden Yorkshire-Terrier totgetreten haben sollte (Lynchen, nämlich Teeren und Federn, wäre allerdings nicht vegan). Außerdem warnte sie seit Wochen täglich vor Giftködern für Hunde, die derzeit auf dem Schmidener Feld ausgelegt wurden.

Aha. Sie ging auf dem Schmidener Feld spazieren. Aber sie war in Stuttgart geboren. Dennoch …

In Facebook herrschte inzwischen volle *Tatort*-Stille. Bis 21:45 Uhr würde sich nicht viel tun. Cipión schnarchte. Ich schickte Janice, Violette, Cecile und Lionel Freundschaftsanfragen.

Unsichtbar wird der Wahnsinn, wenn er genügend große Ausmaße angenommen hat. Wenn fünfzig Millionen Menschen etwas Dummes sagen, bleibt es trotzdem eine Dummheit. Tierschutz ist Erziehung zur Menschlichkeit. Tiere zu essen ist nicht weit vom Kannibalismus entfernt. Die Tiere der Erde existieren für sich, sie wurden nicht für euch geschaffen, genauso wenig wie Schwarze als Sklaven von Weißen oder die Frau für den Mann.

Nichts hat mein Leben so sehr verändert wie der Verzicht auf tierische Produkte. Ich fühle mich besser und bewusst verantwortlich für meine Handlungen. Ich habe abgenommen, meine Haut ist reiner, meine Augen strahlen. Ich bin kraftvoller, gesünder und glücklicher. Veganer zu werden heißt, in den Strom einzutreten, der ins Nirwana führt.

Könnte ich doch im Paradies leben, müsste ich nur nicht zuschauen, könnte ich mir die Ohren zuhalten, damit ich die Todesschreie nicht höre, aber sie hallen in mir wider, und die Bilder tanzen vor meinem inneren Auge. Ich entkomme nicht. Und ich kann nichts ändern.

Es ist nötig, nicht mitzumachen. Zugleich ist es eine Erbärmlichkeit, nur sich selbst zu ändern und mit sich zufrieden zu sein, weil man sich am Töten nicht mehr beteiligt, sich mit der Hand auf dem flach gewordenen Bauch glücklich zu fühlen, während nebenan das Leiden in den Ställen und Schlachthöfen weitergeht. Mein Nirwana ist Egoismus. Ich bin nur eine Sternschnuppe in der Ewigkeit.

Nicht mich soll ich retten wollen! Vor was denn auch? Ich lebe in leidlosem Wohlstand, weil andere – die Tiere – leiden, denen ich nicht helfen kann.

Wir werden mehr, hast du einmal gesagt. Jede einzelne gesparte nicht vegane Mahlzeit ist ein Gewinn für die Tiere. Aber das reicht nicht. Ich kann nicht mehr über die Brutalität der Fleischesser und die Folgen des Kannibalismus für Tiere, Gesellschaft und Natur hinwegsehen. Dass ihr heute noch Tierqualprodukte esst und Armut, Kriege, Verbrechen und gesellschaftliches und persönliches Unglück nicht mit der Tierqual in Verbindung bringt, zeigt, dass ihr menschlichen Tiere nicht mehr

Intelligenz besitzt als ein Hund oder Bandwurm. Es gibt keine Krone der Schöpfung.

Das haben wir zusammen gedacht, gefühlt. Du hast gesagt, im Hinblick auf das Recht zu leben stehen wir auf derselben Stufe wie die Tiere. Wenn wir Tiere töten, bringen wir Kindern bei, dass nicht jedes Leben gleich viel wert ist. Darin liegen die Wurzeln des Faschismus. Die Traumatisierung der Kinder durch die alltägliche Gewalt am Tier hat furchtbare Folgen für euch alle. Ein Serienkiller übt an Tieren, bevor er sich an Menschen macht. Wer Tiere tötet, tötet auch Menschen.

Du hast mir vom Lachen der Mörder erzählt. Von Kosovo- und Afghanistansoldaten, die einander lachend ihre Gräueltaten berichten. Es ist eine große Tötungslust in uns, hast du gesagt.

Ihr übertüncht sie mit Begründungen. Die Welt ist voller guter Begründungen, warum getötet werden muss. Mit eurer Begründungssprache verdeckt ihr eure Tötungslust. Wären alle Menschen Veganer, sagt der Politiker, gäbe es keine Bauernhoftiere, keinen Kuhmist-Dünger und keine Bio-Landwirtschaft mehr, man müsste chemischen Dünger nehmen. Begründen lässt sich alles. Wer töten will, hat immer Gründe. Und jetzt lachst du uns aus.

Verliebt, dachte ich, und abgewiesen. Nun suchte sie nach Gründen zu töten. Aber ging es wirklich um Hinni Rappküfer? Konnte oder musste man das Du in diesen Texten unbedingt mit einer Person gleichsetzen, die Opfer des Veganwahnsinns werden sollte oder bereits geworden war?

Falls der, mit dem sie da haderte, wirklich der Koch Rappküfer war, dann musste er in nicht weit zurückliegender Vergangenheit Veganer gewesen sein. Die schärfsten Kritiker der Elche waren früher selber welche.

Immerhin stammte er aus einer Vegetarierfamilie. Ich googelte nach Rappküfer und Veganer, aber die Suchmaschine generierte nur seitenweise Rappküfers Kochsendungen, Kochbücher und

Tiraden gegen Veganismus. »Es gibt Leute, die es nicht aushalten, dass wir Allesfresser uns anders entscheiden als sie. Sie machen eine politische Frage daraus, ein politisches Programm. Sie machen ihre privaten Gründe zum Heilsgebot für die Menschheit.«

Theoretisieren konnten die alle.

»Tiere fressen einander«, verkündete Rappküfer in einem Video, während er eine Roulade wickelte, »sie fressen sich, weil sie überleben wollen. Das macht der Mensch als menschliches Tier auch so. Der Löwe hat mit der Gazelle kein Mitleid. Aber wir haben Mitleid mit der Kuh. Das ist schön, dass wir Mitleid haben können. Tiere fallen mitleidlos übereinander her. Kritisieren die Veganer das? Nein. Tiere dürfen das. Nach Ansicht der Veganer gibt es keinen Unterschied zwischen menschlichen Tieren und Tieren. Das ist ein Irrtum. Denn die Tiere stehen außerhalb jeglicher Ethik, sie sind Outlaws. Den Löwen kann man nicht zum Sojaessen verpflichten. Den Menschen schon.«

Ich bummelte in Hinnis Biografie herum. Geboren und aufgewachsen in Ulm, erst auf Selbstfindung und mit Jobs über Wasser gehalten, dann Koch gelernt, Praktikum in der Küche der Psychiatrie von – ach was! – Zwiefalten.

Wann hast du begonnen, dich von uns zu entfernen? Oder hast du uns nur benutzt, damit du dich heute auf unsere Kosten profilieren kannst? Ich hätte es merken müssen, damals im Zug auf dem Weg zum Workshop.

Krautkopf hat auf die Ernährungsveganer geschimpft, denen es nur um Aussehen, Fitness, Coolness, sexuelle Potenz und Gesundheit geht. Lifestylekacke.

»Unterschätze die Wirtschaftsmacht des Lifestyle nicht«, hast du gesagt. »Das ist ein Milliardengeschäft.«

»Leute, die kein Fleisch essen«, sagte Kohlkopf, »sind insgesamt linker eingestellt und zeigen weniger hierarchisches Dominanzstreben als die Schnitzelfresser. Das ist statistisch erwiesen.«

»Man sollte nur nicht Hitler als Beispiel heranziehen«, hast du gesagt. »Oder Pol Pott, Dschingis Khan oder den Massenmörder Charles Manson.«

Wir haben den Atem angehalten.

»Hitler war kein echter Vegetarier, er hat nachweislich nur fleischreduziert gegessen«, rief Krautkopf.

»Ich meine ja nur«, hast du gesagt, und es klang müde. »Es sind doch keine Tieraktivisten, die in den USA eine pflanzliche Alternative zum Ei entwickeln. Die wollen den globalen Eiermarkt vernichten, einfach weil es geht, indem sie funktional überlegene Produkte zu geringeren Kosten herstellen. Finanziert werden sie nicht von Veganern, sondern von Leuten wie dem PayPal-Gründer, der gleichzeitig die erzreaktionäre Tea Party unterstützt. Der ist für die Freiheit des Marktes und gegen Demokratie. Er will das globale Ernährungsproblem lösen, aber nicht um der Menschen willen, sondern um Kapital daraus zu schlagen.«

»Aber Albert Einstein war Vegetarier«, warf jemand ein. »Und Lincoln, Kafka und Leonardo da Vinci, und der schrieb: ›Wahrlich ist der Mensch der König aller Tiere, denn seine Grausamkeit übertrifft die ihrige. Wir leben vom Tod anderer. Wir sind wandelnde Grabstätten. Die Zeit wird kommen, da die Menschen die Tiermörder mit gleichen Augen betrachten werden wie ich.‹«

»Und woher weißt du, dass es bei denen nicht primär physischer Ekel vor Fleisch war?«, hast du gefragt. »Oder Sentimentalität den Tieren gegenüber? Und hinterher sucht man sich die Argumente zusammen und überhöht das eigene Verhalten ins Ethische. Wer von euch ist denn aus rein ethischen Gründen Veganerin oder Veganer geworden?«

»Ich«, wollte ich rufen, schwieg aber. Bei mir hatte es ja auch mit dem Ekel begonnen, mit einem Gefühl.

Du schautest mich an. »Begründungen werden nachgereicht.«

Aus Gefühlen entsteht der Umsturz. Das hast du auch einmal gesagt: aus Zorn, aus Mitleid, aus Sehnsucht nach Freiheit.

»Dagegen ist nichts einzuwenden«, sagte auch Krautkopf. »Aus dem Erschrecken angesichts von Misshandlungen und Tierleid wird Einsicht und Kritik an den Produktionsverhältnissen und Eintreten für Tierrechte.«

Du lachtest. »Die Verquickung von Produktionsverhältnissen und Tierrechten löst nicht den Grundwiderspruch, und der lautet: Gesetzlich verankerte Rechte dienen nicht der Freiheit des Individuums, sondern zwingen uns zum Mitmachen. Wer soll denn das Tierrecht durchsetzen? Der Staat? Gut, so sei es. Aber ist die Durchsetzung von Rechten nicht an Sanktionsinstanzen gebunden, an Polizei, an Gerichte? Genau diese staatlichen Institutionen dienen doch aber vor allem der Absicherung vorherrschender Strukturen. Wenn wir Tierrechte fordern und zur Durchsetzung nach Polizei und Gericht rufen, dann stärken wir Einrichtungen, die dem linken politischen Veganismus zuwiderlaufen.«

Dazu würde Richard sicher etwas einfallen.

Und eines vergaßen die immer: die Ameisen. Ich war im Dorf aufgewachsen. Aber auch in meiner Küche in der Neckarstraße waren sie nur mit Gift in Schach zu halten. Es gibt viel mehr Ameisen auf der Welt als Menschen, ihre Biomasse ist größer als unsere.

Die großen Säugetiere lebten von unserem Wohlwollen im Museum Natur – die Elefanten, die Schneeleoparden, die Eisbären und Berggorillas –, aber wer liebte die Kleinen, die Insekten, Lurche, Mäuse, Ratten? In Australien überrannte die giftige Aga-Kröte den Kontinent und vernichtete einheimische Arten. Schon die Kaninchen hatte man dort nicht unter Kontrolle gebracht. Offenbar gab es Ecken auf der Welt, wo sich die Natur durch Vitalität artikulierte und Platz verschaffte. Was tat ein Veganer gegen eine Invasion von Schaben in sein Haus?

Die Schädlingsbekämpfung als Nebenwiderspruch. Hätten wir nicht eingegriffen, wäre die Natur nicht aus den Fugen. Und jetzt hieß es demütig abwarten, bis alles wieder ins Gleichgewicht kam. Oder so. (Meine Denkfähigkeiten hielten sich immer schon in Grenzen.)

»Wie denkt ihr Vollpfosten eigentlich über Insekten?«, hatte jemand auf der VegaKoS-Seite gefragt. »Stellt ihr die Heuschrecken in Afrika, die die Ernte vernichten, über die Menschen und Kinder, die deswegen verhungern?«

»Wer denkt, Pestizide wären die Lösung«, antwortete ein anderer, »denkt sehr eingeschränkt. Es gibt Alternativen, z. B. die Förderung der Fressfeinde von Schädlingen.«

Ah, so! Wie nannte man das im Menschenreich: Auftragskiller. Fing man einmal an zu denken, zerbröselte einem die schöne Welt der Gewaltfreiheit. Scheiße!

Ich kehrte zu Facebook zurück und rief Janices Seite auf.

»Ein Gericht in Argentinien«, hatte sie unlängst gejubelt, »hat der Orang-Utan-Dame Sandra das Menschenrecht zugesprochen, in Freiheit zu leben. Sie darf jetzt ihren Lebensabend in einem großen Naturreservat in Brasilien verbringen. Ich freue mich für sie.«

Mir reichte es. Ich sprang vom Sofa, stolperte fast über Cipión, der alarmiert hochgefahren war, und lief hinüber in das Zimmer mit dem großen schwarzen Flügel, an dem im Schein einer Lampe Richard vor den Fenstern zur Glitzerstadt saß. Er blickte auf, spielte aber die Strophe oder den Satz oder was auch immer noch zu Ende, hob die Hände und ließ sie mit dem Verklingen des Akkords auf die Knie sinken.

»Darf ich dich was fragen?«

Er nickte.

»Also die Veganbloggerin schreibt hier von einem, der sinngemäß sagt, wenn ich Rechte kriege, dann muss ich das allgemeine Recht respektieren und bin gefangen und zum Mitmachen verpflichtet.«

»Wer Rechte hat, hat auch Pflichten«, antwortete er. »Nur Tiere nicht, falls du darauf hinauswillst.«

»Sie werden ausgebeutet und in Zoos zur Schau gestellt, das ist ihr Beitrag«, sagte ich. »Wenn auch nicht ihr freiwilliger. Und wenn man einerseits die Tierrechte verankert – leidfreies Leben, schmerzfreier Tod –, dann zementiert man andererseits die Tierausbeutungsstrukturen unserer Gesellschaft. Richtig?«

»So kann man das sehen«, antwortete er.

»Jetzt hat aber ein Gericht in Argentinien Sandra das Recht zugesprochen, in Freiheit zu leben. Sandra ist ein Orang-Utan, der bisher in einem Tierpark leben musste. Jetzt darf sie ihren Lebensabend in einem Naturpark in Brasilien verbringen.«

»Na, hoffentlich gefällt es ihr da auch«, sagte Richard. »Sie selbst kann man ja nicht fragen, ob sie auf ihre alten Tage noch mal umziehen will.«

»Kennst du den Fall?«

»Die Tierrechtsanwälte haben es mit einer Habeas-Corpus-Klage gemacht. Das ist britisch-amerikanisches Recht. Niemand darf ungerechtfertigterweise gefangen gehalten werden.«

»Also haben sie dem Affen tatsächlich ein Menschenrecht zugestanden.«

»Die Kläger haben behauptet, der Affe sei deprimiert, weil er sich unter Tüchern versteckt und herumsitzt. Die Pfleger argumentierten, das sei normales Orang-Utan-Verhalten, der Affe sei glücklich. Der Affe selbst konnte dazu naturgemäß nichts sagen. Das Gericht folgte der Argumentation der Tierrechtler. Es ist ein einigermaßen sensationelles Urteil, das vielen Menschenaffen in Argentinien die Freiheit bescheren dürfte.«

»Ist doch gut.«

»Bis man den Pferden Menschenrechte zugesteht und die Kinder ihre Hunde und Hamster freilassen müssen.«

»Irgendwo muss man anfangen.«

»Aber was macht das mit den Menschenrechten, Lisa? Aus gutem Grund unterscheiden sie sich von den doch eigentlich ziemlich brutalen und keineswegs gerechten Naturgesetzen. Sie sind geradezu ein Gegenentwurf dazu. Jetzt geben wir dem Wolf in Deutschland das Recht, unbehelligt zu leben. Doch wird er im Gegenzug unsere Regeln zum Eigentum und körperlicher Unversehrtheit respektieren und keine Schafe reißen und niemals einen Menschen angreifen?«

»Unser Recht ist eben scheiße! Es ist nur auf den Schutz von Besitz ausgerichtet. Das kritisieren wir doch gerade.«

»Ihr?«

»Lenk nicht ab!«

»Also gut, Lisa. Dann frage ich dich: Was würde der Hamster sagen, dem du seinen Kornvorrat wegnimmst, oder das Eichhörnchen, das für den Winter Haselnüsse vergräbt? Ihr esst doch deshalb keinen Honig, weil ihr den Bienen das Ergebnis eines Sommers Arbeit nicht wegnehmen wollt. Oder?«

Ich hatte keine Ahnung, das hatte ich mir noch nicht überlegt. Aber es klang plausibel.

»Aus meinem Rechtsverständnis heraus«, fuhr er fort, »kann es nicht sein, dass etwa wir Menschen den Besitz von Tieren respektieren, sie dies aber im Gegenzug nicht mit unserem tun. Es stellt sich die Frage, wie setzen wir gegenüber Ratten oder dem Wolf unser Recht durch?«

»Tun wir doch permanent, wir stellen Fallen auf, streuen Gift, erschießen den Wolf.«

»Aus gutem Grund, Lisa.«

»Aber es ist doch völlig willkürlich, dass wir unseren Besitz für schützenswerter halten als den von Tieren.«

»Stimmt. Wir ziehen eine Grenze zwischen uns, die wir Gesetze schreiben können, die den Schwächeren schützen, und den Tieren, die das nicht können und auch keine Ethik entwickeln.«

»Es ist doch gut, wenn der Orang-Utan nicht mehr im engen Käfig leben muss.«

»Kann ja sein. Aber wo ziehen wir die Grenze, nachdem wir die zwischen Mensch und Menschenaffe aufgehoben haben? Zwischen Primaten und niederen Affen? Oder zwischen Affen und Pferden? Zwischen Säugetieren und Reptilien? Oder wie ihr …«, er betonte das Ihr, »… zwischen Tieren und Pflanzen? Warum eigentlich?«

»Veganer ziehen die Grenze zwischen allem, was ein Gesicht und eine Mutter hat, und den Pflanzen, Pilzen, Bakterien und Viren.«

»Und das ist keine Willkür?«

5

»Hast du Zugang zu einem Plan für das, was alles in den Neckar fließt?«, fragte ich.

»Du meinst einen Entwässerungsplan?«

»Wer ist denn da zuständig?«

»Das Tiefbauamt.«

»Kennst du da nicht jemanden? Ich denke, wir sollten schleunigst eine Idee bekommen, wo Rappküfer steckt. Es muss ein Zufluss sein, wo kein Klärwerk und kein Gitter den Weg zum Neckar blockiert.«

»Darum kümmert sich die Polizei, Lisa. Die studiert die Pläne. Ich glaube nicht, dass du mehr siehst.«

Er stand dennoch auf. Ich folgte ihm ins Wohnzimmer an den Arbeitstisch. Er weckte den Computer und suchte und fand eine Datei mit einem Plan von Stuttgart voller roter Linien, die wie Gebirgsbäche zum Neckar zogen.

»Vielleicht siehst du was«, schlug ich vor. »Wenn ich dein Elefantengedächtnis hätte, würde ich im stadtgeschichtlichen Teil nach einer ehemaligen Metzgerei in Neckarnähe suchen oder nach einer alten Fabrik, so was wie eine Gerberei, was einst viel Wasser brauchte und einen Abfluss hatte, so die Art.«

Richard grummelte, aber hinter seiner Stirn begann bereits ein Gekrame.

»Übrigens, Donnerstag könnte ich«, sagte ich.

»Es eilt ja nicht.«

»Doch, doch, das ziehen wir jetzt durch. Morgen rufe ich meine Mutter an.«

Er warf mir einen skeptischen Blick zu.

»Also gut, ich mach's gleich.« Der Horror vor Terminen wie Flugreisen, Mammografie oder Entschuldigungen wurde nicht kleiner, wenn man sie verschob, nur chronisch. Mein Handy hatte ich irgendwo liegen gelassen. Meine Suche endete in der Küche. Es lag auf dem Fensterbrett.

Neun Uhr. Ich hatte keine Ahnung mehr, wann meine Mutter ins Bett ging. Gehörte sie zu denen, die bis ein Uhr nachts treppauf, treppab durchs Häuschen geisterten und Dinge erledigten, die sie den Tag über hatte liegen lassen, die Wäsche, den Abwasch, die Unordnung im Keller? Oder schlief sie vor dem Fernseher ein?

Es klingelte lange im fernen Haus am Albtrauf im Kaff meiner Kindheit.

»Hallo?«

»Hallo, Mama.«

»Lebst du auch noch?« Sie war etwas außer Atem.

»Störe ich?«

»Du störst nie.«

»Warst du schon im Bett?«

»Du weißt doch, ich kann nicht schlafen. Schon seit Jahren nicht mehr.«

»Ach so. Ja, äh … senile Bettflucht oder was ist?« Der Fehler war schon begangen, das Tor der Vorwürfe sperrangelweit geöffnet.

»Das interessiert dich doch gar nicht.«

»Mama, bitte. Ich frage doch gerade.«

»Du hast mich noch nie gefragt, wie es mir geht.«

»Was ist es denn? Krebs oder Demenz?«

Meine Mutter schluckte. »Gott bewahre! Ich habe mich am Bein geritzt, jetzt geht die Wunde nicht zu. Wahrscheinlich habe ich ein offenes Bein. Die Schwägerin meiner Kusine Lise ist daran gestorben. Erinnerst du dich? Erst mussten sie ihr das Bein abnehmen, dann bekam sie eine Lungenentzündung …«

»Wie lang ist das denn her?«

»Fünfzehn Jahre wird das jetzt wohl her sein.«

»Nein, Mama, ich meine, wann hast du dich am Bein verletzt?«

»Vor einer Woche.«

»Na, zehn Tage dauert es schon, bis eine Wunde zugeht, Mama.

Zünde in der Kirche eine Kerze an und bete drei Rosenkränze. Das hilft immer.«

Stille.

»Hör mal, Mama. Ich bräuchte …«

»Dachte ich mir's doch. Du meldest dich nur, wenn du was willst.«

»Ich bin dabei, meine Wohnung umzuräumen, Dinge zu ordnen. Und da ist mir aufgefallen, dass mir die Schachtel fehlt, wo die alten Schulzeugnisse drin sind, der Freischwimmer, die Urkunden der Bundesjugendspiele und so …«

»Was willst du denn mit deinen alten Schulzeugnissen?«

»Ich hätte die Sachen einfach gern bei mir. Ich bin erwachsen, Mama.«

»Und wenn deine Wohnung wieder abbrennt, dann ist alles futsch.«

»Das passiert nicht jedes Jahr. Außerdem tue ich die wichtigen Dokumente wie Geburtsurkunde und Mittlere-Reife-Zeugnis in ein Bankschließfach.«

Kurze Stille. »Willst du heiraten?«

Gegen den Familienstandssinn der alten Weiber war kein Kraut gewachsen. »Ich möchte nur meine persönlichen Dokumente beisammenhaben. Schließlich könnte ja auch dein Haus mal abbrennen.«

»Warum gerade jetzt?«

»Weil ich mein Leben ändere, Mama. Ich werde Veganerin.«

Sie zog den Atem ein. »So ein pietistisches Glump! Diese ganze Empfindsamkeit und Sentimentalität mit den Viechern. Das kommt doch sicher von deinem Herrn Staatsanwalt, der ist doch so ein Wüstgläubiger.«

»Da kann ich dich beruhigen, Richard ist ein aufrechter Omnivore.«

»Ein was?«

»Er isst alles. Könntest du mir vielleicht die Dokumente schicken? Gleich morgen?«

Es knackte in der Leitung. »Ich bin doch nicht deine Dienstmagd.«

Tief seufz! »Okay, ich hole sie am Dienstag.«

»Dienstag habe ich Kaffeekränzchen.«

»Aber doch nicht den ganzen Tag, Mama.«

Seltsam, ich heirate. Hatte ich mir das auch gut überlegt? Über das historische, zu Rhomben und Streifen gelegte Linoleum wanderte ich Richtung Wohnzimmer und sah Richards Behausung wie zum ersten Mal vor was weiß ich wie vielen Jahren. Wann war das gewesen mit dem Mord auf dem Schulhof? Die Perlenschnüre an den hölzernen Türrahmen, die Linienblumen im Stuck der Decke, die Jugendstilkommode neben der Garderobe, auf der Schlüssel und Handy lagen. Viel Richard in dieser Wohnung. Musik, schlafen, Gäste bewirten, lesen und fernsehen, für fast alles gab es ein extra Zimmer, insgesamt fünf an der Zahl, die Küche nicht mitgerechnet. Im Wohnzimmer die Bücherregale vom Parkett bis zur Stuckdecke mit Ovarienfries. Der dunkle Schreibtisch, an dem Richard saß und auf ein Geflecht von Kanälen starrte. Die Clubsessel, die Ledercouch, der rote Teppich. Und nirgendwo Platz für meinen Kneipentisch mit den vier Stühlen, meinen Flachbildfernseher, mein Soundsystem, meinen Kleiderschrank. Dabei war's nicht viel, was ich besaß. Konnte man als Ehepaar in zwei getrennten Wohnungen wohnen?

Auf dem Schiefertisch lag mein iPad. Janice hatte inzwischen meine Freundschaftsanfrage beantwortet, ihr Profil war komplett zugänglich. Ich ließ mich auf die Couch fallen. Recherche.

»Übrigens«, fiel mir ein, während ich Janices Profil nach unten scrollte, »du könntest morgen mal beim Jugendamt anrufen. Da muss es im Raum Zwiefalten eine Sache mit einem kleinen Jungen gegeben haben, der nach dem Tod seiner Mutter, einer Rohköstlerin, binnen weniger Tage in der Pflegefamilie verstorben ist.«

Richard drehte sich um. Seine Augen flackerten. »Den Fall kenne ich.«

»Ach.«

»Die Staatsanwaltschaft Reutlingen hat ermittelt. Ich habe es im internen Nachrichtendienst gelesen und mir die Akte kommen lassen, weil es mich so entsetzt hat. Das Kind ist an einer Vitamin-B_{12}-Anämie gestorben. Als es in die Pflegefamilie kam, war es bereits zu spät. Der Junge war abgemagert. Die Mutter hat ihn mit zerkauten Kräutern gefüttert. Ihr war wohl bewusst, dass der Junge an Vitamin-B_{12}-Mangel litt, aber sie lehnte es ab, ihn mit Medikamenten zu substituieren. Ihre eigene Krebserkrankung, die sie viel zu spät behandeln ließ, hat ihre Aufmerksamkeit für den Jungen wohl zusätzlich gemindert. Als das Jugendamt ihn kurz vor dem Tod der Mutter in Obhut nahm und an die Pflegefamilie weitergab, wirkte er zwar lethargisch und man brachte ihn deshalb zu einem Arzt, doch der schätzte seine Situation falsch ein. Er meinte, eine anständige Mischkosternährung werde ihn schnell zu einem munteren Burschen machen. Doch der Junge brach alles heraus und verlor das Bewusstsein. Seine Blutwerte waren so schlecht, dass er eigentlich längst hätte tot sein müssen. Auch eine Bluttransfusion half nicht mehr. Er starb binnen drei Tagen. Nerven und Rückenmark waren irreversibel geschädigt, sein Gehirn geschrumpft.«

Entsetzen war kein Ausdruck.

»Leider kommt das bei Kindern von veganen Müttern immer wieder vor.«

»Das glaub ich jetzt nicht.«

»Ich habe es mir auch nicht vorstellen können«, sagte er. »Aber in der einschlägigen Literatur werden vermeintlich natürliche Ernährungsformen als das Heil schlechthin verkauft. 75 Prozent Obst, 5 Prozent Wurzeln, Samen und Insekten, 20 Prozent Wildpflanzen und Blätter.«

»Affenkost.«

»Veganer lassen die Insekten natürlich weg. Die Autoren berichten von Selbstheilungen und stellen sich als blitzgesund dar. Wenn sie mit Nierenschäden im Krankenhaus liegen, haben sie aufgehört zu schreiben. Den Vitamin-B_{12}-Mangel ignorieren sie. Sie verweisen auf indische Veganer und Naturvölker. Die wenigen Naturvölker, die sich vegan ernähren, fahren einmal im Jahr ans Meer, um sich an Meeresfrüchten satt zu essen, denn sonst sterben ihre Kinder, und sie selbst mit spätestens fünfzig an Anämie. Die indischen Veganer überleben nur, weil die Nahrung anders als unter westlichen Hygienebedingungen mit Fäkalien verunreinigt ist. Affen fressen ihren Kot, um an Vitamin B_{12} zu kommen. Schon Luther bemerkte, ›mich wundert, dass Gott so hohe Arznei in den Dreck gesteckt hat‹. Und weil die Heilkraft von Kot bekannt war, es die Höhergestellten aber ekelte, denn sie konnten ja selbst genug Fleisch essen, gab es alsbald Strafen für Leute, die sich mit Kot kurierten, schwangere Frauen etwa.«

»Uah!«

»Aus irgendeinem Grund ist dieses Menschheitswissen beim Übergang zur Moderne, wie so vieles Wissen, verloren gegangen.«

»Diese Kleopatra hätte also dem Buben ihre Scheiße zu essen geben müssen.« Es schüttelte mich.

»Manche Veganer gehen in den Wald und fressen Erde.«

Das hatte ich auch schon gehört oder gelesen. Ich schlug Wikipedia auf und landete bald bei Cobalamin.

»Leider fragt die Kinder niemand, was sie wollen. Vor allem Fanatiker nicht.« Richard sprach mit der Bitterkeit eigener Erfahrung. »Mitgefangen, mitgehangen.«

Cipión schaute mich mit seinen Haselnussaugen an. Grinste er nicht sogar?

»Schon gut, Cipión, du bekommst dein Fleisch. Und zwar echtes, samt Kutteln vom Metzger, nicht mehr dieses Dosenfutter.«

Wikipedia machte mich rasch zur Fachfrau für Cobalamine, so genannt, weil zum Vitamin B_{12} auch Kobalt gehört. Man brauchte nur irre wenig. Das Vitamin kursierte, einmal aufgenommen, in einem Kreislauf zwischen Leber, Galle und dem Ende des Dünndarms, wo es wieder aufgenommen und ins Blut geschickt wurde, um Blutzellen und Nerven gesund zu erhalten. Ein paar Prozent gingen in dem Kreislauf verloren. In der Leber lagerte der gesunde Mensch jedoch solche Unmengen, dass er eine Unterversorgung jahrelang überstehen konnte. Ein sinniges Gebilde, so ein Mensch, sogar darauf eingerichtet, eine Ernährungsparanoia eine Weile auszugleichen. Konnte ja sein, dass das Gehirn wieder zu Verstand kam. Etwa weil das eigene Kind an Anämie starb.

»Warum tun Menschen so was?«, fragte ich laut.

»Was?«

»Sich derartig selbst vergewaltigen.«

»Askese hat es immer gegeben«, antwortete Richard. »Selbstkasteiung, Selbstbestrafung, Selbstkontrolle. Es gibt Leute, die brauchen das. Eine Sucht nach Überlegenheit. Magersüchtige Mädchen können dir den Lustgewinn daraus erklären.«

Wir schauten uns an, er auf dem Schreibtischstuhl, ich ins Sofa geflackt. Jetzt bloß nicht persönlich werden!

Ich senkte meinen Blick aufs Tablet und klickte mich zu Facebook zurück, er drehte sich auf dem Stuhl wieder zum Schreibtisch. Meine Scrollerei hatte vorhin bei einem Foto angehalten, das einen Golden Retriever zeigte, der vor Janice, ein paar Jahre jünger und dicker, saß und nach einem Ball hechelte.

»Das ist sie!«, schrie ich.

Richard schrak zusammen und drehte sich wieder um.

»Unsere Bloggerin heißt Janice Niggemann, stammt aus Zwiefalten, studiert in Hohenheim und ist in der VegaKoS in der Filderstraße organisiert. Hier ist der Hund, den sie in ihrem Blog erwähnt. Es passt. Sie könnte vor zwei Jahren, noch zur Schulzeit, in Zwiefalten mit Hinni Rappküfer in Kontakt gekommen sein, der ein paar Monate in der dortigen Psychiatrie in der Küche aushalf. Guck, das ist sie.«

Ich stand auf und zeigte ihm Janices Profilfoto.

Richard schüttelte den Kopf. »Wie machst du das nur immer?«

»Das Glück ist mit den Armen im Geiste.«

Er spannte sich. »Und wie willst du jetzt vorgehen?«

Irgendwo brummte es.

»Ich fange jetzt sofort einen kleinen Chat mit ihr an. Ist das dein Handy?«

Richard orientierte sein Gehör, stand auf und eilte in den Flur zur Kommode, auf dem sein Telefon rappelte. Cipión schaute ihm hinterher.

»Weber«, hörte ich ihn sich melden. Dann Stille. »Wo?«, fragte er nach einer Weile mit belegter Stimme. Wieder Stille. »Habe ich verstanden. Bis gleich.« Dann war wieder Stille, lange Stille, Totenstille.

Ich fand ihn mit kalkweißem Gesicht und schrägem Blick an die Kommode geklammert um Atem ringend.

»Jesses, was ist denn los?«

»Ich glaube, sie … sie … es ist … jemand hat …«

»Ganz ruhig, Richard.«

Er atmete aus und wieder ein. »Ich bin der Bereitschaftsstaatsanwalt über Ostern. Ausnahmsweise. Frau Meisner hat mich gebeten … sie wollte zur Tochter, den Enkeln … Ich konnte doch nicht ahnen, dass …« Er fuhr sich übers Gesicht.

»Gibt es eine Leiche?«

Er nickte.

»Okay. Keine Panik. Ich fahre dich. Wo müssen wir hin?«

Richard ächzte. »Zum alten Rosensteintunnel.«

6

Ich stellte Richards Limousine an der Wilhelma ab. Um zum Tunneleingang zu kommen, mussten wir ein Stück den Fußweg zum Rosensteinpark hinaufsteigen. Außer Atem kam Richard dabei nicht, ich schon.

Links unter uns lag die ausgedehnte Baustelle für den neuen Rosensteintunnel, der später mal den Autoverkehr Richtung Pragsattel wegspülen sollte. Sie hatte der beliebten Elefantenbrücke den Garaus gemacht und den direkten Überweg zum anderen Neckarufer gekappt. Auf halber Höhe ging es einen jäh waldigen Weg links runter in den ziemlich steilen Hang. Das Licht einer Taschenlampe zeigte uns das Ziel zum Mund des hundert Jahre alten stillgelegten Eisenbahntunnels, der einst vom alten Bahnhof an der Bolzstraße unter dem Rosensteinschloss hindurch bis hierher geführt hatte, um die Züge über eine Brücke über den Neckar zu bringen. Ein bauliches Wagnis damals, so unter dem Rosensteinschloss hindurch. Mineralquellen und Schloss in Gefahr und so weiter. Heute fuhren die Züge vom Hauptbahnhof durch einen parallelen Tunnel nach Cannstatt.

Eine Taschenlampe erfasste uns. Dahinter ein stämmiger junger Polizist mit Glatze in Zivil. »HK Fischer, ich leite den ersten Angriff«, sagte er. »Guten Abend, Herr Dr. Weber.«

»Guten Abend, Herr Fischer«, antwortete Richard. Höflich ging immer, auch wenn er vor Angst innerlich aufgelöst war. Es war bei der Polizei allgemein bekannt, dass der Oberstaatsanwalt für Wirtschaftsstrafsachen angesichts von Leichen zum Mädchen wurde. Er war über das Alter raus, wo er das zu verbergen suchte. »Ich habe Lisa Nerz mitgebracht, falls ich ohnmächtig werde.«

HK Fischer wusste nicht so recht, ob er lächeln oder ernst bleiben sollte. »Es ist kein schöner Anblick. Hier entlang.«

Richard stolperte.

»Vorsicht, da ist ein Graben.«

Es war ein feuchter Ort, der kleine Vorplatz mit gemauerter Wasserrinne. Die Bäume waren noch winterkahl, Reste des Osterschneefalls klebten auf den Nordseiten der Wurzeln. Im Licht von Fischers Taschenlampe leuchtete die Wand aus Ziegeln und Beton auf, die den Tunnelmund füllte. Ein Pfad führte auf eine mit Graffiti besprühte Eisentür zu, die halb offen stand. Oben quer ein klassizistisches Gesims, darunter der Rundbogen des Tunnelmunds. Zwei vergitterte Vierecke ließen Luft hinein.

»Wir brauchen Ihre Entscheidung, ob wir einen Rechtsmediziner anfordern sollen«, sagte der Polizist, während wir auf die Tür zugingen. »Die Auffindesituation ist etwas ungewöhnlich.«

Ein Polizist der Tatortgruppe wartete hinter der Tür im weißen Overall. Die Luft war atemraubend warm und stickig. Staub schwebte durch den Schein der Taschenlampen und sammelte sich als milchige Wolkenschicht unter dem Tonnengewölbe. Wir schlüpften in die weißen Overalls und blaue Überschuhe. Kapuze und Mundschutz mussten wir noch nicht anlegen.

»Es geht ein Stück«, warnte uns Fischer.

Zuerst mussten wir über ein dickes Abwasserrohr steigen, dann ging es auf feuchtem Stein ins schnurgerade Gewölbe. Es hatte eine Hufeisenform, wurde unten wieder schmaler. Die Steine waren nahtlos eng gemauert, mir schien, ohne Zement dazwischen. Das war alles vor hundert Jahren so sorgfältig gemacht worden, dass dieser Tunnel vermutlich bis zum Jüngsten Gericht nicht einstürzen würde. An manchen Stellen hatten sich wie in einer Höhle auf der Schwäbischen Alb Tropfsteine gebildet, teils dünn wie ein Strohhalm, aber über einen Meter lang, teils als dicke glänzende Schichten an der Wand. Die Stalagmiten am Boden hatten in den hundert Jahren Getropfe die Höhe und Form von Spiegeleiern erreicht, in der Mitte ein bobbeliger gelblicher Dotter.

Brechreizgeruch lag in der Luft. Fauliges Fleisch.

Während wir wanderten, unterrichtete der Hauptkommissar den Staatsanwalt. Fund durch einen Zeugen, der in drei Tagen eine öffentliche Führung in den Tunnel veranstalten wollte. Ihm sei beim Eintreten ein ungewöhnlicher Geruch aufgefallen, dem er auf den Grund hatte gehen wollen.

Richard schnaubte und keuchte.

Wir passierten eine Nische in der Wand, in der Unrat einstiger Obdachlosenbesiedlung lag und eine staubige Jacke hing, mit weißrotem Absperrband museal gesichert.

Ein gutes halbes Dutzend weißer Overalls leuchtete vor uns in der Flucht des Tunnels im Licht von Scheinwerfern vor einer halben Wand aus roten Ziegeln. Ich hätte am liebsten aufgehört zu atmen. Man nannte Leichengeruch immer süßlich, vielleicht, weil er auf der Zunge so einen schleimig süßen Belag erzeugte, den man unbedingt und elementar angewidert ausspucken wollte. Aber eigentlich war er ein Hammerschlag ins Riechzentrum.

Wir zogen den Mundschutz hoch und die Kapuzen über die Haare. Die Overalls der Tatortgruppe öffneten ein Spalier zum Durchgang in der Ziegelwandruine. Dahinter befand sich ein kleiner Raum. Ich begriff nicht gleich, was Fischers Taschenlampe aus dem Dunkel holte. Ich hatte einen Toten erwartet. Den Bollen mit Haaren, die im gleißenden Licht farblos grau wirkten, erkannte ich erst auf den zweiten Blick als Kopf, aus dem ein kahles Stück Halswirbelsäule ragte. Daneben lagen auf einem Haufen Tüten, genauer, Folien mit Etiketten, in die Fleisch eingeschweißt war, mal helleres, mal dunkleres, fast schwarze Leber, graue Nieren, mit Fett marmoriertes Muskelfleisch, Beinscheiben.

»Sogar ein Mindesthaltbarkeitsdatum steht drauf«, sagte Fischer. »Da drüben liegt noch was.«

Der Strahl seiner Taschenlampe wischte über ein paar bleiche Knochen in der anderen Ecke, Abfälle, die für den Verzehr nicht zu verwenden waren, darunter Wirbelknochen, Rippenteile und Füße und Hände.

»Ist das alles?«, fragte Richard, sich schnell wieder abwendend.

Ich fand, es reichte. Ich würgte. Die Entenbrüstchen klopften schon mal an. Richard dagegen war verwunderlich cool.

»Äh!« Fischer war auch leicht konsterniert. Sein Gesicht fragte: Was wollen Sie denn noch? Sein Mund sagte: »So etwas habe ich in meiner ganzen Laufbahn – über zehn Jahre jetzt – noch nie gesehen.«

»Nein, ich meine«, sagte Richard, »es kommt mir ein bisschen wenig vor für einen ganzen Menschen.«

Wir starrten auf die Fleischpackungen, die da übereinander und nebeneinander lagen wie in einer Kühltheke im Supermarkt: vielleicht zwanzig Stück zu je einem Pfund bis einem Kilo.

»Das ist mir auch schon aufgefallen«, sagte ein Vermummter hinter uns.

»Der Rechtsmediziner müsste aus Ulm kommen«, gab Fischer schon mal vorsorglich zu bedenken.

Da würde der Herr Professor Rechtsmediziner sicher jubeln. Stuttgart verfügte zwar über einen Tisch in der Pathologie des Robert-Bosch-Krankenhauses, aber nicht über eine medizinische Fakultät und besaß deshalb auch kein rechtsmedizinisches Institut. Das in Tübingen hatte man erst kürzlich geschlossen und der Lehreinheit für Pathologie zugeschlagen. Und Pathologie war halt nicht Rechtsmedizin, da ging es darum, Erkrankungen herauszufinden, die zum Tod geführt hatten.

»Sie haben alles fotografisch dokumentiert?«, stellte Richard mehr fest, als er fragte.

»Ausführlich. Die KT ist auch schon unterwegs. Sie müsste demnächst eintreffen.«

Richard, der fast vergnügt wirkte, ging in die Hocke und griff sich eines der Fleischpäckchen. Die Hand, mit der er nach der Lesebrille in der Innenseite des Jacketts fassen wollte, glitt am Overall ab.

»Kannst du das lesen?«, fragte er mich.

Mir hob sich der Magen, der Speichel floss, der Schweiß brach mir aus, ich schluckte und hielt die Luft an, schüttelte mich, scheuchte meine Gedanken in schöne Gefilde ... was man halt so machte, wenn man auf keinen Fall kotzen wollte.

»Spanferkelstelze, geboren/gemästet/geschlachtet/zerlegt D/D/D/D, Ident.-Nr.: 100123. Bei 7 Grad mind. haltbar bis 2.4.15, Preis/kg 7,99 €, 0,566 kg, Preis 4,52 €.« Obendrüber stand: »Fleischerei BoNatur Stuttgart« und eine EU-Zulassungsnummer.

»Täuschend echt«, sagte HK Fischer. »Ich würde nichts merken, wenn ich es im Supermarkt aus der Kühltheke nehmen würde.«

Da machte mein Bewusstsein mal kurz Pause.

Als es wieder rotierte, lag ich außerhalb des Kabuffs auf dem Rücken auf dem feuchten Boden. Es tropfte mir ins Gesicht. Pitsch, pitsch ...

Richard klopfte mir die Wange und lächelte. »Ah, da ist sie wieder.«

Eine der weißen Overallgestalten hielt meine Füße in die Höhe, legte sie aber ab, als ich anfing zu zappeln. Richard half mir mit kräftiger Hand auf die Beine. Peinlich!

»Die Luft«, verteidigte ich mich. »Hier ist überhaupt keine Luft. Und es ist viel zu warm.«

»Ich denke, für uns gibt es hier auch nichts mehr zu tun«, stellte Richard halb an mich, eigentlich aber an die Polizisten gewandt fest. »Das ist kein Tatort, so viel kann man wohl bereits sagen. Ich wüsste nicht, was ein Rechtsmediziner hier für Erkenntnisse gewinnen könnte. Schicken Sie das alles nach Abschluss der kriminaltechnischen Untersuchungen in die Rechtsmedizin nach Ulm. Als Blaulichtfahrt. Dort sind die Möglichkeiten vorhanden, eine Todesursache zu finden und zu klären, was und wie viel fehlt.«

Mir wollten die Sinne schon wieder schwinden. Aber Richards Griff um meinen Arm war so hart, dass der Protest gegen den Schmerz mich wach hielt. Normalerweise kippte er um, und ich fächelte ihm Luft zu. Was war diesmal anders? Die Leiche fehlte. Hier lag kein ganzer Toter, sondern ein säuberlich portionierter und in Plastik eingeschweißter, mal abgesehen von dem stinkenden Kopf und dem übrigen Schlachtabfall.

Ich riss mich von Richard los und ging schon mal voraus. Er wollte gar nicht mehr aufhören, dieser stickige Tunnel mit der Staubwolkenschicht unter dem Gewölbe. Mittig lief ein Wasserkanal neben mir her, begleitet von dem großen silbernen Rohr, das vermutlich auch irgendwelches Wasser abführte. Am zugemauerten Ausgang schälte ich mir den Overall vom Leib und sprang aus dem warmen Tunnel in kalte Nacht. Luft.

»Was war denn los?«, fragte Richard, als wir den leicht vereisten Waldpfad zum Parkweg hinaufstiegen.

»Und mit dir?«, fragte ich zurück. »Wie kannst du so gelassen sein? Nur weil die Leiche in hygienischen Beuteln verpackt ist?«

Er überlegte einen Moment. »Vermutlich habe ich es leichter ertragen, weil eine Menschengestalt nicht mehr zu erkennen war. Der Kopf allerdings … nun ja … hygienisch ist anders.«

»Was meinst du, ist das da drin Hinni Rappküfer?«

»Schwer zu sagen bei dem Zustand, also des Kopfes.«

»Das könnte dafür sprechen, dass er es nicht ist. Es sei denn, er wurde recht bald nach seinem Verschwinde geschl… äh, getötet. So schnell verwest man auch wieder nicht.«

»Das wird ein Gentest klären.«

»Aber dir ist schon klar, dass die restlichen vielleicht dreißig Kilo jetzt in Supermärkten in den Kühltheken liegen und gekauft werden, womöglich schon gekauft und sogar bereits verspeist wurden.«

»Ist das so klar?«

»Ja, wo soll der Rest denn sonst sein? Wozu der ganze Aufwand mit Einschweißen und Beschriften, wenn es nicht darum geht, dem Einzelhandel Menschenfleisch unterzujubeln?«

Wir erreichten den Asphaltweg, der zur Wilhelma hinunterführte.

»So einfach ist das aber nun auch nicht«, sagte Richard.

»Es ist ganz einfach«, widersprach ich. »Du gibst dem Laden ausnahmsweise mal was zurück und legst die Fleischpackungen in die Kühlregale, statt welche rauszunehmen.«

»In vielen Supermärkten hängen Kameras.«

»Na, da wird wohl ein Haufen Arbeit auf die Polizei zukommen. Außerdem müssen sie alle Metzgereien im Großraum Stuttgart überprüfen und nach der DNS des Toten da drin suchen. Denn eins scheint mir sicher: So fachmännisch geht das nur mit professionellem Werkzeug in einer Metzgerei oder einem Zerlegebetrieb. Und man muss auch wissen, wie man die Geräte bedient. Der, der das gemacht hat, muss ausgebildeter Metzger sein, zumindest Geselle. Janice Niggemann ist das definitiv nicht gewesen.«

»Ist das nicht etwas voreilig, Lisa?«

Das traf. Meine Schnellfertigkeit hatte vor nicht allzu langer Zeit eine Unschuldige für Monate in Untersuchungshaft gebracht.

»Immerhin hat sie sich einen Schlachtbetrieb angeschaut«, fuhr Richard fort. »Du erinnerst dich an den Bericht?«

»Aber vom bloßen Anschauen kann man so was nicht. Und als Veganerin wird sie doch nicht eine Lehre begonnen haben. Das wäre pervers.«

»Mord ist pervers. Vor allem dieser.«

»Glaubst du ernsthaft, dass eine junge Veganerin ein paar Monate lang das Zerlegen und Schlachten von armen unschuldigen Tieren lernt, nur um Hinni Rappküfer fachgerecht verarbeiten zu können? Also wirklich, Richard!«

»Vielleicht ist das in den Päckchen doch nur Schwein und nicht … Vielleicht soll es nur so aussehen.«

Worüber reden wir da eigentlich?, fragte sich eine Nebenstelle in meinem Hirn. »Und wo ist dann die Leiche zum Kopf?«

»Wir müssen die Ermittlungen abwarten.«

»Und ihr werdet jetzt nicht ein SEK zu Janice Niggemann nach Hause schicken, nein?«

Er antwortete nicht. Über Ermittlungsinterna gab er ungern Auskunft.

»Hör mal, Richard, junge Frauen können zwar Nahrungsextremistinnen sein und dabei ihr Leben aufs Spiel setzen …«

»Und als Dschihadistinnen in Syrien kämpfen«, unterbrach er mich schroff. »Oder die eigenen Kinder abstechen. Es gibt nichts, und sei es noch so unvorstellbar grauenvoll, wozu der Mensch, auch eine Frau, nicht fähig wäre, Lisa. Nichts verflüchtigt sich so schnell wie Mitgefühl, wenn es um einen großen Kampf für irgendeine Sache geht.«

Cipión hüpfte im Auto, als Richard die Zentralverriegelung anfunkte. Zwei Zivilfahrzeuge bogen über die Fußgängerinsel der Ein- und Ausfahrt zum Wilhelmaparkhaus in den Weg zum Rosensteinschloss ein, den wir gerade herabgekommen waren.

Richard grüßte mit der Hand hinüber und fing dann Cipión ab, der ihm als Freudenbündel entgegensprang, als er die Fahrertür aufmachte. Doch Cipións Freude fiel in sich zusammen, als er roch, dass Richard menschliche Leichenteile in der Hand gehabt hatte, und das, obgleich Richard Handschuhe getragen hatte und die Teile in Plastik eingeschweißt waren. Der Dackel mochte toten Mensch nicht. Mit gesenkter Rute zog er sich in den Fußraum auf die andere Autoseite zurück. Damit war für mich die Frage beantwortet, ob es sich bei dem Inhalt der verkaufsfertigen Päckchen im Tunnel um Schweine- oder Menschenfleisch handelte.

Offensichtlich fuhr Richard wieder. Ich saß auf dem Beifahrerinnensitz mit Cipión zwischen den Füßen, als die Limousine sich in den spärlichen Verkehr auf der Neckartalstraße einreihte, der auf vielen Spuren zwischen Baustellenbaken in den Schwanenplatztunnel geleitet wurde, der den Rosensteinpark unterquerte.

Kurz sah ich die Taschenlampen der Polizei rechts über uns im Hang zwischen den Bäumen umherhuschen. Richard musste und wollte ins Amt, Anträge schreiben, Meisner anrufen, organisieren.

»Wie willst du das heute Abend schaffen«, fragte ich mich laut, »dass die in den Supermärkten ihre Fleischtheken überprüfen, bevor die Leute morgen einkaufen?«

»Übermorgen, Lisa. Morgen, Ostermontag, ist noch Feiertag.«

Schon bogen wir hinter dem Tunnel Richtung SWR ab.

»Das werdet ihr nicht heimlich erledigen können«, dachte ich mit Stimme weiter. »Irgendeiner der Leute, die Fleisch aus den Theken räumen müssen, wird twittern. Das wird ein irre Buhei geben. Menschenfleisch im Handel. Deklariert als Schwein. Womöglich schon verzehrt und ausgeschieden. Da kann undeklariertes Pferdefleisch in der Lasagne nicht gegen anstinken.«

Grün. Richard ließ den Wagen auf die Neckarstraße schießen. Bis zur Staatsanwaltschaft waren es nur noch ein paar Ampeln.

»Aber warum lag es im Tunnel?«, überlegte ich weiter. »Vielleicht ist es das, was der Täter oder die Täterin in den Tagen vor Ostern nicht mehr in den Läden untergebracht hat, der Rest, den er oder sie loswerden wollte, zusammen mit dem Kopf. Aber wieso in diesem Tunnel? Nun gut, es musste ein halbwegs öffentlich zugängliches Versteck sein.«

Wir rollten. Richards Ohr blieb unbewegt, sein Blick ging nach vorn. Die Straße glitzerte. Der Widerschein der roten Ampel an der Hackstraße fiel tief nach unten.

»Warum aber verstecken? Warum nicht einfach irgendwo in den Wald werfen? Weil es nicht gleich gefunden werden sollte vom Hund eines Spaziergängers. Weil erst mal alles in den Supermärkten ausgelegte Fleisch verkauft sein soll, bevor Polizei und Presse darauf stoßen. Verkauft und gegessen. Menschen, die Schweinefleisch essen wollten, zu Kannibalen gemacht. Wie ist er oder sie in den Tunnel hineingekommen? Das wird die Polizei klären. Der Täter oder die Täterin muss sich aber auskennen. Den Tunneleingang sieht man ja von nirgendwo aus. Man muss wissen, dass er dort ist. Nun ja, im Internet findet man ihn sicher auch. Könnte Beifund einer Anti-Stuttgart-21-Recherche sein.

Tunnels sind ja derzeit Aufreger, die alten, weil man sie retten muss, die neuen, weil man sie nicht haben will.«

Der Bunker der Staatsanwaltschaft war verrammelt, die Tore zur Hofeinfahrt heruntergelassen, der Vordereingang vergittert. Die Strahler am Dach schufen Tageshelle auf dem breiten Gehweg. Richard schwenkte vors Tor. Er besaß Schlüssel und stieg aus. Cipións und meine Reisebegleitung endete hier. Um in die Staatsanwaltschaft hineinzukommen, musste ich gewöhnlich Theater machen, mich verkleiden, falsche Termine vorschieben oder hellblaue Ausweise hochhalten, die an die von Staatsanwälten erinnerten, und so weiter. Aber Richard war nicht so leicht zu übertölpeln.

»Kommst du nachher noch rüber, Schatz?« Ich traute meinen eigenen Ohren nicht.

»Ich weiß noch nicht«, antwortete er, schon ganz eheroutiniert.

»Vergiss es!« Das klang jetzt keifend.

Seine Antwort, halb gereizt, bettelnd: »Ich fürchte, es wird für mich eine lange Nacht, ich muss einiges in die Wege leiten.«

»Schon gut, Richard. Das war der falsche Dialog.«

»Bitte?«

»Geh arbeiten. Alles ist gut.«

Ich zupfte Cipión an der Leine zu mir, drehte mich um und machte mich auf den Weg über die Fahrbahn und die Stadtbahnschienen hinüber zu meinem Haus. Womöglich würde aus unserem Donnerstagstermin nichts werden, weil wir anderes zu tun hatten. Der Gedanke hatte was Beschwichtigendes.

Die Treppenhausleuchte unten im Eingang tat wieder mal nicht. Erst über Steinstufen, dann über Holz stieg ich in den dritten Stock hinauf, machte Licht, ging in die Küche und sah, dass drüben im dritten Stock ein einzelnes Fenster erleuchtet war, Richards Büro, und stellte meinen Kaffeeautomaten an. Er heizte sich auf. In der Zwischenzeit fuhr ich den Klappcomputer hoch. Dann Kaffee rauslassen, dann ins Internet und Facebook aufmachen.

7

Die *Tatort*-Stille war vorbei. Es war wieder viel geschehen. Lionel hatte im Namen der VegaKoS angefragt, wer am Montag, also morgen, am Stand auf dem Schlossplatz sein würde. Janice gefiel das. »Ich stehe schon im Plan. Ich hatte mich gleich gemeldet.«

Ich schaute mir die dazugehörige Veranstaltung an und erfuhr, dass Tierschützer, Veganer-Organisationen, der VeBu (Vegetarierbund), PETA (People for the Ethical Treatment of Animals) und die Organisation FAMA (Front against Murder of Animals) im Rahmen einer Friedenskundgebung darauf aufmerksam machen wollten, dass weltweit Tiere Kriegen zum Opfer fielen und in der Tiermast litten und millionenfach gemetzelt wurden.

»Bin auch dabei«, kommentierte ich.

Das gefiel Janice und einigen weiteren. Ich würde sie schneller kennenlernen als gedacht. Im Hinterkopf ging ich meinen Kleiderschrank durch. Irgendwas würde ich schon finden, das vegan aussah.

Die Größe und den moralischen Fortschritt einer Nation kann man daran messen, wie sie ihre Tiere behandelt, sagt Mahatma Gandhi. Meinte der die Nazis? Deine Fragen stechen. Warum tust du das? Genießt du es, mich sprachlos zu sehen? Was haben die Nazis mit Tierschutz zu tun? Das Reichstierschutzgesetz sei das fortschrittlichste der Welt, hast du behauptet. Damit konnte man Juden zur niederen Kultur schlagen, weil sie Tiere schächteten und weil sie medizinische Tierversuche machten. Tierquäler ins Konzentrationslager. Schont die Tiere, macht die Giftgasversuche an Menschen. Wie du das sagtest. Lustvoll. Und die höchste Kultur hätten die Feuerländer gehabt, denn in

Hungerzeiten töteten sie nicht ihre Hunde, sondern ihre alten Frauen, um sie zu essen. Wegen der Gendergerechtigkeit würden wir heute natürlich auch die alten Männer töten. Dann können wir unseren Hunden und Katzen wenigstens wieder Fleisch geben.

Das hast du nicht ernst gemeint.

Meine Finger tippten »Menschenfleisch« in die Suchmaschine ein. Einige wollten wissen, wie das schmeckte. Wie Schwein, sagte man immer. Keiner outete sich als Kannibale. Aber ich stieß auf Zeitungsberichte und Filme über das erste Restaurant für Menschenfleisch, das in Berlin aufmachen sollte. Wie bitte? Der Shitstorm war schon einige Jahre alt. Schließlich erlöste mich ein Video, in dem ein junger Mann das Grinsen kaum aus dem Gesicht bekam und mir erklärte, dies sei eine Schock-Kampagne des VeBu gewesen. Auflösung am Tag der Eröffnung. Die Mahnung: »In jedem Stück Fleisch steckt auch ein Stück Mensch.«

So waren die nämlich durchaus drauf. Manche zumindest.

Fritz Haarmann, auch der Werwolf von Hannover genannt, hatte vierundzwanzig junge Männer getötet und sie in den zwanziger Jahren teils als Wurst in Dosen an ein Restaurant verkauft und unter die Leute gebracht. Ein paar Jahre früher brachte auch der Serienmörder Carl Friedrich Großmann seine Opfer als Wurst- und Dosenfleisch in den Handel, junge Frauen, möglicherweise an die hundert an der Zahl. So was kam öfter vor, auch im Hier und Jetzt. In Russland hatten drei Obdachlose vor ein paar Jahren einen jungen Mann getötet und sein Fleisch an einen Döner-Imbiss verkauft. Und erst kürzlich wurde in Teewurst Menschenfleisch aus Polen, Rumänien und Serbien entdeckt, hauptsächlich Leber, Herz und Niere … ach nee, das war jetzt wieder Satire.

Das Deutsche Menschenschutzbüro fordert ein sofortiges Auslisten von menschlichem Qualfleisch. In unhygienischen und viel zu kleinen Sammellagern werden in Osteuropa arbeitsscheue und marktwirtschaftlich überflüssige Menschen gehalten, die später auf grausame Weise geschlachtet werden. Der Bundesverband deutscher Fleischwarenindustrie versteht die Aufregung nicht: »Jeden Tag werden in Deutschland Millionen Tiere durch den Fleischwolf gedreht, da kann schon mal ein Mensch dazwischenkommen.«

Ha, ha.

Vor einem Jahr hatte man in einem Restaurant in Nigeria in Frischhaltefolien aber wirklich Köpfe von Menschen gefunden. Den nichts ahnenden oder kundigen Gästen wurde Menschenfleisch als Delikatesse serviert. In China wurden auch schon mal tot geborene Babys gegessen und aus der Nachgeburt eine Suppe gekocht. Oder war das doch nur ein Gerücht? Doch nicht außerhalb des Vorstellbaren. Denn die Homöopathie hatte schon Nosoden entwickelt – Globuli aus Ekelmaterialien wie Eiter, Blut und Krebszellen –, die Spuren von Plazenta enthielten, wenn auch in einer Verdünnung, in der keine Substanz mehr nachweisbar war. Das sollte Frauen nach der Geburt guttun. Eine weitere Seite empfahl Frauen ganz direkt, nach der Geburt die eigene Plazenta zu essen. Dann standen sie noch am gleichen Tag vom Wochenbett auf. »Die Plazenta ist wertvoll, und es ist nicht nur der Nährwert, sondern es gibt eine Menge chemische und biochemische Substanzen, die aus Plazenta gewonnen werden: Gammaglobulin, Choriongonadotropin; ein Schatz von Substanzen also, und irgendwie werden die Mütter wieder aufgefüllt, wenn sie es essen.« Dazu Rezepte: »Die Plazenta wird zerschnitten, mit Eiern vermengt und gebraten oder zu einem köstlichen Kuchen verarbeitet. Schützt vor Wochenbettdepressionen.«

Nicht vegan! Durften Veganer Plazenta essen, natürlich ohne Ei oder Milch? War ja kein Tier.

Auch darauf hatte das Netz sofort eine Antwort: »Der Mensch ist doch ein Tier. Also ist das weder vegetarisch noch vegan.«

Gutes Argument.

Ina ergänzte: »Stillen ist vegetarisch, aber nicht vegan.«

Darauf die Antwort von Alois: »Aber es ist natürlich. Jedes Säugetier stillt seine Babys. Und den meisten Vegetariern und Veganern geht es doch darum, dass für Fleisch und Milch Tiere leiden müssen und getötet werden. Das fällt bei Plazenta und Stillen weg.«

Und Wildfang verkündete: »Für meine Hebamme war es das erste Mal, dass das jemand gemacht hat. Ich lebe ansonsten vegan, aber es hat mich keinerlei Überwindung gekostet, von der Plazenta zu essen. Sehr lecker fand ich es aber auch wieder nicht. Von der Konsistenz her irgendwie eine Mischung aus Weintrauben und labbrigen, gekochten Pilzen, vom Geschmack her auch ein bisschen weintraubenmäßig. So was geht aber irgendwie nur direkt nach einer Geburt, wenn man noch oben auf der Hormonwelle schwimmt. Der große nicht gegessene Rest wurde vor zwei Wochen im Zuge einer Birnbaumpflanzung im großelterlichen Garten vergraben.«

Ich ging gepflegt eine Runde kotzen. Das hätte ich schon im Wald am Tunnel tun sollen. Danach Schnaps, Zigaretten und noch einen Kaffee. Und Hardcore-Punk von *Minor Threat*. Die schrien: »I've got the straight edge!«

8

Guten Morgen, ihr Schönen! Gut geschlafen? Ich ja, wider Erwarten. Wie ein Klumpen Gold. Im Radio brachten sie zwischen Glaubensbekenntnissen und Gott die Nachricht, dass die Stuttgarter Polizei dem Verdacht nachging, es sei Menschenfleisch in den Handel gelangt. Im Zerlegebetrieb BoNatur habe am Morgen eine Razzia stattgefunden. Die etwas kopflose Sprecherin warnte, sich verhaspelnd, im Namen der Behörden vor Schweine-, Rind- und Lammfleisch von BoNatur mit dem Mindesthaltbarkeitsdatum zwischen 6. und 14. April.

Ich eilte ins Internet. Tatsächlich: Es gab ihn wirklich, diesen Fleischereibetrieb BoNatur, im Stuttgarter Hafengebiet gelegen. Er belieferte im Großraum Stuttgart vor allem Biomärkte und warb mit Bildern von sauberen Hühnern und rosigen Schweinen auf grünen Wiesen für sich. Das war sein Ende, auch wenn er sicherlich unschuldig war.

Ich fand auch die Originalpressemitteilung, die Richard und die vermutlich herbeigerufene Presse-Staatsanwältin gegen vier Uhr früh veröffentlicht hatten. Demnach hatten die Fleischverpackungen verschiedene Deklarierungen, was Fleischart und Mindesthaltbarkeitsdaten betraf. Verbraucher wurden dazu aufgerufen, ihre heimischen Kühlschränke zu überprüfen und sich an die Polizei zu wenden, wenn sie Produkte besagter Fleischerei vorfänden. Sämtliche Nachrichtenportale hatten sich das Thema bereits einverleibt. In Twitter gab es schon einen Hashtag und einen langen Thread dazu. »Dass Fleischesser Wurst mit Gesicht kaufen und essen, beweist, dass sie Menschenfleisch essen wollen.« – »Die Stadt frisst Menschen, spuckt ihre Knochen wieder aus.«

Die Seite der VegaKoS hatte den Nachrichtenlink ebenfalls geteilt, die Kommentare purzelten schon darunter. Janice war nicht dabei. Vielleicht schlief sie noch.

Ich verließ die Flachbildschirmwelt und stellte mich vor den weit geöffneten Kleiderschrank. Für die Füße hatte ich nur Stoffsneaker, nicht geeignet für die winterliche Osterkälte, aber was anderes gab es nicht. Der grüne Parka schien mir ebenfalls tauglich. Jeans waren seit jeher aus Baumwolle. Dazu einen Sweater und ein T-Shirt drunter. Es ging leichter, als ich gedacht hatte. Die Lederarmbänder musste ich allerdings ablegen. Den Geldbeutel ersetzte ich durch ein Stofftäschchen mit Reißverschluss aus dem Weltladen, in dem ich bisher meine Speicherkarten aufbewahrte. Was noch? Eine Armbanduhr trug ich nicht. Ach so ja, das Handy. Es steckte in einer Lederhülle.

Ohne Leder ging ich dann erst mal mit Cipión raus bis zum Park an der Villa Berg und stellte ihm, wieder zu Hause, einen gut gefüllten Fressnapf hin. Richard informierte ich per SMS über meinen Tagesplan. Dann auf in den Straßenkampf!

Die Stadtbahn brachte mich zum Schlossplatz.

Friedensmärsche zu Ostern waren out. Vermutlich hing es damit zusammen, dass wir uns vor Gemetzel in den Nachrichten nicht retten konnten. Wo anfangen mit Aufräumen? Mussten wir zuerst gegen die Drohnen sein, die der CIA nach Pakistan schickte? Oder uns zuallererst vor der Barbarei von Al-Kaida, IS und Boko Haram fürchten? Oder kritisierten wir an erster Stelle Russland oder doch besser vielleicht die EU für ihre Kriegstreibereien in der Ostukraine? Wer stieg da noch durch? Gut und Böse waren uneindeutig verteilt. Von den Bedrohungen durch die Datenkraken Google, Facebook, eBay, NSA und BND nicht zu reden, die unaufhaltsam den totalitären Terror eines künftigen Weltherrschers und dessen Gesinnungsschnüffelei und Aussonderung vorbereiteten.

Es waren nur ein paar Hundert mit Regenbogenfahnen, die sich um den Wagen beim Glaskubus des Kunstmuseums neben den Säulen des Königsbaus vor der Rednertribüne scharten. Der Stuttgarter Ostermarsch hatte eigentlich schon am Samstag stattgefunden. Die Kundgebung heute war eine Nachzüglerveranstaltung irgendwelcher Splittergruppen. Die Stände der Tierschützer befanden sich am Durchgang zum Schillerplatz. Weiße Schirme, die Tische voller Drucksachen mit leidenden Tieren, hinter den Tischen ernste Menschen in Baumwolle. Am Stand der VegaKoS gab es vegane Muffins und Smoothies.

Ich erkannte sie sofort. Janice blickte unruhiger unter kurzen braunen Haaren hervor als auf ihrem Profilfoto. Wie auf dem Sprung. Oder nach einem Sprint. Ihr Atem schien gleich unter den Brüsten zu Hause, die stiegen und fielen und mit ihnen Knopf und Kragen einer bunten Baumwolljacke. Ihre Brüste atmeten mir entgegen, als ich sie ansprach. »Hallo, Janice, ich bin Lisa.«

Sie lächelte kurz. »Hallo, cool, dass du gekommen bist.«

Neben ihr stand eine sehnige Oma mit zwei Enkeln, die Janice mir vorstellte. Erika war eine Pionierin des Veganismus, lebte seit sechzig Jahren vegan, ihre Enkel von Geburt an. Die drei sahen proper und rosig aus, ein Lebendbeweis der veganen Segnungen.

»Was kann ich tun?«

»Vielleicht möchtest du Flyer verteilen?«

Am Stand blieb eine Frau in Kapuzenmantel stehen, blätterte in einem Heft mit Fotos von blutigen Schweinen. »Was sagen denn die Kinder dazu, wenn sie von ihren fanatischen Eltern gezwungen werden, nur Gemüse zu essen?«

»Und was sagt der Leopard dazu, dass er sein Fell für Ihre Kapuze lassen musste?«, antwortete Janice mit springendem Busen.

Oje, Alte, das ist ein Webpelz!

Die Frau lachte. »Sie wollen Tierschützer sein und können nicht mal ein Leopardenfell von einem Imitat unterscheiden?« Lachend wandte sie sich ab.

»Kann man doch nicht wissen«, murrte Janice.

»Hast du jemals ein Leopardenfell gesehen?«, fragte ich. »Wirst du auch nie zu sehen kriegen, Janice. Der Handel damit ist verboten …«

»Man darf ihn in Afrika sehr wohl noch schießen«, griff ein

älterer Mann vom Nachbarstand ein. »Für ein paar Tausend Euro können gelangweilte europäische Jäger in afrikanischen Jagdlodges Löwen, Leoparden, Geparden und Karakals abknallen und das Fell als Trophäe einführen.«

»Wie ich sag!«, sagte Janice. »Primitiv, so ein Schmuck mit Sachen, die ans tote Tier erinnern, an Tiermord, so was fördert nur die Akzeptanz von Tiermissbrauch.«

»Am besten, man verbietet jegliches Abbild von Tieren«, entfuhr es mir. »Ich meine, jedes missbräuchliche, herabwürdigende, verniedlichende und diskriminierende. Diese Osterhasen zum Beispiel, diese Schokohasen, das ist doch im Grunde Missbrauch der lebenden Kreatur zur Kinderbespaßung!«

Niemand lachte. »Ja, da sollte man mal drüber nachdenken«, sagte der Mann vom Stand nebenan. Auf dem Schirm über ihm befand sich das Logo von FAMA mit dem Huhn.

»Habt ihr schon das von dem Menschenfleisch gehört?«, fragte ich. »Es soll welches im Handel sein, in Supermärkten. Habe ich heute früh im Radio gehört.«

»Ich höre kaum noch Radio«, sagte Janice. »Sind eh alles Lügen.«

Ich erklärte es kurz.

»Das ist ein Problem der Omnis«, bemerkte Janice mit fallender Brust.

»Aber da hat einer einen Menschen geschlachtet«, sagte ich.

»Das ist furchtbar, aber bedenke, jeden Tag werden Tausende von Tieren geschlachtet.«

Ich bedachte es. Offenbar musste ich noch viel lernen, bevor ich mich in dieser Welt souverän bewegen konnte, und zog erst einmal mit meinen Flyern ab. In den Stoffsneakern verwandelten sich meine Füße in Eisbeine. Meine Flyer fanden nicht so rasenden Absatz. Ich guckte mir die Stände an. Deutscher Tierschutzbund, BUND, Ärzte gegen Tierversuche, Vegetarierbund Deutschland. Nur einer passte nicht recht rein: der Verein zur Erhaltung gefährdeter Haustierrassen. Eine östliche Hütehunderasse überlebte nur, solange es Schafe gab, die er hüten musste. Sie starb gerade aus. Die Tierschutzorganisation Vier Pfoten warf einem Möbelhersteller vor, Gänsekeulen aus tierquälerischer Haltung in seinen Restaurants anzubieten, nämlich aus Ungarn, wo Gänse lebend gerupft werden durften. Schon pervers, was Viehhaltern so alles einfiel.

»Ihr seid doch alle verbittert und krank!«, fuhr mich ein Mann mittleren Alters an.

»Und wie geht es gerade Ihrem Blutdruck?«, erkundigte ich mich.

Später bekam ich einen heißen Tee, einen Muffin und einen Apfel und war dankbar, denn ich hatte noch nichts gegessen. Lionel tauchte auf, ein großer Rotblonder, der langsam und fehlerfrei mit britischem Akzent sprach.

»Freut mich, dich kennenzulernen, Lisa«, sagte er und blickte mich mit blauen Augen an. »Ich habe ein bisschen recherchiert, nachdem du gestern zu uns gestoßen bist.« Er lächelte.

»Nicht der Rede wert. Vorbei, verpufft, erledigt.«

»Deine Erfahrungen können uns vielleicht nützlich sein.«

Ich nützlich? Das war ja mal eine Überraschung. »Meinst du?«

»Wir müssen nachher mal reden.«

»Sehr gern. Was meinst du denn genau?«

Sein Lächeln erlosch. »Da ist Menschenfleisch in den Handel geraten.«

»Ich habe es im Radio gehört. Im Netz kursiert es auch.«

»Man wird es uns anhängen. Das wird uns schaden. Du hast doch als Journalistin Kontakte zur Polizei. Das muss aufgeklärt werden, so schnell wie möglich.«

»Wieso meinst du, dass man uns das anhängen wird? Hast du einen konkreten Verdacht?«

»Niemand von uns würde so etwas tun.«

»Warum sollte man es uns dann anhängen?«

»Lass uns später darüber reden. Kommst du nachher noch mit in die VegaKoS? Wir kochen.«

»Gern.«

Danach hinterm Standtisch herumstehen, grübeln und Leute angucken, die auf die Drucksachen schauten und entweder den Blickkontakt vermieden oder zu uns gehörten und nach Rezepten suchten. Langweilig und fußkalt. Der Apfel, der Tee und der Muffin rumorten in meinem Gedärm und produzierten Luft.

Interessant wurde es vorübergehend, als ein Schlauberger sagte: »Sie wollen doch, dass wir aufhören Fleisch zu essen, ja? Alle, ja? Das wollen Sie doch. Mal angenommen, alle hören auf, von heute auf morgen. Das ist es doch, was Sie erreichen wollen. Ja, wohin dann mit den Tieren? Haben Sie darüber mal nachgedacht?«

»Die Tiere würden leben«, sage Janice.

»Aber wohin mit ihnen, den Kälbern, den Ferkeln? Den Hühnern, die immer weiter Eier legen? Das können Sie denen ja nicht verbieten. Das hört ja nicht auf von heute auf morgen. Das ist die Natur, sie vermehrt sich, seid fruchtbar und mehret euch. Wo tun Sie die hin? Die laufen dann überall herum auf der Straße oder wie. Kühe, Schafe, Schweine, Hühner, Puten überall. Die fressen die Gärten leer, die Felder. Wir verhungern, aber die Tiere leben. Und in den Wäldern, da fressen die Rehe und Hirsche und Wildschweine alles kahl, die darf man ja auch nicht mehr schießen.«

Janice atmete tief und bergig ein. »Da sehen Sie, wie pervers unsere Viehzucht ist. Wir produzieren nur für den Tod.«

»Natürlich müsste es Übergangsphasen geben«, erklärte ich.

»Und wer soll in der Übergangsphase all das Fleisch essen? Das ist ja immer noch da. Verbrennen? Oder ausführen in die Dritte Welt? Dann haben die das Problem. Typisch! Haben Sie sich das mal überlegt, junge Frau?«

»Glauben Sie denn«, griff Lionel ein, »dass alle Europäer von heute auf morgen Veganer oder auch nur Vegetarier werden? Nein. Die Dinge entwickeln sich langsam. Und in dem Maß, wie die Nicht-Fleischesser mehr werden, verändert sich die Tierproduktion, und die Gemüseproduktion wird effizienter.«

»Das glauben auch nur Sie«, grummelte der Mann.

»Das ist keine Frage des Glaubens, es ist eine Frage des Überlebens der Menschheit.«

»Sie haben gut reden hier. Wir haben doch alles. Sogar Erdbeeren im Winter und Salat, alles. Aber wo Steppe ist, muss man Weidetiere halten, Gras können wir Menschen nämlich nicht verdauen. Und Getreide und Gemüse wächst da nicht.«

Janice zog mich vom Diskussionsherd weg. »Lass Lionel das machen, das kann er gut, unser Professor.«

»Wo ist eigentlich Violette?«, fragte ich.

Sie zuckte mit den Schultern.

»Seid ihr nicht befreundet?«

»Violette geht total ihre eigenen Wege. Ich bin nicht so gut bekannt mit ihr.«

»Ach, ich dachte …« Klappe zu, Lisa!

Janice schaute mich fragend an.

Ich winkte ab. Großer Irrtum! »Was macht sie denn so? Wo kommt sie her?«

»Sie ist aus Biberach, glaube ich. Sie studiert was mit Medien.«

Da war es gerade egal, ich konnte auch direkt fragen: »Kennst du eine Storchenbein?«

»Nee. Warum?«

»Ihre Mutter kocht in der VegaKoS, dachte ich.«

Janice lachte. »Wir kochen selber. Oder meinst du Rothilde? Aber das war vor meiner Zeit.«

Bei nächster sich ergebender Gelegenheit, nämlich sofort, simste ich über den verschlüsselten SMS-Dienst Threema an Richard.

»Janice Niggemann ist nicht die Bloggerin.« Und damit alles auf Anfang.

»Du kommst doch nachher noch mit?«, fragte sie. »Wir machen eine Schnippelparty mit containerten Sachen.«

Der Hunger war ein wütender Bär im Käfig. Aber er würde noch lange warten müssen.

Eine Frau warf ein Heft auf den Tisch zurück, in dem die unerträglichen Grausamkeiten von Tierversuchen mit zweifelhaften Erkenntnisgewinnen dargestellt wurden, und keifte: »Wenn es nach euch ginge, säßen wir medizinisch noch im Mittelalter! Und meine Tochter würde nicht mehr leben. Sie ist Dialysepatientin. Antibiotika, Schmerzmittel, das alles wäre auch nicht da, ohne Tierversuche.«

»Wenn alle sich vegan ernähren würden, wäre niemand krank«, antwortete der Mann von FAMA. »Dann bräuchten wir diese Medizin nicht.«

Die Frau lachte fassungslos. »Und Millionen von neugeborenen Kindern würden sterben, weil wir keine Ahnung hätten vom Rhesusfaktor-System des Bluts. Das hat man nämlich bei Affen entdeckt.«

»Wir hätten diese Informationen vermutlich auf anderem Wege gefunden«, griff Lionel erneut in seiner freundlich ruhigen Art ein. »Die meisten Tierversuche dienen ja gar nicht der Gesundheit, sondern beispielsweise der Kosmetikindustrie. Eine halbe Million Tiere werden jedes Jahr allein in Baden-Württemberg in Tierversuchen verwendet und viele davon getötet. Wir meinen, nicht jede Forschungsfrage muss von Studenten noch einmal gestellt und mit Tierversuchen beantwortet werden, wenn es bereits Studien dazu gibt. Längst gibt es andere Möglichkeiten, etwa Zellkulturen oder Computermodelle.«

Ich war bereit, ihn anzuhimmeln. Falls ich eben kurz gezweifelt hatte und bereit gewesen war, der Frau zuzustimmen, so rückte er rasch alles wieder auf seinen rechten Platz. Sogar der Mann von FAMA überließ dem britischen Dozenten das Feld. An dem kleinen Stand war den ganzen Nachmittag kein weiteres Mitglied der Organisation erschienen.

Noch was fiel mir ein: »Prüft doch mal nach«, simste ich an Richard, »ob eine Violette Sirsch im Filmteam des Kochstudios von Rappküfer war.«

Wenige Minuten später bekam ich über Threema von ihm die Nachricht: »18 Uhr LKA, Raum 405. Kannst du kommen?«

»Bin auf dem Weg.«

Ich verabschiedete mich von Janice und informierte Lionel, dass ich wegmusste. »Ich melde mich später, dann können wir reden.«

8

Das Landeskriminalamt reckte sich mit dem modernistischen Charme eines Siebzigerjahregroßbaus in den Cannstatter Himmel. Hier befanden sich das KTI, das Kriminaltechnische Institut, die Operative Fallanalyse, die Cyberkriminalität und die Zielfahndung, die zentrale Nachrichtensammelstelle, die Gen-Datenbank, die Zentralstelle für Vermisste und unbekannte Tote und die Koordinierungsstelle für Geiselnahmen, um nur ein paar Abteilungen zu nennen. Außerdem das MEK, also das mobile Einsatzkommando. Das KTI in Stuttgart hatte zum ersten Mal überhaupt in Deutschland einen Straftäter durch einen genetischen Fingerabdruck überführt, und zwar schon 1989, drei Jahre nachdem der britische Genetiker Alec Jeffreys entdeckt hatte, dass es in der menschlichen DNS einen Bestandteil gibt, der bei jedem Menschen anders aufgebaut ist. Wusste ja heute kaum noch jemand. Wir kannten nur noch den englischen Buchstaben-Dreier DNA als Wundermittel der Kriminaltechnik und größten Feind aller Kriminalromane.

Im Konferenzsaal an den Tischen, die sich zur Beamerprojektionsfläche orientierten, saßen Staatsanwältin Meisner, Oberstaatsanwalt Dr. Richard Weber, KHK Christoph Weininger als Leiter der Soko Rosenstein, ein paar Kollegen und an die zwanzig Fachleute und Schreibkräfte vom LKA. Ich hätte nicht dabei sein dürfen, war es aber trotzdem.

Die erste Information der KT bestätigte die Befürchtungen: Bei den im Rosensteintunnel aufgefundenen Leichenteilen handelte es sich um die sterblichen Überreste von Heinrich (Hinni) Rappküfer, 34 Jahre alt, seit kürzestens vier und längstens sieben Tagen tot. Vor zehn Tagen war er verschwunden. Toxikologische und andere biochemische Untersuchungen wie ein Screening nach Betäubungsmitteln oder Medikamenten wurden im rechtsmedizinischen Institut in Ulm noch durchgeführt. Es lag aber bereits ein Gutachten des Rechtsmediziners vor, das das Institut im Eiltempo hatte abtippen und per Mail schicken lassen.

Demnach hatten der Professor und zwei Doktoren die Knochen gezählt, die Leichenteile klassifiziert und anatomisch zugeordnet, die Hackfleischpakete gewogen und den Inhalt bestimmt. 35 kg Rappküfer war zusammengekommen, mit hineingerechnet das Gewicht von Wassereinlagerungen und dem Blut, das in lebendigem Fleisch normalerweise pulsierte. Rappküfers Ehefrau hatte sein Gewicht mit 79 kg angegeben. Fehlten also etwa 45 kg, vielleicht etwas weniger, wenn man wiederum die Flüssigkeiten abzog. Die Knochen waren auch nicht vollständig. Es fehlten einige Mittelhandknochen der linken Hand, zwei Halswirbel und Teile der Oberarmknochen. Sie waren zwischen Schultergelenk und Ellbogen zersägt worden. Man hatte im Material im Tunnel allerdings nur einen Teil dessen als Beinscheiben gefunden. Von den Organen waren Teile einer Niere identifiziert worden, nicht aber Leber oder Herz. Auch nicht der Darm oder die Haut und Teile des Körpers, die als K3-Material (Handelsklasse 3 / Schlachtabfälle) unter üblichen Umständen an einen Heimtierfuttermittelbetrieb, einen Speiseabfallentsorger oder eine Biogasanlage abgeführt wurden. Futtermittelbetriebe gab es ungefähr sechzig allein in Stuttgart.

Der Kopf war mit einer Säge vom Rumpf getrennt worden. Ohrmuscheln und Zunge fehlten. Die Schädeldecke wies eine Sägespur auf, doch hatten der oder die Täter den Versuch offenbar abgebrochen, den Schädel zu öffnen. Das Gehirn war intakt. Das Gesicht war mit einem Sägemesser mehrfach verletzt worden. Diese Verletzungen waren post mortem entstanden. Es gab an der Schläfe allerdings eine Schürfwunde, die in einem Zeitraum von vierundzwanzig bis zweiundvierzig Stunden vor dem Tod entstanden sein musste. In dieser Wunde hatte man Erdreich sichergestellt. Hände und Füße waren ebenfalls von einer Kreissäge knapp oberhalb der Gelenke abgetrennt worden. Ihr Zustand ließ darauf schließen, dass der Körper ausgeblutet war, bevor er zerlegt wurde. An den Handgelenken hatten sich Spuren einer Fesselung durch Klebeband gefunden. Andere Misshandlungen waren nicht erkennbar.

So weit das forensische Gutachten.

An die KT erging der Auftrag, auf dem Schmidener Feld entlang von Rappküfers üblicher Laufstrecke an verschiedenen Stellen Erdmaterial zu entnehmen, damit es mit dem in der Wunde gefundenen verglichen werden konnte.

»Es gibt eine Cecile Montigny, übrigens Veganerin«, sagte ich, »die mit ihren Hunden dort spazieren geht. Vielleicht hat sie was beobachtet.«

Man bedankte sich höflich für den Hinweis.

Fingerspuren hatte man in und auf dem Verpackungsmaterial nicht gefunden, aber verschiedene Fremd-DNA. Hier war zunächst der Abgleich mit den etwa bei BoNatur und in weiteren Metzgereien tätigen Mitarbeitern notwendig, bevor man die Herkunft des Genmaterials verfolgen konnte. Es musste nicht notwendigerweise von einem Täter stammen, es konnte auch im Produktionsprozess der Folie darauf geraten sein. Mit den Genanalysen war man aber noch nicht ganz durch, denn es stand nur eine begrenzte Zahl von DNA-Cyclern zur Verfügung und die Polymerase-Kettenreaktion brauchte ihre Zeit.

Außerdem hatte man in den Verpackungen und vor allem im Hackfleisch Genmaterial tierischen Ursprungs identifiziert, das man trotz des enorm hohen Hygienestandards in Zerlegebetrieben wohl nie gänzlich aus Wölfen und von Sägen entfernen konnte. Und zwar von Schwein, Huhn, Lamm und Wild. Sich daraus ergebender Ermittlungsansatz: beim Besuch der Metzgereibetriebe darauf zu achten, ob ein Metzgerbetrieb Wildfleisch in seinem Angebot hatte.

»Hackgodzackra, nomal aberau!«, entfuhr es dem Berichterstatter des KTI. »Entschuldigen Sie, aber das ist das Perverseste, was mir in meiner fast dreißigjährigen Laufbahn je untergekommen ist.«

Der Leiterin des LKA, die aus Hannover stammte, übersetzte man leise das Schimpfwort: »Hack Gott eine Zacke runter, noch mal aber auch.«

Einen Ermittlungsansatz konnten die DNA-Leute aber doch noch liefern. In einer der ersten Proben hatte sich ein intaktes helles Hundehaar gefunden, das man zur exakten Rassebestimmung und Sequenzierung an ein darauf spezialisiertes Institut nach Bad Kissingen geschickt hatte. Ich machte mir im Kopf eine Notiz: Janice nach ihrem Labrador fragen. Allerdings war sie ja nicht die Bloggerin. Seltsames Zusammentreffen dennoch.

Die kriminaltechnischen Untersuchungen standen noch am Anfang. Aber die Laborant*innen hatten die Nacht und den ganzen Tag durchgearbeitet und bereits einen Teil der am Fundort und an den sterblichen Überresten sichergestellten Materialien identifiziert. Etwa Stahlspuren, die von Sägen, Wölfen, Spiralen, Tischen und Kuttern herrühren mochten, wie sie für Zerlegung und Veredelung verwendet wurden. Hier war aber nicht zu erwarten, dass man die genaue Maschine im genauen Metzgereibetrieb würde identifizieren können. Auch die Folien, Aufkleber und Vakuumverschlüsse waren handelsüblich. Einige Baumwollfasern ließen sich derzeit noch nicht zuordnen.

Dann kam man zu der Frage, wie der oder die Täter in den Tunnel hineingekommen waren. Christoph Weininger referierte. Am Ende der Tunnelröhre befand sich eine unterirdische Energiezentrale der EnBW zur Fernwärmeversorgung der Stadt. Sie war per Wand und Tür vom Rest des Tunnels abgeschieden. Außerdem lag ein Rohr für das Grundwassermanagement der Baustelle für den neuen Tiefbahnhof im Tunnel. Es war noch nicht bekannt, ob es gewissermaßen von hinten einen Zugang zum Tunnel gab. Nach derzeitigem Sachstand konnten der oder die Täter den Tunnel nur von der Neckarseite her mit Hilfe eines Schlüssels durch die Tür betreten haben. Die Untersuchungen der Schließvorrichtung waren noch nicht abgeschlossen, aber mit bloßem Auge waren keine Spuren eines gewaltsamen Eindringens oder der Anwendung einer Pickgun (einer elektrischen Dietrich-Pistole) am Zylinder erkennbar. Sobald die Ämter morgen wieder besetzt waren, würde man zu klären versuchen, wer alles einen Schlüssel zu der Tür besaß und ob Dritte Gelegenheit gehabt hätten oder hatten, eine Kopie davon anzufertigen.

Auch der unbefestigte Weg zur Tunneltür gab nicht viel her. Es fanden sich jede Menge diffuser und sich überlagernder Fußspuren, die von der Tatortgruppe schon beim ersten Angriff sichergestellt worden waren, bevor weitere Personen den Weg betreten hatten.

Im Tunnel waren die zahllosen Sohlenabdrücke dagegen gut sichtbar. Aber eine heiße Spur ergab sich hieraus nicht, weil der Tunnel in regelmäßigen Abständen für Besucherführungen geöffnet wurde. Da der Untergrund keinerlei Witterungseinflüssen ausgesetzt war, hielten sich die Abdrücke lange. Womöglich konnten sie später bei der Festnahme eines Tatverdächtigen als Beweismittel dienen.

Den heutigen Ostermontag hatten die Polizeikräfte hauptsächlich damit zugebracht, in Metzgereien und Schlachtbetrieben, die man per Branchenverzeichnis hatte ausfindig machen können, Genabstriche vor allem von den inneren Gewinden der Fleischwölfe zu nehmen. Die Polizeidienststellen waren außerdem angewiesen worden, in allen Supermärkten in ihrem Zuständigkeitsbereich sicherzustellen, dass Fleischverpackungen mit einem Etikett von BoNatur aus den Kühlregalen genommen und für eine weitere Analyse des Inhalts ans LKA überstellt wurden. Hier war der Rücklauf bereits im Gange, auch die sachgerechte Kühlung der doch recht großen Menge von Packungen werde sichergestellt.

»Wie denn?«, fragte Staatsanwältin Meisner neugierig.

»Ein Kollege kann den Kühlraum in der stillgelegten Metzgerei seines Vaters in Gablenberg nach einer Grundreinigung in Betrieb nehmen«, antwortete Christoph Weininger.

Es war nicht leicht, am Feiertag für jeden Supermarkt den Geschäftsführer aufzutreiben und dazu zu bewegen, sofort in den Markt zu kommen oder einen Mitarbeiter zu entsenden, damit das Fleisch beschlagnahmt werden konnte. Man werde aber bis zur Ladenöffnung morgen früh schätzungsweise neunzig oder fünfundneunzig Prozent des Einzelhandels abgedeckt haben. Die Untersuchungen des Fleisches liefen gerade mit Hilfe eines Lebensmittelinstituts an. Anhand des Blutbilds waren die Fleischarten unterm Mikroskop glücklicherweise sehr rasch zu unterscheiden. Wenigstens eine Probe mit menschlichem Fleisch – Stand 17 Uhr – war bereits identifiziert worden. Sie stammte aus einem Supermarkt im Stuttgarter Süden und war zur kriminal- und gentechnischen Analyse ans LKA überstellt worden.

Außerdem hatte die Polizei damit begonnen, die Aufzeichnungen von Überwachungskameras in Supermärkten anzufordern und einzusammeln. So gut wie jeder Supermarkt wurde von Dutzenden von Kameras überwacht, das Gesicht eines jeden, der hinein- und wieder hinausging, wurde in HD-Qualität abgelichtet. Wie viele auch Fleischtheken überwachten, war noch unbekannt. Die Rekorderfestplatten hatten gewöhnlich eine Kapazität von einigen Wochen bis einigen Monaten. Es bestand also gute Aussicht, dass man Leute entdecken werde, die Fleisch in die Kühltruhe legten, statt etwas zu klauen. Die Sichtung des Materials werde aber einige Tage in Anspruch nehmen.

Niemand in der Runde konnte sich wirklich vorstellen, dass es sich hier um einen Einzeltäter handelte. Wie sollte einer alleine 45 Kilo Fleisch in kleinen Päckchen innerhalb von vier Tagen, von Montag bis Samstag, ausgenommen Karfreitag, auf Supermärkte in Stuttgart verteilen?

»Noch haben wir keine Vorstellung, wie viele Supermärkte

betroffen sind«, bemerkte Richard. »Vielleicht sind es nur wenige, und die Anlieferung erfolgte auf anderem Wege.«

Auch das war möglich. Wir nickten. Das waren Dinge, die man erst in den kommenden Tagen klären konnte.

Zum Schluss wurde ich gebeten, über meine Recherchen im Veganermilieu zu berichten. Auch ich stand erst am Anfang und hatte meine erste Hypothese über die Identität der Autorin von *vegancode* bereits korrigieren müssen. Immerhin konnte ich mitteilen, dass mir der Eintritt in die Szene gelungen war. Mit Hilfe meines Facebookzugangs auf dem Handy konnte ich Namen und Standpunkte referieren. »Ich habe mich gefragt, ob irgendeiner dieser Namen im Zusammenhang mit Rappküfers Kochshow auftaucht, etwa im Filmteam. Über Violette Sirsch habe ich erfahren, dass sie irgendwas mit Medien studiert.«

»Mir will nicht in den Kopf, dass Veganer so was machen«, sagte Staatsanwältin Meisner energisch. »Das hat doch mit Respekt vor der Natur und dem Leben nichts zu tun.«

»Es gibt immer auch einen Missbrauch von ethisch anspruchsvollen und friedlichen Ideen für eigene niedrige Zwecke«, sagte Richard. »Fast zwangsläufig, scheint mir. Leider.«

Ein bislang still neben Richard sitzender Mann mittleren Alters entpuppte sich nun als Verfassungsschützer. Er sagte: »Es gibt militante Tierschützer, die Verbindungen zu linksextremistischen Gruppen haben.«

»Und Verfassungsschützer, die alles als links bezeichnen, was sie für verbrecherisch halten«, murmelte ich.

»Sie verfolgen nicht nur das Ziel, die Massentierhaltung zu verhindern, sie sehen sich mit ihren gewalttätigen Aktionen vor allem als Kämpfer gegen das System. Vor zehn Jahren wollte PETA eine Werbekampagne mit dem Titel ›Der Holocaust auf unserem Teller‹ durchführen. Auf den Plakaten waren KZ-Häftlinge neben Legebatterien und Mastschweinen abgebildet. Die Staatsanwaltschaft Stuttgart …«

Richard nickte.

»… hat den Plakataushang bereits im Vorfeld verhindert, Gerichte in Deutschland und Österreich haben die Kampagne dann als Herabsetzung sämtlicher Opfer des Holocausts verboten.«

»Das will ich aber auch meinen!«, sagte Meisner.

»Die FAMA – Front against Murder of Animals – hat etwa zu dieser Zeit Deutschland infiltriert. Das ist eine ursprünglich niederländisch-britische Bewegung, die aus dem Kampf gegen die Fuchsjagd und gegen Legebatterien entstanden ist. Das Attentat 2002 auf den niederländischen Politiker Pim Fortuyn geht wahrscheinlich auf ihr Konto.«

»Das war doch so ein Rechtspopulist«, bemerkte Meisner.

»Und ein Pelzfan«, sagte Richard. »Im Wahlkampf hat er mit dem Satz geworben: ›Wählt mich, dann dürft ihr Pelzmäntel tragen.‹ Der Attentäter war Aktivist verschiedener Tierschutzgruppen, ein überzeugter Veganer. Im Prozess rechtfertigte er seine Tat aber auch damit, er habe Muslime schützen wollen. Und das, obgleich die ihr Schlachtvieh schächten, also ohne Betäubung ausbluten lassen.«

»Überhöhung eines Mordes durch Weltrettungsfantasien«, grummelte Meisner. »Aber für einzelne Extremisten kann man nicht die ganze Veganer- und Tierschutzbewegung verantwortlich machen.«

»Fortuyns Familie«, sagte der Verfassungsschützer trocken, »saß übrigens im Prozess in Pelzmänteln.«

Wir lachten.

»Wir beobachten, dass Mitglieder von FAMA in den letzten Jahren vermehrt auch in Deutschland im Bau befindliche Ställe anzünden, Schaufenster und Inventar von Metzgereien zerstören und Wissenschaftler und Bauern mittels Briefen, Telefonanrufen und Mails mit dem Tod bedrohen, wenn sie dem sogenannten Tiermord nicht abschwören. Man schätzt die Aktivisten des Untergrund-Ablegers von FAMA in Deutschland auf etwa hundert Personen, die meisten davon sind in den Tiermastregionen in Nord- und Ostdeutschland tätig, aber in Baden-Württemberg sind sie auch recht stark. Sie sind international vernetzt und orientieren sich an den niederländischen und britischen Aktionen. Hassmails von anonymen Accounts, Farbbeutel gegen Metzger und Mitarbeiter von Instituten, wo Tierversuche gemacht werden.«

In Großbritannien hatte es vor zwei Jahren einen Sprengstoffanschlag auf zwei Wissenschaftler gegeben, die an Ratten ein Medikament gegen Alzheimer erforschten. Beide wurden nur leicht verletzt, als eine Bombe unter ihrem Auto explodierte, ein unbeteiligtes Kind auf dem Fußweg allerdings schwer.

»Wir vermuten, dass die Drohbriefe gegen Mitarbeiter des Max-Planck-Instituts in Tübingen, wo, wie Sie sicher alle aus den Medien wissen, neurologische Versuche mit Affen gemacht werden, ebenfalls auf das Konto von FAMA gehen. Die Angestellten werden darin konkret mit dem Tod bedroht. Auf eine Laborantin soll geschossen worden sein. Bewiesen werden konnte das allerdings nicht, ein Projektil wurde nicht gefunden. Eine Angestellte wurde auf dem Weg zur Arbeit mit roter Farbe bespritzt. Die Täter konnten unerkannt entkommen. Es handelt sich hier also um eine durchaus ernst zu nehmende Vereinigung mit terroristischen Zügen.«

»Aber das sind doch nicht die Veganer! Und es sind auch nicht alle Tierschützer«, sagte Meisner. »Gegen einen solchen Generalverdacht möchte ich mich hier mit allem Nachdruck zur Wehr setzen.«

»Es sind einzelne Wirrköpfe«, sagte der Verfassungsschützer.

»Und letztlich«, bemerkte Richard, »hätte die Tierwirtschaft mehr Grund, sich vom Trend zum Vegetarismus und Veganismus bedroht zu fühlen als von einzelnen Zeitgenossen, die das Label Tierschutz für Brandstiftung, Sachbeschädigung und Gewalt gegen Personen missbrauchen.«

»Wenn man davon ausgehen will, dass wir es hier mit der Bildung einer terroristischen Vereinigung zu tun haben«, stellte die Leiterin des LKA fest, »dann ist das LKA verfolgungsbefugt.

In Anbetracht der Besonderheit der Lage muss man aber alle Kräfte der Polizeien bündeln.«

Ich dachte an Lionel Bournes, unseren Professor. Er und der Mann vom FAMA-Stand hatten sich mehrmals einmütig in Diskussionen mit Passanten gestürzt. So als kannten sie sich. Aber natürlich kannten sie sich. Vermutlich kannten sich alle, die sich immer wieder an solchen Aktionstagen trafen. Konnte ich mir den britischen Philosophen als Menschenschlachter vorstellen? Wenn schon, dann als Organisator dieser Aktion. Aber für eine Aktion fehlte noch etwas, nämlich die Öffentlichkeit. Wie hatte man die herstellen wollen? Und wann? Erst wenn das Menschenfleisch gebraten, gesotten und verputzt war wie x-beliebiges Schweine- oder Rindfleisch? Aber wie hatte man nachträglich beweisen wollen, dass es so gewesen war? Oder hatte man das nicht tun wollen, weil es nämlich illegal war, einen Menschen zu schlachten, und die Polizei auf Mörder grimmiger Jagd machte als auf Brandstifter? Oder aber der Teil der Leiche, der im Rosensteintunnel deponiert worden war, sollte als Hinterherbeweis dienen. Nur dass wir ihn früher entdeckt hatten als geplant, so dass man einen Teil des Fleischs noch aus dem Handel nehmen konnte. Der Skandal war letztlich der gleiche.

Und damit zur Horrorfrage: Was machten wir mit der Presse? Diese Frage brachte gegen 21 Uhr auch den letzten Beamten ins Schwitzen, der bisher professionelle Distanz hatte wahren können.

»Was sagen wir der?«

»Fernsehkoch Hinni Rappküfer als Hackfleisch und Filet im Handel?«

»Geht gar nicht.«

»Aber es wird eh alles rauskommen. So was lässt sich auf Dauer nicht geheim halten. Einer wird twittern. Und dann stehen wir als Verbrauchertäuscher da.«

»Zumal die Warnung vor Menschenfleisch bereits im Radio

gesendet wird. Bisher weiß nur noch niemand, von wem es stammt.«

»O Gott! Das wird der Wahnsinn. Der schiere Wahnsinn.«

»Wir müssen eine Pressekonferenz ansetzen, morgen Vormittag. 11 Uhr, damit die Redaktionen noch Zeit für die Planungssitzungen haben.«

»Aber was sagen wir?«

»Die Wahrheit, die ganze abscheuliche Wahrheit«, sagte Richard. »Was sonst? Das sind wir auch der Familie schuldig.«

Innerlich erleichtert delegierten sofort alle die Last der öffentlichen Rede an den Oberstaatsanwalt, den diplomatischen Haudegen, über dessen rhetorische Arroganz sich viele schon so oft geärgert hatten und den beispielsweise Christoph Weininger hasste.

9

»So primitive Drecksschweine wie Du haben das recht auf Leben verwirkt. Verrecken Sollst Du. Bete zu Gott, daß Du mir nicht Begegnest.«

»Übel«, tippte ich ins Chat-Feld.

»Noch was gefällig?«, fragte die Doktorandin vom Tübinger Max-Planck-Institut aus der Abteilung Molekularbiologie, Selin Walther. »Hier: ›Sie dreiste Kuh, Sie haben psychische Belastungen wegen den Drohungen. Was tun Sie tagtäglich unschuldigen Tieren an. Ich wünsche Ihnen nur das Schlechteste.‹ Oder: ›Man sollte euch und das gesamte Personal da einspannen und bitterlich foltern, da habe ich kein Mitleid. Dafür bekommen Sie auch noch ein Haufen Geld.‹ Und hier: ›ihr sollt in der hölle schmoren und grausamste qualen erleiden. das hat ja mit tier versuchen nichts mer zu tun das ist der leibhaftig satan. ich hoffe doch das ganz viele leute die pettition unter schreiben und solche leuten wie dir endlich mal das handwerck gelegt wird.‹«

»Krass.«

»So geht das seit Monaten. Dabei hat die Molekularbiologie nichts mit den Tierversuchen zu tun. Aber sogar unseren Pförtner haben sie angerufen und am Telefon beschimpft und mit dem Tod bedroht. Der hatte Angst um seine Familie, er hat Grundschulkinder. Eine Lehrerin hat sogar seine Kinder angemacht wegen dieser Tierversuche. Sie müssten ihrem Vater sagen, dass er ein Verbrechen begeht. Kindermund tut Wahrheit kund.«

Auf dem Foto im Live-Chat lächelte Selin. Sie hatte feuerrotes Haar.

»Und mir hat mein Bäcker morgens die Brötchen nicht mehr verkauft. Ich war zu stolz, dem zu sagen, dass ich mit den Tierversuchen nichts zu tun habe. Es wäre mir vorgekommen, als würde ich die Kollegen verraten, nur wegen ein paar Brötchen, die ganze Wissenschaft, die Forschung.«

Wenn man genau hinschaute, dann sah man auf dem Foto ein kleines Tattoo am Hals. Sie war so jung, vielleicht vierundzwanzig, so gar nicht mehr meine Generation. Sie untersuchte im Labor die Genetik von Pflanzen, um herauszufinden, wie die sich an wechselnde Umweltbedingungen anpassten.

Ich hatte den Namen Selin W. in einem Bericht über Anfeindungen in Tübingen gefunden. Unbekannte hätten sie auf dem Weg ins Institut mit einer Tüte roter Farbe beworfen. Die war geplatzt, ein Kostüm im Eimer. Über eine wissenschaftliche Veröffentlichung über Mimosen und ihre Anpassung an veränderte Umweltbedingungen, vermutlich ihre Masterarbeit, gelangte ich an ihren vollen Namen. Sie war nicht in Facebook, aber im Netzwerk LinkedIn. Über den Chat von Google+ fanden wir uns dann. Nein, es sei nicht sie gewesen, die man mit Farbe beworfen hatte. Aber die Kollegin, die es getroffen hatte, wollte mit dem Journalisten nicht sprechen. Sie hatte Angst, dass es dann noch schlimmer wird. Also hatte Selin es gemacht. So kamen wir auf ihre Sammlung von Hassmails.

»Liest man die eigentlich alle?«, erkundigte ich mich.

»Erst mal schon. Du willst es nicht, aber du bist erschrocken und hast das Gefühl, du müsstest wissen, ob er dich auch mit dem Tod bedroht. Voll übel. Du fasst es nicht. Was hast du denen denn getan? Du liest, dein Herz klopft, du hast Angst, irgendwie. Du würdest dich gern wehren, was erklären, vernünftig. Dann merkst du, es hat keinen Sinn. Es ist immer dasselbe, die sind total enthemmt. Ein paar Mails habe ich der Polizei übergeben, die mit den konkreten Todesdrohungen. Aber da sind die Absender falsch. In Großbritannien haben sie schon vor Jahren ein Gesetz gemacht, das Hassmails unter Strafe stellt. Sie wollten konkret gegen militante Tierschützer vorgehen. Aber die meisten, die da schreiben, sind ganz normale Leute. Viele unterschreiben mit ihrem vollen Namen, ihre E-Mail-Adressen sind echt. Die fühlen sich absolut im Recht. Als die Versuche mit den Affen publik wurden, habe ich hundert Mails pro Tag bekommen. Andere auch. Aber mein Name kursierte auf irgendeiner Adressliste. Jetzt kommen die Mails nur noch in Wellen. Vor ein paar Wochen ist mir aufgefallen, dass sie sprunghaft zunehmen, wenn in Facebook auf der Seite ›Jesus for Animals‹ dazu aufgerufen wird, eine Petition zu unterschreiben. Offenbar läuft das nicht so gut, wie die sich das gedacht haben.«

Ich ging auf die Facebookseite. »Stoppt diese Menschen, sie mögen sich gegenseitig für derartiges verwenden! machtgeile, nazistische, unempathische, grausame homo sapiens. wie kann so etwas überhaupt zulässig sein in diesem oder irgendeinem angeblich zivilisierten (was auch immer das bedeuten mag) land? darüber bin ich derart wütend und ohnmächtig, ich möchte diese leute eigentlich einfach nur an die wand stellen. nur damit irgendwelche menschen vllt. einmal gesundheitlich davon profitieren (wir sind ohnehin zu viele und einige vegetieren nur noch dahin), ist es weder vertretbar noch verhältnismäßig, andere analog empfindende tiere dafür leiden zu lassen.« Gleich darunter: »Ich bin dafür, dass wir Menschenversuche machen, es gibt genügend Kinderschänder und Vergewaltiger! Lasst die armen unschuldigen Affen in Ruhe. Das bricht mir das Herz!«

Interessant, dass die immer noch in männlichen Kategorien dachten und die Kindsmörderinnen außen vor ließen. »An die Wand stellen«, das hatte zu Zeiten der Studentenproteste jeder zweite Mann mit Hut gesagt. Und medizinische Versuche mit ausgestoßenen Menschen, auch das hatten wir schon gehabt, ganz real.

»Der Faschismus stirbt nie aus«, tippte ich ins Chatfeld für Selin. »Er zieht sich nur immer wieder ein neues Anzügle an. Die Menschen töten halt gern, zumindest im Kopf.«

»Auch real«, antwortete sie. »Kann man überall auf der Welt sehen. Wie schnell die Hemmungen fallen. Je grausamer, desto mehr brüsten sie sich. In den Medien nennen sie die Tötungsorgien immer unmenschlich, aber das ist verkehrt, es ist menschlich: die Lust daran, viele Menschen abzuschlachten, nur weil sie einer anderen Volksgruppe angehören oder eine andere Orientierung haben. Ich frage mich: Möchte ein Tier von Menschen geschützt werden, die ohne mit der Wimper zu zucken ihren eigenen Artgenossen den Tod wünschen?«

Jetzt musste ich lachen. »Aber du willst mir als Biologin doch nicht erzählen, dass Tiere nicht ebenfalls Artgenossen töten, der Löwe zum Beispiel, der die Jungen seines Konkurrenten totbeißt.«

»Hast recht. War zu kurz gedacht. Es ist biologisch, dass wir in Blutrausch geraten. Genetisch verankert. Da sind wir Tiere. Wie ein Wolf, der ein Dutzend Schafe einer Herde auf Vorrat reißt, weil die blöden Schafe wegen der Zäune nicht fliehen können. Oder wie die Delfine, die durchaus über ihre Artgenossen herfallen und sie töten. In der Evolution der Menschheit haben sich die Gene von aggressiven und grausamen Exemplaren besonders gut durchgesetzt.«

Lionel Bournes zog auf der Seite »Jesus for Animals« den Faschismus-Vergleich anders herum: »this is a house of horror, makes me think about what happened more then 70 years ago in and around Germany, by then lot of people said, ›we didn't know about all this‹. Well now they know, no excuse anymore, people working there should resign or at least protest against all this, shame shame SHAME on them!!!!!« So einer also war das, fühlte sich erinnert an das, was vor siebzig Jahren in Deutschland passiert war und von dem die Leute sagten, sie hätten nichts gewusst. Jetzt wüssten sie es, Schande, Schande, Schande. Sein Beitrag war im britischen Raum zahlreich geliket und auf die Seite der FAMA geteilt worden.

»Kennst du Lionel Bournes?«, fragte ich Selin ohne große Hoffnung.

»Ja, Dozent am ECC. Cooler Typ. War mal im Institut, schon länger her. Mit fünf Studis.«

Ich googelte nebenher: ECC, Ecological Critique of Capitalism, Stuttgart, Marienplatz. Gar nicht weit weg von der VegaKoS.

»Eine der Studentinnen, die damals mit dabei waren, hat hier auch als Pflegerin gearbeitet. Die Kollegen sagen, sie hätte die Filmaufnahmen von den Affen gemacht. Inszeniert, damit es richtig schlimm aussieht. Weiß nicht, ob das stimmt. Jedenfalls war sie weg, bevor der Film im Fernsehen lief.«

»Wie hieß die Pflegerin?«

»In der Verwaltung wissen die das sicher. Ich habe mal mit ihr beim Rauchen draußen gestanden. Wir haben über die Plastik geredet, die dort steht. Sie meinte, die sei ein Wolfgang Thiel. Wo sie herkäme, da hätten sie einen Brunnen von ihm. War ein Skandal, als der aufgestellt wurde.«

Wolfgang Thiel war ich in Degerloch auch schon begegnet, oder vielmehr seinen drei Grazien aus Keramik, die unten in der Stadtbahnhaltestelle ihre Ellbogen in die Luft reckten, neckisch, krachbunt, kantig. Gefiel mir, hatte mir immer schon gefallen.

Ich klickte mich auf seiner Seite durch sein Werk. Es gab einen Brunnen, Wasserplastik genannt, in Biberach im Hof des ehemaligen Hospitals zum Heiligen Geist. Viel Gelb, ein blauweißer Tisch, der eine Wasserfläche darstellte und mit Wasser gefüllt werden konnte, schräg in den mittelalterlichen Hof mit Treppengiebeln und buckligem Dach gestellt. Vermutlich haderte so mancher Biberacher bis heute damit. 1998 waren Shitstorms noch nicht üblich gewesen, damals hatte man Leserbriefe an die örtliche Zeitungsredaktion geschrieben. Falls nicht die Zeitung selbst den Protest organisierte. Gut 260 Zuschriften hatte die Zeitung generiert, zu 99 Prozent ablehnende. Zu groß, zu modern, zu bunt, eine Zumutung für den altehrwürdigen Platz. 1407 Unterschriften wurden gesammelt, damit das Ding wegkam. Kam es aber nicht, auch sechs Jahre später nicht, als der Gemeinderat sich noch mal daranmachte, dann aber vor den Kosten erschrak, die Abbau und Verlegung verursacht hätten. Außerdem wäre der Spitalhof dann doch plötzlich wieder arg leer gewesen. Beim Sommerfest plantschten die Kinder begeistert darin.

Biberach war der Ort, aus dem Violette kam. Das hatte Janice mir erzählt. Meine Freundschaftsanfrage hatte Violette übrigens nicht beantwortet. Ihr Facebookprofil blieb mir verschlossen.

»War die Veganerin?«, erkundigte ich mich.

»Keine Ahnung. Geraucht hat sie aber.«

»Tabak ist vegan.«

»Ach so, ja. Ich werd's nie verstehen. Man denkt immer, wer sich was verbietet, müsste sich vor allem Alkohol und Tabak verbieten. Aber das ist ja politisch.«

Wieso erinnerte Selin sich an ein Gespräch über einen Künstler? Niemand erinnerte sich an Künstlernamen, es sei denn, man kannte ihn schon.

Ehe ich fragen konnte, teilte sie mit: »Jetzt muss ich schlafen. Muss morgen früh raus. War nett. Komm mich doch mal besuchen.«

»Mach ich, danke und gute N8.«

Verdammt, wie kam ich an Violette ran? Ich schaute im Telefonbuch. Kurz vor Mitternacht wurde mir beim Klicken bewusst, wie schwirrend sich die Welt änderte. Es war noch keine zwanzig Jahre her, da hatte ich in einem Postamt gestanden und die gelbe Schwarte durchgeblättert, um Namen und Nummern zu finden. In Münster war das gewesen, diesem Kaff am Neckar hinter der Müllverbrennung, die wir inzwischen Kraftwerk nannten. Ein winziges Postamt im Erdgeschoss eines schwäbischen Dreifamilienhauses, vor dem es jede Menge freier Parkplätze gab. Am Schalter Seniorenstau mit Postbankgeschäften. Eine abartig dunkle Telefonzelle. Wo waren all die Telefonzellen geblieben, die Münzfernsprecher mit Notruftaste? Weggehandyt.

In Biberach gab es nur eine einzige Familie Sirsch. Jens Sirsch, der Vater, tauchte mit Vollbart und Windjacke auch in Fotoserien von Klassenfahrten auf der Seite des Ernst-Ottenbacher-

Gymnasiums auf. Ottenbacher, ein Flugpionier. Im Hof stand eine Linde.

Mir klopfte plötzlich das Herz. War Violette womöglich die Autorin des Blogs *vegancode*? Okay. Welche Medienstudiengänge gab es im Raum Stuttgart? Doch einige. Die hatten ihre Studis nicht online. Da musste ich körperlich hin.

Ich meldete mich bei meinem Facebook-Account ab und steuerte erneut die Login-Seite an. Studentinnen benutzten vermutlich einen kostenlosen E-Mail-Anbieter. Und weil Sirsch ein seltener Name war, konnte ich vermuten, dass Violettes E-Mail-Adresse eine ganz einfache war. Ich tippte ihren Vor- und Zunamen ins Mailfeld und setzte die Endung ihres Blog-Hosters dahinter. Ob das richtig war, würde ich erst wissen, wenn ich auch das richtige Passwort eingegeben hatte. Und das war schwerer abzuschätzen. Ich probierte es mit »vegancode«. Name oder Passwort falsch. Ich ersetzte das a von Vegancode durch eine 1. Wieder Name oder Passwort falsch. Also das Ganze noch mit Bindestrich. Auch falsch. Na gut, war einen Versuch wert gewesen. Wer anonym bloggen konnte, hatte wohl auch Sinn für anständige Passwörter.

Ich schickte Wagner per verschlüsselter Mail die paar Daten, die ich über Violette Sirsch besaß. Wagner arbeitete unter anderem Namen in einer Firma für Internetsicherheit. Er traute mir, er wusste, dass ich Daten nicht kommerziell nutzte. Deshalb schlängelte er sich gelegentlich gegen Lohn für mich durch die Lücken in den Zäunen der Datenbanken.

Eigentlich wollte auch ich ins Bett, aber die Bildschirmwelt ließ mich nicht los, lockte mit Türchen, hinter die ich noch schnell gucken konnte. So stieß ich auf der Seite von Denise zwischen all den Babybildern auf Fotos, auf denen auch Violette zu sehen war. Sie waren bei einem Besuch auf dem Lebenshof Gänseblume aufgenommen worden. Schön im Remstal gelegen. Im Impressum der dazugehörigen Internetseite fand ich den Namen Karoline von Strittburg unter dem Foto einer Frau um die fünfzig, die

Pferden und Kühen das Gnadenbrot gab und Hühner freikaufte oder von Aktivisten befreite Hühner übernahm, um ihnen ein Leben in Würde auf grüner Wiese zu bieten.

Das Huhn Hanne erzählte die Geschichte seiner Befreiung.

Eines Nachts kamen Menschen mit Lampen auf den Köpfen. Sie blieben auch vor meinem Käfig stehen und berieten sich. Dann machten sie ihn auf und holten mich raus. Vorsichtig setzten sie mich in einen Käfig, wo ich mehr Platz um mich herum hatte als bis dahin mit meinen vier Schwestern im Käfig. Es ruckelte eine Weile, dann wurde mein Käfig aufgemacht, und ich wurde, nachdem ich mich umgucken durfte, in frisches Stroh gesetzt. Ich hatte eine Stange, auf der ich sitzen und schlafen konnte, eine Erholung für meine Füße. Nachdem ich meine Angst überwunden hatte, durfte ich auch auf einer großen Wiese scharren. Zuerst war ich noch ganz nackt, aber schon bald bekam ich schöne wärmende Federn. Das war ein tolles Gefühl. Jetzt freue ich mich auf den Schnee, von dem mir meine Schwester Luise erzählt hat. Hoffentlich kann huhn den fressen.

Leider musste Karoline von Strittburg noch vor dem Winter vermelden: »Hanne ist nach kurzer schwerer Krankheit von uns gegangen.« Auf ihrer Seite gab es eine ganze Reihe solcher Todesanzeigen. Luise war kürzlich nach drei Jahren Leben in Freiheit verstorben und hatte eine große Lücke hinterlassen. Man trauerte auch um das Sorgenhuhn Anabelle, die mit verkrüppeltem Fuß gekommen war. Auch Susi hatte schließlich das Zeitliche gesegnet, »eine außergewöhnliche Persönlichkeit. Wir werden dich sehr vermissen.«

In der Bildergalerie von einer Weihnachtsfeier mit Spendern und Freunden des Lebenshofs fand ich Violette. Ihre pechschwarze Mähne hatte sie zu einem dicken Zopf geflochten. Auf zwei weiteren Bildern sah man, dass sie die Gäste bewirtete. Auf der Seite des Teams wurde sie allerdings nicht aufgeführt.

Die Suchmaschine präsentierte mir ungefragt gleich unter dem Lebenshof Deutschlands einzigen wahren Kreislaufhof, ebenfalls im Remstal. Die Probleme eines Lebenshofs waren mir schnell klar geworden. Für all die geretteten Tiere oder Tiere, die keinerlei Gegenwert produzierten, brauchte man Futtergeld. Es kalbten auch Kühe, deren Kälber jetzt die Milch aus dem Euter ihrer Mama genießen durften. Immer wieder rief der Hof die Szene zu Arbeitsdiensten und Spenden auf.

Rätselhaft blieb mir dagegen der Kreislaufhof gleich nebenan. »Was wir an Energie, Nahrung und Textilien brauchen, produzieren wir selbst. Weder Abwasser noch Abfall verlassen das Gelände. Wir leben im natürlichen biologischen Kreislauf von Werden und Vergehen. Nichts geht verloren. Nichts ist unnütz.« Vegan oder nicht? Auf den Fotos waren Hühner zu sehen. Der Bauer – ein bärtiger Mann um die dreißig mit hellen Augen – kämpfte gegen die Abwasser- und Müllgebührforderungen der Gemarkung und gegen die Abgaben für die Erschließung des Aussiedlerhofs, die er nicht verlangt hatte und auch nicht brauchte. Lebensentwürfe quer zum Mainstream verlangten Kampfkraft.

Na gut, Schluss jetzt. Ab ins Bett.

Da klingelte mein Handy. Unbekannter Anrufer, sogar unterdrückte Nummer. Ich nahm ab. »Ja?«

»Lisa?«, fragte eine männliche Stimme.

»Am Apparat.«

»Lionel hier. Es ist schon spät, ich weiß.«

»Gut, dass du anrufst«, sagte ich. »Weißt du, wo Violette steckt?«

»Warum willst du das wissen?«

»Ich habe mich in sie verguckt, Lionel. Ich bin lesbisch. Ich will sie kennenlernen.«

»Oh!« Er lachte kurz hinterher. »Mein letzter Stand ist, sie hat eine Krise. Sie hat sich eine Auszeit genommen. Weswegen ich anrufe … Wir haben heute Nachmittag nur kurz sprechen können. Ich hatte den Eindruck, dass du bereit bist, bei Aktionen mitzuwirken.«

»Worum geht es?«

»Du hast vermutlich schon von der Rollkur gehört.«

»Meine Mutter hatte mal eine Magenschleimhautentzündung. Sie musste eine Flüssigkeit nehmen und sich herumrollen, damit die sich im Magen verteilt.«

»Ich meine die bei Pferden.«

»Ach so. Du meinst das Hinter-den-Zügel-Stellen. Man zieht den Kopf des Pferdes zu seiner Brust. Eine Dressurübung, die ein Pferd durchlässig macht, also gehorsam … äh, natürlich Tierquälerei.«

»Dann habe ich mich nicht getäuscht. Du verstehst was vom Reiten?«

»Richtig recherchiert. Ich war im früheren Leben Pferd.«

»Wie bitte?«

»Mein Schwiegervater besaß ein Gestüt. Alle längst tot. Ich saß neben meinem Mann, als er in den Birnbaum rauschte. Daher meine Narben im Gesicht.« Lange her, anderes Leben, andere Welt.

»Sind mir nicht aufgefallen«, sagte Lionel.

»Sie verblassen.«

»Kennst du die Polizeipferdeanlage im Körschtal bei Kemnat?«

»Ich weiß, wo sie ist. Da gibt es einige Ställe.«

»Die Polizeipferde sollen befreit werden.«

»Oha!« Ich musste lachen. »Warum gerade die?«

»Wir wissen, dass sie die Rollkur anwenden, um ihren Willen zu brechen. Ein Tierarzt hat uns erzählt, dass er Pferde mit Verletzungen der Halswirbelsäule behandelt. Sie müssen demonstrationsfest gemacht werden. Das bedeutet absoluter Gehorsam, wenn es sein muss, mit dem Kopf gegen eine Wand. Das Pferd weiß ja nicht, dass sie nur aus Papier ist. Zudem werden diese Pferde zur Durchsetzung der Interessen der Staatsmacht missbraucht, auch gegen uns Tierschützer.«

»Okay.«

»Die Aktion steigt heute Nacht. Bist du bereit?«

»Äh.«

»Es kommt etwas kurzfristig, ich weiß. Es ist alles vorbereitet. Die Hauptüberwachungskamera im Stall wurde ausgeschaltet. Aber einer ist ausgefallen, es wird jemand benötigt, der sich mit Pferden auskennt.«

»Und wohin dann mit ihnen?«, erkundigte ich mich.

»In der Umgegend gibt es Wälder und Wiesen.«

»Aber euch ist schon bekannt, dass Pferde ihren Stall lieben. Sie werden ein bisschen grasen und darauf warten, dass es hell wird und man sie wieder in die Boxen lässt und ihnen Hafer gibt.«

»Oder sie werden ihre Freiheit genießen.« Lionel klang etwas angefressen. »Kommt auf den Versuch an. Aber wenn du …«

»Bin dabei«, beeilte ich mich, ihm zu versichern. »Wann und wo treffen wir uns?«

10

Über den Hunger war ich raus. Das Abendessen in der VegaKoS hatte ich für die Konferenz im LKA sausen lassen. Danach war Richard ins Büro geeilt, um die Pressekonferenz vorzubereiten und die Einladungen durch den Verteiler zu jagen. Zu essen hatte ich seit jeher nichts im Haus. Aber Hunger lässt sich ganz leicht wegstecken, wenn man über den Punkt hinaus ist, wo der gesunkene Zuckerspiegel Nachschub verlangt.

Außerdem machte mich ein leerer Verdauungstrakt bissig. Immer schon. Als wir mit dem Volvo über Sillenbuch Richtung Süden aus Stuttgart hinausfuhren, war ich hellwach. Die Straße führte hinter der nachtleeren Siedlung Kemnat hinunter ins Körschtal.

Ein schmächtiger Mann, der Stimme nach älter, lenkte. Er trug eine Motorradmütze, die nur die Augen freiließ. Von ihm hatte ich, bevor ich auf dem Parkplatz bei den Sportplätzen auf der Waldau einstieg, ebenfalls eine solche Mütze bekommen. »Nur falls was schiefgeht. Dann kommst du bei der Polizei nicht in Versuchung, viel zu erzählen, wenn sie dich in die Mangel nehmen.«

»Alles klar.«

Im Auto saßen drei Vermummte, auf dem Beifahrersitz eine Person mit indigen-bunter Zipfelmütze über der Maske und weiblicher, wenn auch nicht mehr junger Stimme. Sie rief ein stark geknoblauchtes »Hallo!« über die Schulter, als ich neben eine junge männliche Gestalt in schwarzen Klamotten auf die Rückbank rutschte. Er roch nach nasser Jacke. Nicht zuzuordnen war ein leichter Duft nach Sandelholz und Ingwer. Keiner von ihnen war Lionel. Ich fragte nicht, ob sie von der FAMA waren. Ich fragte gar nichts. Jedenfalls konnte es nicht sein, dass die drei sich nicht kannten. Sie verbargen ihre Gesichter vor mir.

Und ich war nicht dabei, um zu verstehen, sondern um geprüft zu werden.

Sie hörten *neo HUMAN eve*, »Spirit of Our Age«, bewusstseinserweiternde Sprechmusik: »Specisism, sexism, racism. Animal Liberation is ethic.«

»Finde ich gut, dass ihr euch um die Pferde kümmert«, verkündete ich. »Da liegt so viel im Argen.«

»Alles, was die Polizei mit den Pferden tut«, knoblauchte die indigene Mütze von vorn nach hinten, »ist gegen ihre Natur. Pferde sind Fluchttiere. Man zwingt sie, Schüsse zu ertragen, Wasserwerfer, schreiende Menschenmassen.«

»Pferdehaltung ist durchweg Tierquälerei«, erklärte ich und erinnerte mich stumm an ein Pferd aus dem Stall Gallion, das tierisch Lust aufs Springen gehabt hatte. Ohren nach vorn, Kopf hoch und mit Tempo drauflos, sobald es die rotweißen Stangen sah. Aber womöglich war es nur eine Dressurprägung durch Schläge im Springparcours und eine Flucht nach vorn gewesen.

»Da frag mal die Mädchen!«, sagte der junge Mann neben mir mit sanfter Stimme. Im kurzen Scheinwerferstreiflicht von draußen wirkten seine Augen und Wimpern albinoweiß.

»Ja, die lieben ihre Tiere ganz dolle«, sagte die Frau. »So sehr, dass sie sie Tag und Nacht in dunkle Boxen sperren. Für höchstens zwei Stunden am Tag werden sie rausgezogen, befummelt und geritten. In einer staubigen Halle müssen sie wie die Bescheuerten im Kreis laufen und sich mit dem Zügel im Maul herumzerren lassen. Mir kann keiner erzählen, dass den Pferden das gefällt. Das sind soziale Tiere, aber die Speziesisten isolieren sie voneinander. Wenn sie dann mal auf die Weide gebracht werden, gibt es Schlägereien, weil sie die Rangordnung ausmachen müssen. In der Natur würden sie in kleinen Herden umherziehen. Sie können einander aus dem Weg gehen oder sich miteinander befreunden.«

»Nehmt den Mädchen ihre Pferde weg!«, rief ich. »Tiere sind

kein Spielzeug und kein Sportgerät. Und auch kein Instrument zur Behindertentherapie.«

Der Knoblauch war einen Wimpernschlag lang verblüfft. »Das ist letztlich die Konsequenz.«

Man müsste Pferde befragen können, dachte ich. Mögen Sie Ihre*n Reiter*in? 1) Gar nicht, 2) So lala, 3) Er/Sie ist in Ordnung, 4) Ja, 5) Ich vergöttere sie/ihn. Sind Sie bereit, zur Erziehung der menschlichen Jugend zu Verantwortung und Disziplin kleinere Schmerzen in Kauf zu nehmen? 1) Das lehne ich ab, 2) Wenn es sein muss, 3) Wenn es nicht zu oft ist, 4) Ja, 5) Mit Freuden, es ist mir wichtig, Menschen zu erziehen. Warum protestieren Sie nicht gegen den/die Reiter*in? 1) Ich fühle mich unendlich müde, 2) Es hat keinen Sinn, er/sie ist stärker, 3) Habe ich mir noch nicht überlegt, 4) So komme ich wenigstens raus und muss mich nicht in der Box langweilen 5) Weil ich es mag, geritten zu werden. Man versteht ja Pferde nicht wirklich. Ihre Engelsgeduld. Kein Zebra würde sich reiten lassen. Bei denen haben nur die Gene derer überlebt, die vorm Löwen nicht nur fliehen, sondern ihn sogar angreifen. Pferde dagegen hat man zahmgezüchtet.

Hätten wir eine Gesellschaft über uns, die uns züchtet, wären wir dann heute zahm und lieb oder kriegerisch und grausam? Wozu hätten unsere Züchter uns wohl gebraucht? Als Tüftler*innen für technischen Fortschritt oder als Krieger, Gebärmaschinen und Kanonenfutter? Als Musiker und Literatinnen zur Erbauung oder als Minenarbeiter, zur Sicherung des Kapitals und des für keinen weiteren Zweck verwendbaren Nachwuchses zur Ernährung der übergeordneten Gesellschaft? Wenn ich es recht bedachte, dann hätte man uns zahm, sozial und verantwortlich gezüchtet. Wem nützte eine dienende Spezies, die sich gegenseitig niedermetzelte? Aber mit einer, welche die eigene Gesellschaft am Laufen hielt und eifrig Ideen, Technik und Nachwuchs produzierte, konnte man wohl etwas anfangen. Andererseits: Wenn die Menschen sich gegenseitig auch fleißig dezimierten, ersparte das der übergeordneten Spezies Keulungen zur Eindämmung einer Überbevölkerung. Es sei denn, man hätte unter uns diejenigen herausgezüchtet, die mit der Reproduktion verantwortlich und rational umgingen. Außerdem konnte man einen Großteil der männlichen Exemplare ja auch zu Wallachen, also Eunuchen, kastrieren. Doch ja, ich glaube, wir wären wie die Pferde friedliche und duldsame Instrumente übergeordneter Interessen.

Genau so fühlte ich mich, als wir von der Landstraße abbogen und an der Zufahrt der Polizeireiter vorbeirollten, als Exemplar im Dienst einer Sache, einer guten natürlich, denn Sachen, in deren Dienst man stand, waren immer gute. Wir hielten an der Kläranlage und stiegen aus. Die nasse Jacke reichte mir aus dem Kofferraum ein Paar Gummistiefel. Dabei wehte mich ein Hauch Gewürz an, Nelke oder Piment, oder war es Muskat? Ich war ganz froh, meine Stoffsneaker ausziehen zu können. Die Stiefel waren nur etwas zu groß. Der geruchlose Fahrer und die Knoblauchmütze zogen sich Handschuhe an. Die hatte auch ich mitgenommen, erstens, weil es kalt war, und zweitens, weil ich angesichts einer illegalen Handlung sofort an Fingerspuren gedacht hatte, die ich hinterlassen würde.

Es war stockfinster. Irgendein Verkehrsrauschen hörte man immer in der Stadt, aber der Wind in den Bäumen, die ich nicht sah, war lauter. Wir nahmen nicht den direkten asphaltierten Feldweg zurück zum Polizeistall, sondern bogen auf eine kleine Brücke ab, überquerten die Körsch und wanderten parallel am Hang entlang durch den Wald zurück. Der Geruch nach Pferd stieg mir in die Nase, genauer der nach Pferdemist, der jeden Reitstall umschwebte. Die Nachtbeleuchtung der Stallgebäude blitzte durch die Bäume. Ich erkannte die überdachte Führanlage. Sie enthielt Kammern, die von einem Motor im Kreis bewegt wurden und das Pferd zwangen zu laufen. So ähnlich wie die Göpelwerke, in denen Gäule oder Esel früher Pumpen oder Mahlwerke in Gang gehalten hatten. Das moderne Göpelwerk ersparte es den Reitern, ihre Tiere fünf Stunden am Tag zu reiten oder zu longieren. In freier Wildbahn würde ein Pferd nämlich bei der täglichen Futtersuche an die fünfzig Kilometer laufen.

»Seid ihr sicher, dass die Überwachungskameras nicht funktionieren?«, erkundigte ich mich.

»Die im Stall geht nicht«, antwortete der Fahrer. »Und über Ostern ist keiner gekommen, um sie zu reparieren. Die am Eingang ist scharf, nehmen wir an.«

Deshalb hatten wir uns dem Stall nicht von der Straße aus genähert, sondern von hinten. Dazu mussten wir jetzt den Bach durchqueren. Wie Räuber und Gendarm, dachte ich, als mir das Wasser in die Gummistiefel schwappte. Sehen konnte ich nichts, ich folgte dem Knoblauchgeruch. Im Dornengestrüpp am Hang würde die Polizei später jede Menge Kleiderfasern von uns finden. Wir schlichen uns an einer Hauswand entlang. Eine Ecke, husch drum herum, wieder Hauswand. Noch eine Ecke. Die mit Nelke und Muskat gewürzte nasse Jacke wurde vorgeschickt und lief über den Hof zum Stalltor. Wie auch immer der Bursche es machte, er bekam das Schloss beachtlich schnell auf. Wir rannten hinüber und schlüpften durch die Schiebetür hinein. Drinnen herrschte warmer Pferdedunst. Stroh raschelte, weil die Pferde uns hörten und sich in den Boxen umdrehten. Ein leichtes Schnauben irgendwo.

»Kein Licht«, raunte der Geruchlose. Die Frau schob die Stalltür weit auf. Kalte Luft mischte den Stalldunst auf. Die beiden anderen waren schon dabei, die Boxentüren zu öffnen. Vermutlich hatten sie erwartet, dass die Tiere sofort das Weite suchten. Aber keines kam aus der Box heraus.

»Wir sind zu wenige, um sie alle hinauszuführen«, stellte ich fest. »Wir müssen das älteste Tier finden. Die anderen richten sich nach ihm.«

»Und woher wissen wir, welches das älteste ist?«, fragte die Frau.

In anständigen Ställen hängen Name und Geburtsjahr des Pferds an der Boxentür. Hier standen Württemberger, also

Rassepferde. Ein Wallach namens Deep Water war mit Jahrgang 95 der Älteste im Stall. Das Halfter hing neben der Boxentür. Bereitwillig ließ er es sich über den Kopf ziehen. Ich führte ihn in den Stallgang und übergab ihn der Knoblauchmütze, die gerade neben mir stand. »Führ ihn zur Stalltür und warte.«

Den Pferden war zwar klar, dass gerade etwas Außerordentliches passierte, aber routinemäßig wurden sie einzeln am Mann aus der Box geführt, weshalb sie warteten, bis jemand kam, sie aufhalfterte und in den Stallgang zog. Gut erzogene Polizeipferde. Sie gehörten zu den mutigsten und gelassensten Pferden überhaupt.

Alle trugen sie das Hirschhorn des Württemberger Warmbluts in die Hinterschenkel gebrannt. Bislang war es noch keiner Bundesregierung gelungen, den Heißbrand zu verbieten. Zur equestrischen Tradition gehörte einfach das glühende Eisen und die Prozedur, bei der das lebendige Fleisch qualmte und es nach verbrannten Haaren stank, egal, ob dem Fohlen die tiefe Brandwunde tagelang wehtat. Man klopfte Pferde ja auch, wenn man sie loben wollte, man schlug sie regelrecht und meinte, es gefalle ihnen. Als Ersatz hätte es den Kaltbrand gegeben. Da verätzte man mit Wasserstoff nur die Pigmentschicht der Haut, was weiße Haare hervorbrachte.

»Und los!«, rief ich.

Die Frau setzte sich mit Deep Water in Marsch. Die anderen Pferde folgten. Auf eisenbeschlagenen Hufen klapperten sie über Beton hinaus in die Nacht. Sieben Tiere waren es.

»Sind das alle?«, fragte mich die nasse Jacke. Für einen Moment sah ich im Schein der Taschenlampe eine kleine Narbe unter seiner Augenbraue. »Steht da hinten nicht noch eines?«

Ich lief los. Wozu sind wir eigentlich hinten eingestiegen, wenn wir an der Kamera vorbei vorne rausgehen?, fragte ich mich im Hinterkopf. Weit würden sie mit den Pferden nicht kommen. Der erste Streifenwagen war sicher schnell da. Das Ganze war Schwachsinn. Ließ man die Pferde am Weg los, würden sie zu grasen anfangen und die Wiese zuseiten des Feldwegs erobern. In den Wald würden sie nicht gehen. Pferde waren Steppentiere. Wie es auf der anderen Seite der Landstraße aussah, wusste ich nicht. Die Pferde aber vermutlich schon. Falls sie sich zur Landstraße wandten, konnte es gefährlich für sie und Autofahrer werden. Aber das war momentan nicht meine Sache.

Ich gelangte zu den letzten Boxen. Links und rechts kein Pferd. Allerdings blitzte in der Box rechts etwas im Stroh auf. Ich trat hinein. Es war eine Taschenlampe, deren Linse ein Licht reflektiert hatte. Einer von uns musste sie verloren haben. Ganz schlecht, womöglich mit Fingerabdrücken. Ich hob sie auf. Da hörte ich, wie das große Stalltor zugeschoben wurde und einrastete. Gute Organisation eines Rückzugs ging anders.

Ich steckte die Taschenlampe ein und lief den Gang entlang nach vorn. Aber da war noch was. Ein Knistern, ein neuer Geruch, ein beißender nach Rauch. In einer der mittleren Boxen flackerte Feuer im Stroh. Hatten die sie noch alle?

Nicht denken, handeln!

In jedem Stall gab es Wasser und Waschbecken zum Waschen der Trensen. Und Eimer. Nicht zum Tränken der Pferde – die hatten Wasserspender in den Boxen –, aber für Wasser und Schwämmchen zum Reinigen von Nüstern und After der Pferde. Mein Hirn hatte das Waschbecken im Stallgang bereits mehrmals gesehen und schickte mich an die richtige Stelle neben der Sattelkammer. Ich füllte einen Eimer, rannte zurück und goss Wasser ins Feuer. Es hatte sich im Stroh nicht so schnell ausgebreitet, wie ich befürchtet hätte, wenn ich zum Denken gekommen wäre; es war von Urin und frischen Pferdeäpfeln eingedämmt worden. Aber ein Eimer Wasser reichte trotzdem nicht. Also zurück zum Wasserhahn.

Oder doch lieber die Feuerwehr rufen? Bis die kam, war ich tot, am Rauch erstickt.

Ich rannte noch mal und goss. Eine Mistgabel fiel mir in die Hand, mit der ich das Stroh in den Stallgang zog. Dann hastiger Rückzug aus dem Rauch und am Ende des Stallgangs Luft schöpfen. Schwarzer Qualm zog unter die Decke. Zum Glück schwenkte er eher zu den Ritzen der Haupttür als zu mir. Spätestens jetzt musste es in einer Polizeidienststelle Alarm geben.

Ich schaute mich um. Die Reihe der Fenster lag so hoch, dass ich das Sims mit den Händen gerade erreichen konnte. Kippen konnte man sie mit einem Hebelmechanismus an einer Stange von unten. Ich stach mit der Mistgabel ins Glas. Es barst und regnete herab. Sofort änderte der Rauch die Richtung. Gleichzeitig fiel kühle Frischluft auf mich herab. Ich schlug das Glas vom Rahmen und warf die Gabel dann weg. Mein Versuch, mich am Sims hochzuziehen, scheiterte. Meine besten Jahre waren lang vorbei. Praktisch wäre eine Haferkiste unterm Fenster gewesen, aber die gab es nicht. Also Schubkarre her und mit den Griffen nach oben gegen die Wand gelehnt. Das ergab einen guten Tritt.

Was für ein Glück, dass es so ein kaltes Ostern war. Parka, Handschuhe und Mütze bewahrten mich davor, dass der Ausstieg durchs zertrümmerte Fenster blutig wurde. Wie ich, gescheucht von einem plötzlich knallend auflodernden Feuer, hinauskam, kann ich nicht mehr rekonstruieren. Ich landete hinter dem Stallgebäude zwischen Bäumen auf dem harten Boden. Der Aufprall in Gummistiefeln sprengte mir fast die Füße. Humpelnd stürzte ich mich ins Unterholz, rutschte in die Körsch, die meine Gummistiefel flutete, kletterte auf der anderen Seite die Böschung wieder hinauf und kam an einen Waldweg.

Links oder rechts?

Es war nicht anzunehmen, dass meine Kumpel mit den biodynamischen Parfüms am Klärwerk im Auto auf mich warten würden. Aus verschiedenen Gründen. Unter anderem, weil sie sonst Gefahr liefen, eingekastelt zu werden.

Ich zog mein Handy und rief den Navi auf, um mir die Gegend anzusehen. Wälder, Wiesen, verstreute Gehöfte, kaum Straßen. Die nächsten Ansiedlungen mit Häusern – Kemnat, Scharnhausen oder Hohenheim – lagen alle mindestens einen Kilometer entfernt. Auf der Landstraße kamen inzwischen die Feuerwehren, die Nacht hallte wider von Blaulicht und Martinshörnern. Die Bäume verdeckten die Sicht auf die Stallgebäude, aber im Himmel darüber mischte sich unter das Blau der Feuerwehr bereits das Orange eines veritablen Brands. Falls die auf dem Dachboden über dem Stall ihr Stroh lagerten, dann war's das jetzt.

Meine Füße hatten sich von der Landung auf Asphalt nur halbwegs erholt. Keine gute Voraussetzung für eine Wanderung. Außerdem würde die Polizei mit Streifenwagen und womöglich Hubschrauber zu suchen anfangen, sobald die Feuerwehr hinten im Gebäude das zerbrochene Fenster entdeckte. Und ein Mensch in Gummistiefeln mit Skimütze und Handschuhen nachts um zwei auf Waldwegen und Landstraßen war verdächtig.

Das konnte ich abkürzen. Ich entsorgte die Skimütze im Unterholz, begab mich zur Landstraße, marschierte über die Körsch hinweg auf schmerzenden Füßen dorthin, wo sich die Feuerwehrautos hineinschoben und die Polizei die Straße absperrte, und stellte mich einem Polizeibeamten vor.

»Guten Morgen. Mein Name ist Lisa Nerz. Ich habe die Pferde rausgelassen. Dann habe ich versucht, das Feuer zu löschen, hab's aber nicht geschafft. Ich bin hinten zum Fenster raus und durch den Bach geflüchtet.«

Ein paar Minuten später saß ich in einem warmen Polizeibus und beantwortete dem Beamten die drängende Frage, warum ich mich zu dieser Stunde hier aufgehalten hatte. »Mein Dackel ist mir heute Nachmittag davongelaufen. Da vorn am Klärwerk. Ich suche ihn seit Stunden. Ich habe halt gehofft, dass er zurückfindet.«

11

Mit Cipión auf dem Beifahrersitz rollte ich aus dem Kappelbergtunnel hinaus ins Remstal. Brontë, die alte Porschedame, schnurrte die B29 entlang. Der Navi achtete auf den Weg. Ich sorgte mich um meinen Magen, der kollernd ein spätes Frühstück verdaute.

Im Bioladen im Nachbarhaus hatte ich vor einer Stunde das öffentliche Bekenntnis abgelegt, dass ich jetzt zur elitären Gemeinschaft der Konsequenten gehörte, etwa so aufgeregt, wie die Bloggerin ihr erstes Mal im Reformhaus beschrieben hatte. Nur dass ich über mehr Geld verfügte. Also rein in den Einkaufswagen mit dem Block Tofu und den Döschen Brotaufstrich, den Schokoladen und Keksen, wo vegan draufstand, dazu Äpfel, Datteln, Gemüse, Reis, Couscous. Vor dem Biobrot war ich gewarnt. Brav fing ich mit der Verkäuferin Streit an. »Enthält das Backferment ein honighaltiges Teiglockerungsmittel oder nicht?«

»Backferment enthält Honig.«

»Und das Backblech, ist das mit reinem Pflanzenfett oder auch mit tierischem Fett und Wachs bestrichen worden?«

»Es tut mir leid, da bin ich jetzt überfragt. Unser Brot ist hundert Prozent biologisch.«

»Aber bei Vollkornbrot wird doch ein Backferment verwendet.«

Die Verkäuferin nickte.

»Und die Brezeln? Die sind auch mit Schweineschmalz hergestellt?«

»Das sind Laugenbrezeln. Die sind nicht vegan.«

Ich hinterließ eine Spur des Kopfschüttelns. Schließlich kannten die mich in dem Laden als lederne Lisa Nerz, die unbekümmert, wenn auch selten, Biopute und Joghurt raustrug. Meine Ernährung hatte bis dahin ohnehin weitgehend auf der Straße stattgefunden. Was zu essen gab es an jeder Ecke. Selber kochen wurde stark überbewertet. Die Mischung aus Keksen, Äpfeln, Datteln und veganer Gemüsepaste, mit der ich meinen Hunger hatte beseitigen wollen, stritten sich in meinem Gedärm. Hungrig war ich immer noch oder schon wieder.

Die Polizei hatte mich relativ schnell springen lassen, sogar versprochen, nach meinem Dackel Ausschau zu halten. Für die sah es noch so aus, als hätte ich ihre Pferde gerettet. Auf der Heimfahrt im Taxi hatte ich angefangen zu grübeln. Hatten sie von Anfang an vorgehabt, Feuer zu legen? Und sollte ich darin umkommen? Oder war es nur als Warnung gedacht?

Aber was hatte ich getan, um Misstrauen zu erregen? Hatte ich bei Lionel einmal zu insistierend nachgefragt, warum er sofort annahm, dass man den Mord an Rappküfer der Veganerszene zuordnen werde? Falls man mich mit dem Feuer absichtlich im Stall hatte in die Enge treiben wollen, dann war das wohl ein Indiz, dass die Szene um Lionel im Fall Rappküfer mit drinsteckte. Falls … Die Taschenlampe, die ich in der letzten Box aufgelesen hatte, lag jedenfalls inzwischen in einer Plastiktüte in meiner Unterwäsche.

Schon am Morgen – meinem Morgen, so gegen halb zehn – hatte ich Richard angerufen, um ihm von meinem Ausflug mit der Knoblauchgewürzmischung zu berichten. Er hatte die Polizeimeldung zum Brand im Polizeistall im Intranet bereits gesehen. In den öffentlichen Meldungen des PP Stuttgart stand sie auch, wie ich parallel an meinem Computer herausfand. »Die Pferde konnten dank des beherzten Eingreifens einer Zeugin rechtzeitig in Sicherheit gebracht werden.«

Damit war die politische Aktion total verpufft.

»Gibt es sonst noch was Neues?«, fragte ich.

Richard hatte für lange Gespräche keine Zeit, in einer guten Stunde würde die Pressekonferenz beginnen. Doch: »Eines noch«, sagte er, als ich schon auflegen wollte. »Wir könnten heute schon das Vorgespräch beim Standesamt haben, 14:30 Uhr.«

Dazu hatte er Zeit gefunden? »Passt. Ich fahre nachher gleich bei meiner Mutter vorbei.«

Auf den Anruf bei der Schlachterei in Gärtringen verzichtete ich, ich war auf einer anderen Spur.

Meine Stoffsneaker hatte ich gestern im Volvo gelassen und gegen Gummistiefel eingetauscht. Was anderes, das nicht aus Leder war, fand ich in meinem Schrank nicht. Also die Gummistiefel. Vegan muss leiden. Die Autoheizung funktionierte immerhin. Im Radio brachten sie, dass ein Mann an einer Zucchinivergiftung gestorben war. Was es nicht alles gibt! Schuld war ein Bitterstoff namens Cucurbitacin, mit dem sich Kürbisgewächse vor Fressfeinden schützten. Meine Mutter hatte noch den Gurken die bitteren Enden abgeschnitten. Inzwischen war das Gift weggezüchtet und das Wissen verloren gegangen. Nur wer selber Zucchini im Garten zog, sagte das Radio, lief Gefahr, dass Bienen von einem Zierkürbis auf die Zucchiniblüte flogen und das Gift wieder reinkreuzten. Schmeckte aber dann grausig bitter. Seltsame Meldung: Für Zucchini aus dem eigenen Garten war es doch noch viel zu früh.

Das Remstal war dicht besiedelt und dicht mit Landwirtschaft bepackt. Deutsche Lieblichkeit. Bei Remshalden bat mich der Navi runter von der Bundesstraße. Kurz konnte ich die Rems erkennen und ein Klärwerk. Wir passierten ein Wohngebiet an der S-Bahn-Linie mit Walmdachhäuschen in Gärten mit Hecken und Garagen. Als es ins Grüne hinausging, wies ein Schild zum Lebenshof Gänseblume und ein weiteres zum Kreislaufhof Tänzer, beide in dieselbe Richtung, in die mich auch mein Navi schickte. Links und rechts Obstbäume.

Der Lebenshof war umgeben von Koppeln und Gehegen. In einem drei Ponys, im anderen zwei Kühe, ferner Schafe und Ziegen. Zwei Gänse bewachten die Zufahrt. Ein kleiner Hund kam auf nur noch drei Beinen angelaufen, als ich Brontë anhielt und ausstieg. Cipión gab sich freundlich desinteressiert. Offenbar war Dreibein deutlich jünger als er.

Es war kein großes Gelände, in dem ein zweistöckiges Haus mit steilem Giebel stand, viel zu klein für einen ehemaligen Bauernhof. Vielleicht war es einmal das Altenteil gewesen. Davor bunte Windräder und Tierfiguren aus Holz und glasiertem Ton, ein insgesamt violettes und rosafarbenes Klima. Eine Katze ging mit gerecktem Schwanz an uns vorbei. Sie hatte erkannt, dass Cipión an der Leine hing. Er war inzwischen alt genug, das auch zu wissen, und unterließ es, sich auf die Katze zu stürzen.

Ich sah sie gleich, die Fee mit den glatten schwarzen Haaren in roten Hosen und einer rotblauen Outdoorjacke. Sie stand im Ziegengehege und verteilte aus einem Eimer Fressbares, auf das die Ziegen sehr gierig waren. Ich spazierte dorthin. Die junge Frau drehte sich um.

»Violette?«

Sie nickte reserviert.

»Ich bin Lisa Nerz. Ich bin auf der Suche nach dir und habe dich hier vermutet. Ich muss dringend mit dir reden.«

Sie stieg über den Zaun. Das Haar floss von der Jacke halb über ihr Gesicht. Mit magerer Hand strich sie die Strähnen zurück. Überhaupt war sie sehr dünn. Ihre grünlich-braunen Augen wirkten groß in dem schmalen Gesicht. Sie brachte den Eimer in einen Schuppen und wandte sich dann mir zu.

»Können wir irgendwohin gehen, wo uns niemand stört?«

Zwischen ihren bogenförmigen Brauen bildete sich eine Falte. Sie deutete mit der Hand in Richtung des Hofausgangs zum Feldweg.

Cipión zerrte sogleich voraus.

»Dein Hund?«

»Er heißt Cipión. Ich habe ihn vor Jahren aus einer Höhle gerettet. Seitdem lebt er bei mir. Er bellt nicht. Das findet er doof.«

Ein Lächeln huschte über Violettes Gesicht. Sie ging langsam, den Blick auf den Asphalt geheftet. Ihr Gang erinnerte mich an Kindheitsschulwege, wo wir nicht auf Ritzen treten durften.

»Wer hat dir gesagt, dass ich hier bin?«, fragte sie.

»Ich habe Lionel gefragt. Aber er konnte oder wollte es mir nicht sagen. Er hat nur gemeint, du hast dir eine Auszeit genommen.«

Darauf antwortete sie nicht. Vertrauensselig war sie nicht.

»Also habe ich mich gefragt, wo du stecken könntest, und bin auf die Gänseblume gestoßen. Ich dachte, ehe ich deine Eltern anrufe …«

Sie blickte mich rasch an. »Mit meinem Vater habe ich keinen Kontakt mehr. Er denkt …« Sie unterbrach sich. »Ist egal, was er denkt.«

»Und deine Mutter?«

»Sie ist …« Violette winkte ab. »Ist nicht wichtig. Meine Eltern sind geschieden.«

»Was ist denn los?«

Sie schaute wieder weg. »Wieso interessiert dich das?«

»Aus Mitgefühl, Violette.«

Sie blickte nur kurz zu mir herüber. »Du kennst mich doch gar nicht.«

Ich lächelte, aber da hatte sie den Blick schon wieder auf den Asphaltweg vor ihren Füßen gerichtet. »Ich habe dein Blog gelesen.«

Sie blieb stehen und schaute mich an.

»Ich habe es zufällig gefunden. Es ist der Grund, warum ich mich entschlossen habe, endlich straight zu sein und das ganze Milch- und Eierzeug auch noch wegzulassen.«

Wieder die steile Falte zwischen ihren Brauen. Eine große Rednerin war sie nicht. Vermutlich schrieb sie lieber.

»Wollen wir uns nicht irgendwo hinsetzen«, schlug ich vor. »Da drüben auf den Holzstoß?«

Entsetzen. Stocksteif stand sie auf dem Weg. Als ob es weder vorwärts noch rückwärts ginge. »Ich … ich kann nicht.« Unvermittelt rollten zwei Tränen aus ihren Augen.

Ich legte den Arm um sie. »Was is'n los, Violette?«

Sie schluchzte knochig in meinen Muskeln.

Es kam ganz plötzlich. Wie ein Schlag. Beim Fahrradfahren ist mir eine Mücke ins Auge geflogen. Ich habe sie unwillkürlich zerdrückt. Ein winziges Wesen klebte tot an meinem Finger. Das Bild kann ich nicht vergessen.

Ich streife durch eine Wiese und zerreiße ein Spinnennetz. Sie muss es neu machen. Zwischen dem Gras auf dem Boden, den ich nicht sehen kann, habe ich Dutzende Käfer, Würmer und Ameisen zertreten. Als ich aus dem Bus stieg, fiel mir auf, wie viele Mücken und Fliegen an der Windschutzscheibe zerplatzt sind. Manche sagen, es sind nur Insekten. Aber auch sie haben eine Mutter und ein Gesicht. Manche sagen, Insekten vernichten Ernten. Wenn man sie nicht vernichtet, verhungern wir. Für das Brot, das ich esse, mussten im Kornfeld Millionen von Insekten sterben. Auf den Baumwollfeldern werden sie vergiftet. Wie kann ich noch Brot essen und Baumwolle tragen? Mais wird mit Neonicotinoiden gebeizt, bevor er gesät wird. Daran sterben die Bienen. Dieselben Bienen, die wir in engen Kästen halten, damit sie die Felder befruchten und uns Honig liefern. Aber ohne Bienen gibt es keine Äpfel oder Kirschen, keine Früchte, von denen ich mich ernähre. Wenn ich Tofu essen will, muss er angebaut werden. In Südamerika werden dafür die Urwälder abgeholzt, was Tausende von Tieren das Leben kostet. Wie kann ich noch Soja essen? Wenn ich nun nur noch das esse, was die Natur mir freiwillig gibt, was ich nicht abreißen oder abschneiden muss? Die Äpfel von der Fallobstwiese, die Walnüsse, die unter dem Baum liegen, Haselnüsse? Doch dazu muss ich die Wiese betreten, zertrete, ohne es zu wissen und zu wollen, Dutzende von Käfern, Spinnen und Ameisen am Boden. Wie kann ich noch leben?

»Ach, Violette. Du bist in die Straight-Falle geraten. Du kannst nicht jeden Wurm retten. Hauptsache, die große Linie stimmt.«

»Das weiß ich doch auch!« Sie schaute mich mit notgroßen Augen an. »Aber sie kommen nachts zu mir, die Tiere, die ich totgetreten habe, ohne es zu wissen und zu wollen, massenhaft. Sie schreien, sie klagen mich an. Sie haben große Augen, Gesichter, sie leiden.«

»Aber zu den Ziegen kannst du rein?«

»Da wächst ja fast nichts mehr. Ich kann sehen, wo ich hintrete. Und auf Asphalt auch. Aber selbst dann … inzwischen kommen sie jede Nacht. Auch wenn ich schon kaum noch irgendwo hingehe.«

»Was macht ihr auf dem Hof gegen die Mäuse?«

»Wir haben Katzen.«

»Und was glaubst du, bist du?«

Sie schwieg, suchte nach der Argumentationsfalle, die ich ihr aufstellte.

»Ich meine, als was für eine Sorte Lebewesen siehst du dich im Gefüge des Lebens auf dem Globus?«

»Als Mörderin.«

Kurzschluss. Ich versuchte es von einer anderen Richtung. »Und die Katze, die die Mäuse fängt, was ist die?«

»Sie folgt ihrer Natur. Aber sie tut es natürlich auch für uns. Oder vielmehr, wir brauchen sie, damit die Mäuse uns nicht das Tierfutter und unser Essen wegfressen. Sie tötet zu unserem Nutzen. Sie lebt ja nur, weil wir sie gezüchtet haben. Wir missbrauchen sie, das ist mir durchaus bewusst. Es läuft immer darauf hinaus, dass wir Menschen anderen Tieren den Auftrag geben, für uns zu töten. Wir organisieren das Töten. Das können wir gut. Wir sind Massenmörder. Ich kann es nicht mehr ignorieren. Manche sagen, das vegane Leben ist eine Lüge … Ralf …«

»Wer ist Ralf?«

»Er war nie ein echter Veganer. Er war … ist … er denkt alles durch. Bis zum bitteren Ende, megaintellektuell.«

»Und wo ist das Ende?«

Violette zog die Schultern hoch. »Licht ist Prana.«

Es hatte keinen Sinn, wenn ich so tat, als hätte ich davon schon mal was gehört.

»Prana, das ist Lebensenergie. Manche Menschen ernähren sich nur noch von Lichtenergie. Sie essen nichts mehr.«

»Das geht doch gar nicht!«

»Scheint's doch. Ralf hat ein Jahr lang nur von Licht gelebt.«

»Hat er behauptet.«

»Warum hätte er mich anlügen sollen?«

Das fielen mir mehrere Gründe ein: Selbstüberhöhung, den tollen Kerl spielen vor der Schönen … »Und wie funktioniert das?«, fragte ich.

»Pflanzen wandeln ja auch Licht in Zucker um.«

»Ja, aber ohne Wasser und Mineralien aus dem Boden und ohne Symbiose mit Bakterien und Pilzen überleben sie nicht. Und dem Menschen steht die Photosynthese leider auch nicht zur Verfügung.«

»Ralf hat es nicht aus Überzeugung gemacht. Sondern aus Neugier. Er hat nur manchmal eine Suppe gegessen oder einen Fruchtsaft getrunken, um sich sozial nicht zu isolieren.«

Beinahe hätte ich laut gelacht. Man staunte immer, von wie wenig Kalorien ein Mensch leben konnte, wenn sein Körper auf Hunger eingestellt war. Magersüchtige Mädchen starben ja auch nicht schon nach einem Jahr. »Ist er das, den du in deinem Blog mit Du anredest?«

Sie schüttelte den Kopf, holte Luft, sprach dann aber doch nicht.

»Er ist ein Abtrünniger, nicht wahr?«

»Er hat kapituliert.«

Das konnte sie nicht, ich sah es ihr an. »Und weshalb hat er kapituliert?«

Sie zuckte mit den Schultern. »Er sagt, es geht nicht. Man wird verrückt. Sogar Biodiesel enthält Leichenteile.«

»Klar, Orang-Utans müssen für die Palmölplantagen sterben.«

»Nein, das meine ich nicht. Es enthält ganz konkret tierische Fette, die tut man da rein, um sie zu entsorgen. Und Milchzucker, der wird von Bakterien zu Biosprit oder Biogas vergoren.«

Ich zwang mich, nicht zu Brontë zu gucken. »Mit anderen Worten, Autos sind auch Fleischfresser. Nicht vegan. Bleibt nur noch das Elektroauto.«

»In Biogasanlagen zur Stromerzeugung kommen auch Reste aus Schlachthöfen.«

Ende mit Computer, kein Handy mehr, kein elektrisches Licht, keine Kaffeemaschine, Kochen nur noch auf offenem Feuer. Und wehe, ein Falter fliegt rein. Oder eben kein Biostrom, sondern Erdöl, Kohle, Atomstrom. War das früher auch so kompliziert gewesen, alles ein Brei aus Knochen, Blut und Pflanzenfasern? Früher brauchte man keine Gülle für den Gemüseacker, da nahm man Kunstdünger. Aber heute war nicht mal mehr das Gemüse vegan, eben wegen der Gülle. Ich hängte mich ins große Rad der Geschichte und versuchte es zurückzudrehen. Noch mal alles auf Anfang. Aus dem Affen wird der Mensch. Er verliert seine Haare und lernt schwitzen, denn er ist ein Hatzjäger, er läuft der Beute hinterher, bis sie dem Hitzschlag erliegt, weil sie nicht schwitzen kann. So hat es schon mal ganz verkehrt angefangen.

»Er sagt, wenn man es ernst meint, darf man nicht mehr Auto fahren, auch nicht mit dem Zug, nicht mal zu Fuß gehen wegen der Bodentiere. Auch nicht auf Asphalt, denn darunter sind Milliarden Insekten und Würmer gestorben. Außerdem muss man nackt gehen und darf nicht in einem Haus wohnen, auch nicht in einem Holzhaus, denn dazu müssen Holzwürmer und der Holzbock getötet werden. Alles basiert darauf, dass Tiere massenhaft sterben, damit wir leben. Deshalb sind wir Veganer nur Scheinheilige, sagt er.«

»Wir müssen ja keine Heiligen sein, oder?«

»Aber man muss doch konsequent sein.«

»Und was macht Ralf jetzt?«, fragte ich.

Sie zog die Schultern noch höher. »Es interessiert mich nicht.« Sie drehte sich zum Hof um und begann zurückzugehen. Immer mit scharfem Blick den körnigen Asphalt vor sich absuchend.

»Andere Frage, Violette. Kennst du Hinni Rappküfer?«

Sie schaute nicht auf. »Wer kennt den nicht.«

»Ich meine persönlich.«

Sie blieb stehen. »Wir von der HdM …«

Ich guckte Fragezeichen.

»Hochschule der Medien. Wir haben alle Praktika dort gemacht. Sie haben immer drei Sendungen an einem Tag im Schloss Favorite in Ludwigsburg aufgezeichnet. Das war nie live. Da wäre zu viel schiefgegangen. Ich habe in den Kulissen mit dem Handy gefilmt. Die Berge von Fleisch. Drei Hühner hat er gebraucht, eines wurde vorher fertig gemacht, damit er es aus dem Ofen holen konnte. Eines hat er vor der Kamera gestopft. Und ein drittes hat er gebraucht, weil er sich beim zweiten irgendwie vertan hat. Fünf Forellen wurden aus dem Wasserbecken geholt, erschlagen und ausgenommen, für die fünf Sekunden, die er gebraucht hat, um vorzuführen, wie man sie filetiert. Fünf Klappen. Am Ende hat man die erste genommen. Gebraten wurde nur ein einziges Filet. Alles andere kam in den Müll.«

»Aber da sind doch genug Leute, Technik und so, die könnten doch die Reste mit heimnehmen.«

»Verboten. Das wäre Diebstahl oder Veruntreuung von Rundfunkgebühren oder so.«

Eine Frau erschien auf dem Hof, schaute sich um und entdeckte uns. Ich schluckte herunter, was ich über Hinnis Schicksal hatte sagen wollen. Die Frau setzte sich in Marsch und lief uns entgegen. Mitte fünfzig, mager, große blaue Augen, wehendes Haar mit mehr grauen Strähnen als schwarzen. »Wer sind Sie? Was suchen Sie hier?«

»Und Sie?«, fragte ich zurück.

»Das ist Lisa«, sagte Violette. »Sie ist eine von uns.«

»Ach so.« Das Misstrauen flackerte noch. »Sie müssen entschuldigen. Es gibt viele, die uns schaden wollen. Sie spionieren herum und zeigen uns an.«

»Weshalb denn?«

»Wegen Tierquälerei«, antwortete Violette. »Die wollen nicht, dass wir Tiere retten, die wollen, dass wir sie töten. Übrigens, das ist Karoline.«

Karoline von Strittburg nicke knapp und wandte sich an Violette. »Fanny macht mir Sorgen.«

»Geht es ihr wieder schlechter?« In Violette kam Bewegung.

Ich folgte den beiden sorgenvollen Frauen auf den Hof zum Hühnerstall. Auf dem Boden in einer Ecke saß schief ein braunes Huhn. Offensichtlich sterbend.

Ich nahm Cipión kurz.

Sie hatten gestern den Tierarzt noch mal weggeschickt, erfuhr ich, weil das Huhn noch Lebenswillen zeigte. Ich fragte mich stumm, welcher Tierarzt auf einen Hof kam, um ein Huhn einzuschläfern, und sich dann wieder wegschicken ließ. Das machte der nur einmal. Violette hockte sich nieder und streichelte das Huhn. Es sank auf die Seite. Sie richtete es wieder auf.

Dreht dem armen Vieh den Hals um!

»Ich fürchte, wir müssen Fanny wohl nun doch zum Tierarzt bringen«, sagte Karoline. »Damit er sie erlöst.«

»Lasst sie doch sterben«, entfuhr es mir. »Sterben ist ein natürlicher Prozess. Ich glaube nicht, dass sie leidet.«

»Das wäre ja ganz was Neues«, sagte Karoline von Strittburg.

»Na, so neu ist das nicht. Menschen, die eine Nahtoderfahrung gemacht haben, berichten immer wieder, wie schön es war, sich vom Körper zu lösen. Man hat keine Lust zurückzukommen. Sterben ist total cool.«

»Du sprichst aus Erfahrung, ja?«

»Ich bin mal angeschossen worden und war klinisch tot. Wegen mir hätte ich es bleiben können. Es sind ja immer nur die Angehörigen, die sich aufregen.«

Fanny versuchte noch mal die Flügel hochzuziehen unter Violettes aufmunterndem Streicheln. Vielleicht auch, weil Cipións Gegenwart sie beunruhigte. Dabei hätte der Dackel mit seinem starken Gebiss sie in einer Sekunde erlöst.

»Fanny ist aus einer Legehennenbatterie befreit worden«, erzählte Karoline. »Wir haben sie mit homöopathischen Mitteln aufgepäppelt. Aber manche erholen sich nie richtig von den Torturen.« Ihr Blick ging zum Zaun hinüber, wo eine Reihe kleiner Grabsteine stand. Hühnergräber. Der dreibeinige Hund war offenbar immer leer ausgegangen.

»Vielleicht eine Vitaminspritze«, sagte Violette. »Die hat ihr doch schon mal geholfen.«

»Lass es, Violette«, sagte ich. »Lass Fanny einschlafen.«

Karoline lief fort und kam mit einer Katzenbox wieder. »Ich fahre sie jetzt zum Tierarzt.« Sie nahm das sterbende Huhn, steckte es in die Box und eilte davon. Ich hielt Violette fest, damit sie Karoline nicht folgte. Tränen liefen ihr übers Gesicht. Ihr Leben hatte sich in Leidensstress verwandelt.

Ein SUV fuhr vom Hof und rollte über den Feldweg fort.

»Jedes Lebewesen hat ein Recht auf seinen Tod. Man muss loslassen, Violette.«

Ein gut geschmierter Phrasendrescher beruhigte immer. Wir zündeten uns Zigaretten an und setzten uns auf die Bank am Haus.

»Warum hast du eigentlich im Max-Planck-Institut in Tübingen gearbeitet?«, fragte ich sie. »Ausgerechnet bei den Versuchstieren.«

Sie fragte nicht, woher ich das wusste. »Man muss aufklären.«

Wir bliesen den Rauch in einen bläulichen Himmel. »Hast du den Film gedreht?«

Sie nickte.

»Ich habe mal ein Pferd gekannt«, erzählte ich. »Das hätte ich gern gefragt, was es über uns denkt. Ich war so vierzehn und versessen aufs Reiten. Zu Pfingsten durfte ich zu einer Freizeit auf die Schwäbische Alb. Da gab es einen Reiterhof mit Haflingern.« (Die wurden ja auch nur noch als Freizeitreittiere gezüchtet, und der Ausschuss wurde gleich nach Polen in die Schlachtereien verfrachtet.) »Ich durfte mir ein Pferd aussuchen und suchte mir das ruhigste aus. Damals habe ich die Pferdesprache nicht verstanden. Dieses Pferd, Sascha, ein spät kastrierter Wallach, war der Älteste der Herde, der heimliche Chef. Sascha mochte es, wenn ich mit dem Sattel kam. Er gab dieses röchelnde Begrüßungswiehern von sich. Er kam sogar herbei und drehte sich so hin, dass man den Sattel auflegen konnte. An schwierigen Stellen hat er den Weg bestimmt. Einmal haben wir auf einer Wiese Rast gemacht, wo junge Stiere standen, wie sich herausstellte. Ich hatte mich von der Gruppe entfernt, als die Stiere kamen. Auf einmal höre ich Getrappel, schon ist der Wallach bei mir und greift die Stiere an, total aggressiv.«

»Er hat dich verteidigt.« Violette lächelte.

»Einmal, da wollte unsere Reitlehrerin ihn reiten, aber er hat sie fast abgeworfen. Sie ist abgestiegen, und er ist zu mir gekommen und hat sich neben mich gestellt.«

»Er hat dich gemocht.« Ich schaute in ein offenes Mädchengesicht. Es beglückt uns, wenn Tiere sich unserer annehmen. Eigenartig, nicht war?

»Es war furchtbar, als ich mich von Sascha verabschieden musste. Ich habe meinen Eltern in den Ohren gelegen, aber natürlich wollten die ihn nicht kaufen. Jahre später habe ich die Reitlehrerin mal wieder getroffen und darauf angesprochen. Sie erinnerte sich nicht mehr an mich. Sascha hätte sich oft ein Mädchen gesucht, das er beschützen konnte. Ich hätte ihn gern mal gefragt, warum er sich in diesen Pfingstferien mich ausgesucht hatte. Er ist übrigens sehr alt geworden. Dem hat sein Leben gefallen.«

»Er lebte in Gefangenschaft.«

»Heute Nacht habe ich mit ein paar Aktivistinnen und Aktivisten Polizeipferde aus ihrem Stall befreit. Die wollten gar nicht. Und wer ist schon frei? Bist du frei?«

»Ich kann mich entscheiden, wo und mit wem ich wie leben will.«

»Blödsinn. Der Zaun um uns herum ist nur weiter gesteckt. Ich habe einen Arbeitgeber, der bestimmt über meine Zeit. Und wenn ich keinen habe, fehlt mir das Geld, und das Sozialamt bestimmt darüber, ob ich ins Kino gehen oder mir ein Fahrrad kaufen kann. Und wenn ich jetzt sagen würde, dass man Sascha schließlich zum Pferdemetzger gebracht hat und dass ich mir ein Stück von ihm habe geben lassen, um einen Sauerbraten daraus zu machen, dann würdest du mich steinigen.«

»Hast du?« Violette war entsetzt.

»Nein. Aber manchmal frage ich mich: Was wäre dabei, wenn wir hin und wieder etwas von einem Tier äßen, nachdem es gestorben ist, eines natürlichen Todes, so wie Fanny?«

»Du isst doch auch nicht deine Oma, wenn sie tot ist, oder deine Mutter!«

Verdammt, meine Mutter! Da musste ich heute auch noch hin.

»Reine kulturelle Übereinkunft«, sagte ich. »Bei den Maori hat man noch bis vor kurzem Menschen gegessen. Meistens Kriegsbeute. Aber man hat auch gezielt Dörfer überfallen, um sich Fleisch zu besorgen. Andernfalls wäre die Sippe verhungert. Es gab nämlich keine Viehhaltung dort, und Gemüse und Getreide ließen sich nicht genügend anbauen. Sie haben erst damit aufgehört, als sie Schweine und Hühner hatten.«

»Und jetzt müssen die Tiere dafür sterben!«

Kurzschluss. Ich setzte neu an. »Aber wenn wir Fanny in ein paar Stunden tot im Hühnerstall gefunden hätten … Sie hat gelebt, solange sie wollte, und nun ist sie Wurmfutter. Da könnte sie doch genauso gut Hundefutter werden oder ein Suppenhuhn für uns. Indianer haben sich beim Wild bedankt, das sie erlegt haben. Vielleicht würde es Fanny freuen, wenn sie uns das Geschenk machen könnte, eine leckere Suppe zu werden. Geben ist seliger als nehmen.«

Der Phrasendrescher funktionierte erneut. Violette überlegte immerhin kurz, bevor sie wiederholte: »Aber genauso wenig, wie ich meine Schwester essen könnte, könnte ich Fanny essen.«

»Und wenn wir auf dem Feld einen toten Hasen finden würden? Den haben wir nicht gekannt.«

»He, was soll das werden?«

»Ich tue mal so, als wären die Gedanken frei, Violette.«

»Ich habe auch viel darüber nachgedacht. Und ich habe mich entschieden.«

»Weißt du schon, was mit Hinni Rappküfer passiert ist?«

»Es ist mir voll egal. Soll er doch krepieren am Leichengift.«

»Er wurde geschlachtet und in Supermärkten verkauft.«

»Echt jetzt?« Irrte ich mich, oder spielte ein leichtes Lächeln mit ihren Lippen?

»Und die Polizei wird dich holen«, sagte ich, »sobald die rausgefunden haben, dass du zu den HdM-Leuten gehört und bei der Kochshow gefilmt hast. Deshalb bin ich hier. Um dich zu warnen.«

Sie straffte sich. »Mich? Ich habe doch gar nichts gemacht.«

»Dein Blog, Violette. Das Menschenschlachthaus.«

»Das ist nicht mein … das ist nicht real.« Sie sprach das Wort *real* englisch aus. »Es ist eine Metapher.«

»Die Polizei hat keinen Sinn für Metaphern.«

»Woher wissen die überhaupt von dem Blog?«

Jetzt konnte ich es nicht mehr überhören. »Ist das nun dein Blog oder nicht?«

Sie schüttelte den Kopf. »Nein.«

»Aber du kennst es.«

Sie nickte.

»Wer hat es geschrieben?«

»Ist das so wichtig?«

»Du bist doch Storchenbein.«

»Das ist alles Phantasie.«

Sie log. Ich sah es an einer Unstimmigkeit in ihrer Mimik, die ich nicht benennen konnte.

»Egal jetzt«, sagte ich. »Ich habe vom Blog auf dich geschlossen und herausgefunden, wo du bist. Das kann die Polizei auch. Und solange dein Handy angestellt ist …«

»Ich habe kein Handy.«

»Sehr verdächtig aus Sicht der Polizei. Sieht aus, als wärst du untergetaucht.«

»Aber ich habe Rappküfer nichts getan«, sagte sie. »Auch wenn ich nicht in Trauer verfalle. Ich könnte niemandem etwas zuleide tun.«

Hier führte die Phrase mit der Fliege in die Irre.

»Aber die Polizei mag das anders sehen. Und U-Haft ist nicht vegan. Da verhungerst du. Oder sie ernähren dich künstlich.«

»Dann bringe ich mich um.«

»Vorschlag: Du kommst erst einmal mit mir mit. Wir fahren …«

»Das geht nicht.«

»Es muss! «

»Autos töten Insekten, Kröten werden überfahren und Igel.«

»Brontë überfährt keine Igel.«

»Brontë?«

»Das ist die Dame da drüben.« Ich deutete auf meine hochzeitsweiße Gefährtin.

»Voll retro.«

»Als sie gebaut wurde, warst du noch nicht auf der Welt. Sie ist bei mir gelandet, so wie Cipión. Und man hat ja Verantwortung für das, was einem zuläuft.«

»Aber … «

»He, die Hühner hier sind freier als du.«

Sie kniff die Lippen zusammen. Ein Teenagerschweigen.

»Übrigens, gibt es hier eine Toilette?«

Das war normale Kommunikation, die sie routiniert bewältigte. Sie wies mich ins Haus. »Ist offen, erste Tür links.«

Ich betrat den dunklen Flur eines alten Bauernhauses oder Altenteils und ging schnell nach hinten durch: eine Küche mit einem Herd, den man mit Holz befeuerte, daneben ein Gasherd, auf dem ein Topf mit grünlichem Inhalt stand, eine breiige Erbsensuppe, die für Tage reichte. In der Speisekammer hatten sich die Weckgläser mit Gemüse über den Winter böse gelichtet. Ein paar Gläser Erbsen und Rote Bete gab es noch, ein Glas Zucchini. Mein Darm kollerte beim Anblick. Die Kartoffelkiste war längst leer, im Mehlsack befand sich nur noch ein Rest, aus dem mir Mehlmotten entgegenschwirrten.

Aus gutem Grund fastete man in unserem Kulturkreis bis Ostern. Die Wintervorräte gingen zur Neige, und Muttertiere schlachtete man nicht, man wartete, bis die frischen Lämmer und Kälber herumsprangen. Das fiel auf diesem Hof auch aus.

Auf dem Fensterbrett stand eine Petroleumlampe, aber es gab auch Strom im Haus. Der Lichtschalter ließ eine alte Glühbirne an der Decke aufleuchten. Und es summte ein Kühlschrank.

Eine Treppe höher fand ich Karoline von Strittburgs Arbeitszimmer mit Computer und Aktenordnern. Für eine eingehende Durchsuchung hatte ich keine Zeit. Treppe wieder runter. Die Toilette war nachträglich eingebaut. Ich ließ Unmengen Luft aus dem Gedärm ab. Das hirneigene Dopaminsystem belohnte den Ablass aus dem After, hatte ich mal gelesen, sonst würden Mensch und Tier nicht scheißen. Und es machte high bei Hunger, sonst würde man nicht jagen, nicht mal aufstehen, um sich was zu essen zu besorgen.

Der Sexualtrieb war dem Fresstrieb nachgeordnet. Bei mir war er in Blähungen und Hunger untergegangen. Violette hatte mich keine Sekunde angepikst. Musste ich mir Sorgen machen? Oder waren das nur vorübergehende Vorauswirkungen der bevorstehenden Eheschließung?

Nach dem Spülen schaute ich aufs Handy. Richard hatte mir über Threema eine SMS geschickt: »Violette Sirsch war bei der Kochshow von Rappküfer. Fahndung läuft.«

Als ich wieder in die Sonne trat, spielte Cipión mit Violette. Er zerrte an einem Stöckchen, das sie in der Hand hielt. Er knurrte sogar. Violette lachte. Der dreibeinige Hofhund rannte erbost hin und her und kläffte. Vergessen waren die Käferchen und Ameisen, die im Kies hausten. Violette sprang umher wie ein

Kind. Unterhalb ihres Outdoorkittels kam ein kleiner Kinderhintern zum Vorschein.

Wie bist du so geworden, Violette? Was ist passiert, dass dein Herz nur noch von Tieren berührt wird und nur ihr Leid dich zur Systemkritik bewegt?

Der Respekt vor dem Anderen ist unteilbar. Wer vor Tieren keinen Respekt hat, und zwar vor jedem Tier, auch vor Ratten und Kakerlaken, der hat ihn auch nicht vor dem Menschen.

All diese Phrasen! Sie liegen überall herum, man braucht sie nur zu nehmen. Sprache taugt zur Logik, aber nicht zur Erkenntnis der Wahrheit. Phrasen sind die Falle, in die tappt, wer die Komplexität des Lebens nicht erträgt, zum Beispiel junge Menschen an der Schwelle des von Kompromissen und Inkonsequenzen verunreinigten Lebens der Erwachsenen.

Und nun Schluss mit dem Geschwätz, ich musste diesen Ralf finden, den Typen, der alles zu Ende dachte und Violette hatte sitzen lassen, weil sie ihm nicht mehr folgen wollte. Dazu brauchte ich Violette. Deshalb musste sie augenblicklich mit mir mitkommen. Bevor Karoline von Strittburg mit einem toten Huhn zurückkam, das am Zaun beerdigt werden musste. Und bevor die Polizei eintraf.

Violette schaute auf und lächelte. Cipión entriss ihr den Stock. Sie schüttelte die schmerzende Hand. Der dreibeinige Hund rannte dem Dackel hinterher.

»Wir müssen«, sagte ich. »Es sei denn, du willst in U-Haft landen.«

»Es ist doch gar nicht sicher …«

»Doch, es ist sicher. Komm, Violette!« Ich packte sie am Arm, der aus dünnen Muskeln, Sehnen und Knochen bestand.

Cipión ließ den Stock fallen und rannte herbei. Schwanzwedelnd stand er vor Violette, seine Haselnussaugen glänzten, ein Schlappohr war nach hinten geschlagen. Dann drehte er um und lief zu Brontë, wo er ebenfalls schwanzwedelnd stehen blieb.

»Hör auf Cipión«, sagte ich. »Er will, dass es dir gut geht.«

Ich bekam sie ins Auto und setzte Cipión auf ihre dünnen Beine. Dann starten, zurückstoßen und weg. Als ich in die Auffahrt zur Bundesstraße einbog, sah ich im Rückspiegel Karolines SUV in der Ausfahrt.

12

Für Insekten war es zu kalt. Außerdem waren die Felder entlang der Schnellstraßen und Autobahnen rund um Stuttgart so lückenlos mit Insektiziden belegt, dass kein biologischer Flugkörper an Brontës Windschutzscheibe zerplatzte. Der alte Porsche vertrug auch keinen E10-Sprit. Wir waren vegan unterwegs.

Die veganste Jahreszeit war wohl überhaupt der Winter. Schnee, hartgefrorener Boden, keine Gefahr, dass etwas kroch und flog, was man zertreten konnte. Das Heu und Stroh, das sie auf Gnadenhöfen den Pferden und Ziegen fütterten, erinnerte nur, wenn man es sich ins Bewusstsein rief, an die Mahd, bei der Traktoren und Messer ein Massaker unter Heupferdchen, Käfern und Mäusen angerichtet hatten. Nein, Heu war nicht vegan. So gesehen war es auch der Winter nicht. Er ließ Tiere erfrieren und verhungern und gehörte abgeschafft. Genauso wie die Raubtiere. Das war nur straight.

»Ich habe noch keinen Menschen getroffen«, sagte ich zu dem schweigsamen Mädchen neben mir, »der so vollständig aus dem Kreislauf der Natur auszuscheiden versucht wie du.«

»Findest du?« Sie klang geschmeichelt.

»Wenn es über unsere Zeit eine Bibel gäbe, wärst du die Heilige, die sich zu Ehren der Schöpfung sieben Jahre nur von Licht ernährt.«

Sie lachte.

»Warum macht man so was?«

»Wenn ich etwas für richtig erkannt habe, muss ich danach leben, finde ich.«

»Die meisten Veganer haben Handys, einen Computer, sie fahren Auto oder Zug. Ich ja auch. Ich achte auf alles, aber am Leben teilhaben möchte ich schon auch. Ohne Auto hätten wir letzte Nacht nicht die Polizeipferde befreien können. Es gibt so eine Grenze, wo unsereiner sagt, irgendein Schwund ist immer. Ich kann mich nicht um jeden Käfer kümmern, Hauptsache, die Richtung stimmt. Aber bei dir ist das nicht so.«

»Hm.«

»Ich hätte die Disziplin gar nicht. «

»Das ist keine Frage der Disziplin.«

»Nicht? Was ist es dann?«

Während wir gen Reutlingen und Metzingen rollten, erzählte sie vom inneren Zwang zur Konsequenz. Es hätte auch als Text im Blog stehen können.

Ich schaute vor mich auf den Weg und sah eine Biene krabbeln. Ich hob sie auf und setzte sie auf das Blatt eines Buschs. Ich erinnere mich an das Gefühl, das ich hatte, es war ein gutes Gefühl. Immer hatte ich Angst gehabt, dass mich eine Biene sticht. Auf einmal konnte ich auch Spinnen aufnehmen und hinaustragen. In der VegaKoS nannten sie mich Spinnenflüsterin und riefen mich, wenn irgendwo eine saß. Lionel brachte mal die Frage auf, ob man nicht in Regionen, wo der Ackerbau nahezu unmöglich ist, Insekten mästen sollte. Als Übergangslösung, bis die Menschheit gelernt hat, auf tierisches Eiweiß zu verzichten. Insekten brauchen weniger Futter, sie sind wechselwarm, sie brauchen keine Kalorien, um sich warm zu halten. Es ist schwer, Lionel überzeugend zu widersprechen, aber ich habe es geschafft. Insekten sind zwar klein, aber man braucht große Massen, und die produzieren wie Rinder bei der Verdauung Methan oder Lachgas oder Kohlendioxid oder Ammoniak. Das ist keine Lösung gegen den Klimawandel. Wozu sie quälen, wenn es uns nichts nützt, sondern schadet? Es war ein gutes Gefühl, Lionel standgehalten zu haben. Die anderen hängen an seinen Lippen wie Jünger. Aber ich hatte ihn widerlegt, den Professor. Ich hatte den anderen vorgeführt, dass er kein echter Veganer ist. Er ist auf Kompromisskurs mit den Omnis. Er denkt, man müsse sie dort abholen, wo sie sind. Man darf nicht alles so extrem formulieren. Als wir im Max-Planck-Institut in Tübingen waren, hat er sich total angebiedert. Wenn Tierversuche nötig sind, weil es kein anderes Mittel gibt, um die Medizin voranzubringen, dann müssten sie erlaubt sein. Die Konsequenz wären Menschenversuche, wie sie einst die Nazis machten. Oder es bedeute den Verzicht auf die Chance, schwere Krankheiten zu heilen, Demenz zum Beispiel, welche die Volkswirtschaft viel Geld kostet, weil wir immer älter würden. Oder Parkinson. Sein Vater ist daran erkrankt. Und vermutlich würden wir heute noch an Diabetes sterben oder an Tollwut oder an Schlangenbissen. Für all das braucht man Antikörper oder ein Serum von Tieren, das Insulin stammte lange Zeit von Rindern.

Das hatte ich von Lionel gestern beim Vegantag anders gehört. »Oder wir wären auf anderem Weg zu Medikamenten gelangt.«

»Das habe ich ihm auch gesagt.«

Wie kann es sein, dass er das Leben und die Gesundheit von Menschen über das Leben und die Gesundheit von Tieren stellt? Wer gibt uns das Recht, so lange zu leben, wie wir wollen, koste es, was es wolle? Wie wäre es denn, wenn nicht wir diejenigen wären, die sich aus der Natur nehmen, was sie brauchen, sondern die Natur, die sich uns hält, um sich von uns zu nehmen, was sie braucht? Für Wölfe, für den Indischen Tiger sind wir eine leichte Beute. Wer sagt denn, dass wir uns über einen vom Wolf oder vom Tiger gerissenen Menschen ereifern und den Tod des Tieres fordern müssen? Sind wir wirklich mehr wert als der Wolf oder der Tiger? Zumindest sind Wolf und Tiger seltener als wir. Denn wir haben sie nahezu ausgerottet. Und genau deshalb sind wir nicht mehr wert, sondern weniger. Jedenfalls wenn man die Welt als Ganzes betrachtet. Tiere und Pflanzen würden besser leben ohne uns. Meere und Urwälder, Korallenriffe müssten nicht allmählich sterben, weil wir in unserem unendlichen Hunger alles unterwerfen, damit es uns zur Nahrung dient. Das Great Barrier Reef in Australien stirbt an den Insektiziden, die der Regen ins Meer spült. Unsere intensive Landwirtschaft nimmt den Tieren den Raum, das tötet sie. Die Welt braucht den Menschen nicht. Sie führe besser ohne ihn.

Als ich in der Zeitung eine Stellenanzeige des Labors in Tübingen sah, bewarb ich mich. Ich wollte es verstehen. Ich habe mal eine Woche in einem Schweinemastbetrieb hospitiert. Ich wollte filmen. Dort hat man sich wenigstens bemüht, den Tieren Leid zu ersparen. Sie sind heute gut darin, sich ein gutes Gewissen zu verschaffen. Die Schweine haben ihre Suhle. Sobald sie krank sind, bekommen sie Medikamente. Den Tod spüren sie nicht. Aber die Affen saßen nur zu dem Zweck in den engen Käfigen, um das zu ertragen, was man einem Menschen nicht zumuten will, Leid, Elend und Schmerzen. Man macht sie krank, um zu sehen, ob die Medikamente heilen, die man an ihnen testen will. Man operiert ihnen Sonden ins Gehirn. Niemand fühlt sich gut, wenn er krank ist, niemand fühlt sich gut mit Drähten im Kopf. Menschen darf man kein Leid zufügen, auch nicht zum Wohl der Menschheit, der eigenen Gattung. Aber Affen dürfen leiden. Ungefragt und allein zu unserem Wohl. Wenn Mäuse und Ratten fettgefüttert oder ihnen ein Gen weggenommen wird, wenn sie die Orientierung verlieren oder krank werden, das lässt die meisten Menschen kalt. Es sind nur Ratten. Deshalb habe ich die Affen gefilmt. Sie erinnern die Omnis an sich selbst. Und Omnis können sich nur aufregen, wenn sie an sich selbst denken. Das war mir bewusst. Es hat funktioniert. Lionel musste mir nachträglich recht geben.

So habe ich meine Stärke erkannt. Ich kann hinschauen, ich lasse mich nicht von der Angst um mein eigenes Leben korrumpieren. Mir ist es gleichgültig, ob ich hundert werde oder nur fünfundzwanzig. Ich bin nicht wichtig. Das ist meine Stärke. Ich habe keine Angst um das Leben meines Vaters oder meiner Mutter. Ich brauche kein Handy und keinen Computer, um mit einer ignoranten und trägen Welt in Kontakt zu bleiben. Das ist sowieso nur Illusion. Deine besten Freundinnen lassen dich im Stich, wenn du ihnen lästig wirst, weil du sie zwingst, sich selbst zu überprüfen und zu verzichten. Ich verzichte nicht. Verzicht heißt ja, den Verlust spüren und in Trübsal versinken. Verzicht ist Passivität. Ich bin aktiv. Ich fühle mich lebendiger denn je. Ich gehe einen richtigen und notwendigen Weg. Er ist nicht leicht, aber jemand muss die Herausforderung annehmen. Ich nehme sie an. Auch wenn es beinahe unmöglich erscheint, im Respekt vor allem Lebendigen und in vollständigem Einklang mit der Natur zu leben. Aber ich will es schaffen. Ich werde es schaffen.

»Aber du hast einen tierischen Kern, wir alle haben den. Wir müssen essen, wir wollen leben.«

»Deshalb bin ich doch nicht mehr wert als ein Tier. Wir haben auch eine spezifisch menschliche Seite, unsere geistige Ebene. Wir können unser Tun reflektieren und die Konsequenzen abschätzen, die etwas für uns und andere Wesen hat. Anders als Tiere, die töten, um zu essen und ihre Gene zu vermehren, kann ich Nein sagen, ich kann die Bedürfnisse meiner tierischen Natur zurückdrängen und nach Alternativen suchen. Ich muss keine Tiere essen, um zu überleben. Und was ich nicht tun muss, das will ich auch nicht tun. Den Tieren kann man es nicht verübeln, wenn sie töten, auch wenn es extreme Veganer gibt, die am liebsten die Raubtiere ausrotten würden, aber wir Menschen wissen es besser. Wir haben andere Möglichkeiten, uns zu ernähren. Als ich das erkannt und erfühlt hatte, ist eine große Last von mir abgefallen. Ich habe mich ganz leicht gefühlt. Frei! Ich muss nicht töten! Für mich muss kein Lebewesen leiden. Wo fahren wir eigentlich hin?«

»Zu meiner Mutter. Ich muss was abholen.« Wir schnurrten schon über Land. Na ja, ein Porsche schnurrte eigentlich nicht, er klang eher wie ein Babygepard beim Versuch zu schnurren. »Hier bin ich aufgewachsen.«

Violette blickte interessiert hinaus. Links und rechts die knorrigen Reste einer Obstbaumwiese. Der Birnbaum, an dem mit mir auf dem Beifahrerinnensitz der Wagen meines Mannes zerschellt war, stand schon lange nicht mehr. Ein Ast war Todt durch die berstende Windschutzscheibe in den Hals gefahren. Mir hatten die Splitter das Gesicht zerschnitten. Mein zertrümmertes Knie hatte mich nach Stuttgart gebracht. Es war der Beginn eines ganz anderen Lebens gewesen. Mein Glück.

»Hier zwischen Kriegerdenkmal und Misthaufen war ich Kind. Alle passten auf. Wenn man den Kaugummiautomaten geknackt hatte, dann erzählte es garantiert einer den Eltern, und es gab Senge. Für meine Mutter schlug der katholische Kirchturm, für die anderen die evangelischen Glocken. Da, wo jetzt die Tankstelle ist, war früher eine Abfüllanlage für Obstsäfte. Gallion Obstsäfte, gibt es schon ewig nicht mehr. Die Grundschule stand da drüben, wo die Wohnblocks sind. Vier Klassen brachte man damals noch zusammen. Jungs und Mädchen schön getrennt auf dem Schulhof. Die Jungs durften kicken. Die Mädchen mussten gummihüpfen. Einmal habe ich es geschafft, dass die Jungs mich mitkicken ließen. Eine Lehrerin hat mich an den Zöpfen rausgezogen. Ich musste in der Ecke stehen, meine Eltern wurden einbestellt. Als sie wiederkamen, machten sie ernste Gesichter. Sie waren überzeugt, dass es mit mir noch mal böse enden würde.«

»Aber du hast doch gar nichts gemacht.«

»Ich habe eine unsichtbare Grenze überschritten. Die zwischen Jungs und Mädchen. Irgendwo ist diese Linie immer, und damals ging sie eben längs durch den Schulhof. Übrigens konnten mir die Buben mit ihrem Ball bald gestohlen bleiben. Ich hatte mich verliebt. Und da musste ich natürlich meine Schöne beim Gummihüpfen unterstützen, ihr mein Pausenbrot geben und ihr nette Sachen sagen.«

Violette lächelte. Und endlich zuckte es auch mal kurz unter der Jeansnaht zwischen meinen Beinen. Na, geht doch noch!

»Damals dachte man sich nichts dabei, wenn die kleinen Mädchen Hand in Hand gingen oder sich Küsse auf die Wangen drückten. Deswegen hat nie jemand meine Mutter einbestellt. Damals kannte man Sexualität bei Mädchen noch nicht. Schließlich heißt es ja auch DAS Mädchen, Neutrum. Nur bei den Jungs passte man auf, was sie im Schullandheim unter den Duschen trieben. Da war immer ein Lehrer dabei. Aus welchen sonstigen Gründen noch, das fragte man damals auch nicht. Wir Mädchen konnten ganz ungestört auf Aufklärungsreise gehen. Übrigens im Mädchenklo.«

Heute fragte man nicht mehr: »Bist du …?« Violette war ein Kind der Unerschrockenheit angesichts von LSBTTIQ (lesbisch, schwul, bisexuell, transgender, transsexuell, intersexuell, queer.) Das Third Gender vergaßen sie dabei immer. Wir tolerieren alles, nur keine Hetero-Omnivoren.

»Ja, die Schule. Artgerechte Haltung ist das nicht«, plauderte ich. »Frühmorgens wirst du ohne Rücksicht auf dein Schlafbedürfnis geweckt, zum Essen gezwungen, egal ob du Hunger hast oder nicht, dann rausgejagt und stundenlang in einen engen stickigen Raum gepfercht. Dicht an dicht hocken die Kinder an ihren Tischen. Nicht einmal umdrehen dürfen sie sich. Auf ihren natürlichen Bewegungsdrang wird keine Rücksicht genommen. Wer zur falschen Zeit einen Mucks macht, wird als Problemkind isoliert. Schwächere sind den Hänseleien der Stärkeren preisgegeben, Dicke werden herumgeschubst, Außenseiter verprügelt, schwere Verletzungen sind nicht selten die Folge. Und wenn dann die Schulleistungen nachlassen, werden sie obendrein vom Lehrer gedisst und als Assi dem allgemeinen Gelächter preisgegeben. So geht das Tag für Tag unter teils gruseligen hygienischen Bedingungen, etwa dort, wo die Kinder ihre Notdurft verrichten müssen. Stunde um Stunde werden sie mit unwichtigen Informationen vollgestopft, der Spieltrieb wird brutal unterdrückt. Essen und trinken dürfen Kinder nur in kurzen Pausen, die sie teils im Klassenraum verbringen, teils im dicht besetzten und lauten Freigehege absolvieren müssen. Ständig müssen die Kleinen beweisen, dass sie dazugehören wollen, in Prüfungen quält und demütigt man sie. Über jedem schwebt die Drohung der Leistungsgesellschaft, die nur den schützt, der mitmacht und Höchstleistung bringt. Haben die Kinder endlich den achtstündigen Foltertag hinter sich, werden sie zu Hause gleich wieder eingepfercht und misshandelt. Stundenlang sitzen sie an Hausaufgaben und werden mit Mathenachhilfe bestraft. So geht das jahraus, jahrein, sommers wie winters, bis Kindheit und Jugend vorbei sind. Die Folgen einer solchen nicht artgerechten Haltung sind gravierend. Nach jahrelanger Prüfungsangst und Sozialstress sind die jungen Menschen ausgelaugt, wenn sie die Schule verlassen. Fast alle sind verhaltensauffällig und haben körperliche Schäden davongetragen oder sind bereits chronisch krank.«

Violette lachte.

»Und wer glaubt, das Schulsystem sei reformierbar und Erziehung ohne Leid sei möglich, verschafft sich nur vordergründig ein gutes Gewissen und bewirkt, dass die Kinder weiterhin in die Folterkammern geschickt werden. Das führt zu immer größerem Kinderleid und treibt die Gewalt nur weiter in die Höhe. Erziehung ist prinzipiell nicht artgerecht.«

»So habe ich das noch gar nicht gesehen.«

»Der einzige Weg zur Vermeidung von millionenfachem Kinderleid ist die Abschaffung aller Kinder. Wir dürfen es nicht zulassen, dass weiterhin Kinder produziert werden. Der Teufelskreis muss unterbrochen werden.«

»Es gibt eh zu viele Menschen.«

»Darum treten wir ein für eine Welt ohne Kinder. Nur so sichern wir eine lebenswerte Zukunft für kommende Generationen in einer friedlichen Welt.«

»He, du willst mich wieder reinlegen.«

»Ich denke nur straight. Wenn Menschen und Tiere gleich sind, dann muss für uns gelten, was für Tiere gilt. Logisch, oder?«

»Logisch, das ist ein verdreherisches Wort für Leute, die nicht zuhören wollen, sondern nur Wortgefechte führen. Das ist auch Krieg.«

Ich bog von der Dorfstraße ab und kurvte in den Amselweg. Auf der einen Seite stieg ein noch kahler Wald den Albtrauf hinan, auf der anderen reihten sich Häuschen aus der Nachkriegszeit, aus denen die Alten weggestorben und die von den Kindern und Kindeskindern mit Balkonen und Garagen aufgemotzt worden waren. Die Eibenhecke gab es noch, aber viele Zäune waren inzwischen durch Lebensbäume ersetzt worden, die zu grünen Mauern heranwuchsen.

»Was Menschen einander antun«, belehrte mich Violette, »das müssen sie unter sich klären. Aber Milliarden Tiere haben derzeit keine Chance, unter sich zu klären, wie sie ihr Leben organisieren wollen, weil wir sie daran hindern. Das ist der Unterschied, Lisa. Wenn wir die Abschaffung des Tierleidsystems von Haus- und sogenannten Nutztieren fordern, indem wir die Nachzucht einstellen, dann heißt das eben nicht das Ende der Tierwelt, sondern es ist der Beginn eines freien Lebens der Tiere auf unserem Globus.«

Eins zu null für Violette oder vielmehr vier zu null. Oder stand es bereits fünf zu null?

»Ich habe schon vor zwei Stunden mit dir gerechnet«, empfing uns meine Mutter.

»Ich hatte keine Uhrzeit genannt.«

»Wozu gibt es Handys? Glaubst du, ich habe den ganzen Tag Zeit?«

»Wir sind auch gleich wieder weg. Das ist Violette«, sage ich.

Zwei knochige Hände fanden sich, eine alte und eine junge. Der Blick meiner Mutter rutschte an Violette hinab, viel gab es ja nicht, was den Aufenthalt verlängerte, bohrte sich in mein Gesicht und drehte dann ab und mit ihm die ganze Person. Wir folgten ihr durch den Flur.

Wusste sie es? Hatte sie es immer gewusst? Wäre sie in diesem

Fall auch noch so erpicht darauf, den Tag meiner Hochzeit nicht zu verpassen?

»Aber die Gummistiefel ziehst du aus!«

Violette hatte ihre Veganstiefel bereits neben der Tür abgestellt.

Auf dem Couchtisch aus Eiche wartete eine Schuhschachtel. »Ich hoffe, das ist das, was du wolltest«, sagte meine Mutter.

Ich setzte mich und zog den Deckel ab, während Violette das Bild vom heiligen Sebastian anstarrte, dem die Pfeile so tief in den Gliedern steckten, dass sie hinten wieder rauskommen mussten. Es hing nicht weit weg vom unter Schmerzen gekrümmten Balkensepp. Tja, Violette, was willst du von Menschen erwarten, deren Kultur auf Folter und Passion aufgebaut ist?

Ich verwischte mein Interesse an der Geburtsurkunde, indem ich die Zeugnishefte aushob. »Betragen drei.« Die Mittlere Reife hatte ich mit einer Vier in Mathematik und einer Drei in Deutsch bestanden. Darunter lag, von der Bikinihose vor Jahrzehnten abgetrennt, das Freischwimmer-Abzeichen mit der blauen Welle und der Jugendschwimmer-Aufnäher mit den drei Wellen. Musste ich mir mal irgendwo draufnähen, sah bestimmt cool aus. Heute gab es stattdessen Seepferdchen, Delfine und Pinguine. Tiermissbrauch. Das Deutsche Reitabzeichen der Klasse IV, auch das Kleine Reiterabzeichen genannt, lag in schönstem Wehrmachtsdesign auf der Urkunde. Von meiner Ehe mit Todt Gallion waren ein Erbschein und eine Todesbescheinigung übrig, auch das Familienbuch mit einer Todeseintragung gab es noch. Daran hatte ich gar nicht gedacht. Würde ich sicher nachher vorlegen müssen. Den Bodensatz der Schachtel bildeten eine griechische Münze mit Loch, eine Silberkette mit Madonnenanhänger, ein Taschenmesser mit abgebrochener Klinge, das rote Büchlein der Mundorgel, das Bildchen einer vollbusigen Maria mit dem Kind, ein paar winzige Mädchenringe mit Glassteinen, ein Radiergummi und ein Döschen mit Milchzähnen.

»Wollt ihr was essen?«, fragte meine Mutter.

Nur zu gern, aber … Violette schüttelte den Kopf und sagte artig: »Nein, danke.«

»Ich habe vegan gekocht«, sagte meine Mutter.

»Du?«

»Man hört ja so viel, dass es gesünder ist. Die Frau Hensler, du kennst sie doch, Lisa, die hat ihr Rheuma damit weggekriegt. Und ich habe doch so Schmerzen in der Schulter.«

»Was gäbe es denn?«

»Krautwickel mit einer Füllung aus Linsen mit Karotten, Zwiebeln und Erbsen, dazu Kartoffeln.«

Mir lief das Wasser schon fast aus dem Mund. Auch Violette stimmte zu. Wir deckten den Küchentisch und schaufelten uns die Teller voll. Es war gut. Wirklich. Echt lecker.

»Im Krieg haben wir ja auch kaum Fleisch gehabt«, erklärte meine Mutter. »Höchstens sonntags. Und wenn es nicht geschmeckt hätte, da hättest du deinen Opa hören sollen. Der hat ja dann die Flucht nicht überlebt. Und nach dem Krieg ist nichts auf dem Feld verkommen. Komisch eigentlich, dass es so wenig gab. Dafür hatte der Hitler nicht gesorgt, dass die Landwirtschaft funktionierte. Dabei war er doch Vegetarier, hieß es immer. Man verschone ihn mit allem, was Tiere nur unfreiwillig hergeben, Fleisch, Milch, Käse. Vom Tier also nur die Eier.«

»Eier legen Hühner aber nicht für uns, sondern für ihren Nachwuchs«, mahnte Violette.

»Von Kühen hat er auch nichts verstanden«, erwiderte meine Mutter. »Die Milch geben Kühe nämlich freiwillig. Sie hätten die Kühe sehen sollen, wie sie abends durchs Dorf gelaufen sind heim zum Melken.«

»Ja, weil ihnen das volle Euter wehgetan hat«, antwortete Violette.

Meine Mutter überlegte einen Moment. »Ach, was! Ich habe ein Kind gestillt. Das sitzt mit uns am Tisch und will davon gar nichts hören. Ich hatte meine Freude am Stillen. Gott hat es so eingerichtet, dass uns das Stillen Freude bereitet. Ich denke mir, bei den Kühen ist das nicht anders. Sie mögen das Melken. Unsere kamen immer gern, auch wenn die Euter nicht ganz voll waren.«

»Sie würden aber lieber ihre eigenen Kälber stillen. Stattdessen nimmt man sie ihnen gleich nach der Geburt weg.«

»Dann vermissen sie ihre Kälber nicht«, sagte meine Mutter. »Sie haben noch keine Bindung aufgebaut. Lisa, erinnerst du dich an den … wie hieß er doch noch … der Anfang der Achtziger am Häfele den ersten Biohof aufgemacht hat. Dem sind die Kälber alle krepiert. Das war ein Spaß. Der Kremserbauer ist rüber und hat dem erst mal erklären müssen, dass er die Kälber mit den Müttern gesondert stellen muss, sonst infizieren sie sich mit allem Möglichen bei den anderen Kühen im Stall. Und die Hühnerzucht, das war auch so ein Rohrkrepierer. Ständig hat er tote Hühner aufgesammelt, die waren angepickt, teils aufgefressen von den anderen Hühnern. Die Schnäbel durfte er ihnen ja nicht kupieren, und sie haben nur pflanzliches Eiweiß bekommen, Soja oder Mais. Hühner brauchen halt einen ordentlichen Misthaufen mit Würmern und Fliegenlarven.«

»Da sieht man, wie pervers unsere Viehhaltung ist«, bemerkte Violette. »Bei den Kühen züchtet man den Mutterinstinkt weg, und die Hühner macht man zu Kannibalen. Wenn man nicht mehr all diese Tiere durchfüttern müsste, sondern dafür Menschennahrung anbaut, dann gäbe es keinen Hunger mehr auf der Welt.«

Meine Mutter wiegte den Kopf. »Sind Sie sicher? Getreide braucht guten Boden, und der braucht alle drei Jahre eine Brache. Oder man muss zwischendurch Futterklee anbauen. Aber wohin mit dem Futterklee, wenn man keine Tiere hat? Die liefern auch die Gülle zum Düngen. Von nix kommt nix. Als ich Kind war, gab's keinen Kunstdünger. Und der kostet ja auch Geld. Bei uns daheim war das noch ein richtiger Kreislauf. Die Kühe auf die Wiese, wo sonst nichts wächst. Die lieferten Milch und Käse. Käse kann man lange aufheben für den Winter. Die Reste haben die Schweine bekommen, sogar das Spülwasser, da war ja auch noch Fett drin. Dann hatten die Nazis die Idee, den Tierschutz hochzuhalten. Am liebsten hätten sie die Nutztiere abgeschafft. Und nach dem Krieg, da brach alles zusammen. Keine Tiere, kein Dünger, nichts zu essen auf den Feldern, kein Getreide. Keiner hätte das geglaubt, wenn man es vorher gesagt hätte. Und wir waren ja damals bescheiden. Wir haben Kohl und Kartoffeln gegessen. Heute, da muss es Spargel sein oder Brokkoli und Zucchini. Wir konnten uns das nicht leisten, so viel Acker für so wenig Nährwert. Nein, Violette, das würde nicht hinhauen weltweit. Glauben Sie einer alten Frau: Nimmt man ein Element aus einem Kreislauf heraus, dann bricht alles zusammen.«

Violette kniff die Lippen zusammen.

»Ja, ja, jede Generation muss ihre eigenen Erfahrungen machen. Aber das Rad könnt ihr nicht neu erfinden. Gott hat die Erde so erschaffen, wie sie ist. Wir können uns keine andere backen.«

Der warme Klumpen Kohlroulade mit Getreidefüllung im Magen stimmte mich kuhfladenfriedlich. »Übrigens saulecker, dein Essen, Mama.«

Violette ließ sich nicht korrumpieren. »Pflanzenabfälle kann man kompostieren und als Dünger verwenden«, sagte sie. »Bei den heutigen technischen Möglichkeiten sollte es uns gelingen, genügend hochwertige pflanzliche Lebensmittel zu produzieren. Alles andere wäre ein Armutszeugnis.«

»Wahrscheinlich haben Sie recht«, sagte meine Mutter. Sie besaß die schöne Fähigkeit des Alters, eine Diskussion, die zu nichts führte und sie nicht interessierte, einfach versacken zu lassen. »Und Sie … was machen Sie so? Studieren Sie noch?«

Mein Handy schnurrte in der Westentasche. Es war Richard. Ich stand auf und ging ins Wohnzimmer, bevor ich annahm.

»Du denkst an den Termin?«

Ich schaute auf die Uhr. »Unentwegt.« Hatte ich ganz vergessen gehabt. »Ich bin gerade bei meiner Mutter.«

»Ist Violette Sirsch bei dir?«

Huch! »Wie seid ihr so schnell drauf gekommen, dass sie auf dem Lebenshof untergeschlüpft ist?«

»Ihr Handy war dort zuletzt eingeloggt.«

»Sie hat kein Handy.«

»Bis vor knapp zwei Wochen hatte sie noch eines.«

»Okay. Und dann hat diese Karoline von Dingsbums den Bullen aufgeregt was von einer verdächtigen Person mit Dackel und Porsche erzählt.«

»Die mal angeschossen wurde.«

»Violette war es nicht, Richard. Du musst sie nur anschauen. Dünn wie ein Faden und schwach wie eine Herbstfliege.«

»Davon würde sich die Polizei gern selber überzeugen, Lisa.«

»Die wird euch nichts erzählen. Ihr müsstet schon vor ihren Augen einer Maus bei lebendigem Leib die Pfoten abschneiden … Sie hat übrigens einen gewissen Ralf erwähnt. Mit dem war was. Und ist was. Das kriege ich noch raus.«

»Ihr kommt jetzt nach Stuttgart?«

»Wir sind praktisch auf dem Weg. Wie war die Pressekonferenz?«

»Hast du keine Nachrichten gehört?«

»Veganerinnen hören keine Nachrichten. Warum, weiß ich allerdings auch nicht so genau.«

Ich hörte ihn schnauben. »Die Presseleute waren so entsetzt, dass sie noch gar nicht wissen, wo sie den Skandal suchen sollen. Im Fernsehen sind alle Kochsendungen abgesetzt. Sie glauben, es sei das Verbrechen eines perversen Einzeltäters. Einen Namen haben sie auch schon für ihn: der Kannibale von Stuttgart.«

»Sauber. Wie hast du das hingekriegt?«

»Das war nicht so schwierig.« In seiner Stimme juckte Stolz. »Es gibt Beispiele in der Kriminalgeschichte, den Vampir von Düsseldorf, den Werwolf von Hannover … Besser, sie bleiben auf dieser Spur.«

»Keine Sorge, ohne Not pinkeln die Medien den Veganern nicht ans Bein, Richard. Die finden es alle gerade megacool, vegan essen zu gehen.«

»Die Szene tut derzeit allerdings alles, um in den Fokus zu geraten. Die sozialen Netzwerke brodeln über von Kochrezepten für Rappküfer-Rouladen oder Hinni-Kutteln.«

»Prost Mahlzeit!«

»Übrigens ist im Netz auch ein Schreiben aufgetaucht, in dem eine Gruppe freier Aktivistinnen und Aktivisten für sich reklamiert, gestern Nacht die Polizeipferde befreit zu haben. Die Behauptung, dass dabei bedauerlicherweise der Stall abgebrannt sei, kann man nur als Ironie werten. Bisher ist die Polizei von einem Kurzschluss als Brandursache ausgegangen, da auch kein Brandbeschleuniger gefunden wurde. Aber jetzt müssen sie ermitteln. Die werden auch deine Rolle neu bewerten.«

Tja, da war ich mal ein paar Stunden nicht im Netz, und schon zog es sich um mich zusammen. »Ihr wisst doch, dass ich V-Frau bin.«

»Das rechtfertigt nicht die Teilnahme an kriminellen Handlungen.«

»Ach komm, ein bisschen Pferde freilassen. Das ist doch Kinderkram. Ich habe den Stall definitiv nicht angezündet. Ich habe versucht, ihn zu löschen. Zum Glück waren die Pferde schon draußen.«

»Lisa! Der Brandanschlag könnte auch dir ganz persönlich gegolten haben. Eine Warnung. Aus gutem Grund waren die alle vermummt.«

Daran hatte ich die ganze Zeit nicht denken wollen. »Ich wüsste nicht, warum. Das mit dem Feuer war ein blöder Zufall. Letztlich haben wir den Gäulen das Leben gerettet.«

»Sehr seltsamer Zufall, Lisa.«

»Dann eben Psi, das Zusammentreffen meiner Gegenwart mit einer extremen Abweichung von der Gaußschen Glockenkurve. Du weißt seit unserem schottischen Abenteuer, so was kommt vor. Dich hat doch der Geist in den Edinburgh Vaults höchstpersönlich gezwickt.«

Er bemühte sich zu lachen.

»Richard, ich muss Schluss machen. Sonst schaffen wir es nicht mehr rechtzeitig.«

Und wieder saßen Violette und ich traulich im Auto beisammen.

»Du hast eine echt coole Mutter«, bemerkte sie. »Mit der kann man reden, die interessiert sich, die ist nicht so festgelegt.«

Ich verschluckte mich nachträglich fast an den veganen Krautwickeln. »Das täuscht. Meine Kindheit war Hölle auf katholisch, Beichte, Rosenkränze und Sex ist Todsünde. Meine erste existenzielle Frage war, ob meine Verrücktheit nach einer Schulfreundin als sündige Gedanken gebeichtet werden musste.«

Violette schaute mich von der Seite an. »Wie hast du dich entschieden?«

»Dagegen. Meine Mutter bekam Moralpanik nur, wenn ein Junge auftauchte. Vor der Heirat – die war das Ziel – durfte man keinen Jungen kennenlernen. Frauen existierten nicht als Mensch, sondern nur als Hure oder Ehefrau. So kam ich zum Feminismus. Anders als die Tiere können wir Menschen eine Änderung der Machtverhältnisse anstreben. Ich habe jetzt bald alles durch: katholisch, feministisch, marxistisch, vegetarisch, vegan. Und immer sind die andern die Bösen, die Heiden, die Männer, Kapitalisten und Allesfresser. Im Grunde geht es um abgrenzen und ausgrenzen, um Exklusion. Wider den Zeitgeist und zugleich straight mit dem Zeitgeist in den Extremismus, einen von einem guten Dutzend.«

Violette schüttelte den Kopf. »Der Respekt vor Tier und Mensch ist doch gerade das Gegenteil von Ausgrenzung. Wenn wir alle einander mehr Mitgefühl entgegenbringen würden, wäre die Welt weniger …«

»Und das ist ein totalitärer Wunsch. Alle sollten, alle sollen.«

Wir rollten auf der Schnellstraße nach Stuttgart, auf die Nadel am Horizont zu, von der wir wussten, dass sie der Fernsehturm war. Die Gefahr nahm minütlich zu, dass sich die Schnüre der Autos zum Stau verdichteten.

»Ich sage nicht, dass alle vegan leben sollten«, wehrte sich Violette. »Das ist meine persönliche Entscheidung.«

»Warum bist du … warum sind wir so extrem, Violette?«

»Weil die Welt extrem ist. Gewalttätig. Grausam. Brutal. Mitleidlos. Überall Ausbeutung und Mord. Wert hat nur, was den Konzernen Geld bringt. Alles andere darf krepieren.«

»Das heißt, die Welt macht uns zu dem, was wir sind?«

»Vielleicht ist das so.«

»Ja, Himmelarsch«, rief ich. »Wer zum Teufel ist die Welt, dass sie bestimmt, wie ich zu sein habe? Das möchte ich selbst bestimmen.«

»Man kann doch aber nicht zusehen und nichts tun.«

»Glaubst du«, fragte ich, »dass ein Veganer den Hinni Rappküfer umgebracht und zerlegt hat?«

Sie schwieg hundert Meter lang. »Ich möchte es nicht glauben.«

»Und wenn doch? Wer könnte es gewesen sein? Hast du eine Idee?«

Sie schüttelte sich, erst mit dem ganzen Körper, dann schüttelte sie nur noch den Kopf.

Und da war er dann, der Stau.

13

Mit der Schachtel meiner Kindheitsschätze unterm Arm und in Gummistiefeln rannte ich an den Boutiquen und Schmuckläden der Eberhardstraße entlang. Kurz der Blick zu dem Fenster hinauf, hinter dem ich vor Urzeiten als Redakteurin der *Amazone* gesessen und, mit Arbeitsvermeidung beschäftigt, auf den Gebäuderiegel des Schwabenzentrums geblickt hatte. *Block House*, zu weit, umdrehen. Zwischen Schmuckankauf und Passbildern die rote Tür mit den beiden sich überschneidenden Ringen im Fußwegpflaster. Haupt- u. Personalamt, Standesamt, Garten-, Friedhofs- u. Forstamt.

Also: Von der Wiege bis zur Bahre, einschl. Friedwaldbaum. Rein, Treppe hinauf.

Richard schaute auf die Uhr. Dann fiel sein Blick von meinem Parka auf die Gummistiefel hinunter. Eine Braue zuckte. »Direkt aus dem Krieg.«

»Stau. Ich konnte nicht mehr daheim vorbei.«

Im selben Moment kam ein dicker Herr aus einer Tür und rief die »Herrschaften Weber und Nerz« auf. Im Büro stand das Fenster offen, es roch nach Zigarettenrauch. »Bitte nehmen Sie Platz.« Er musterte uns aus den Augenwinkeln, während er das Fenster schloss. Vermutlich versüßte er sich seinen Büroalltag mit bösen Analysen der Paare, die sich vor dem Beistelltisch neben seinem Schreibtisch niederließen, jung verliebt meistens und mit Herzklopfen angesichts der Formalitäten der Endgültigkeit. Doch es gab auch die anderen, die Hals-über-Kopf-Ehen, die nach einem Jahr auseinandergingen, die Fluchten aus dem Ehebruch, denen man die Skepsis ansah, oder die Lebensabendehen für den Versorgungsfall mit Patientenverfügung, und die Kaperungen zum eigenen Benefit, sie aufgedonnert für den Sprung über drei Sozialklassen und er ein Narr, der sich mit gefärbtem Haar und dicker Hose um ein Jahrzehnt downgradete.

Er setzte sich uns gegenüber, ließ das Kinn auf die Brust sacken und ordnete Formulare. »So, Sie wollen sich also verpartnern.«

Richard neben mir atmete hörbar ein. Aus mir gackerte es sofort heraus: »Also meine Mutter nennt das heiraten.«

Der Beamte hob das Kinn von der Brust. »Das ist schön, dass Ihre Mutter das so gelassen sieht, das ist nicht immer der Fall, wie ich aus Erfahrung weiß. Aber leider ist die deutsche Rechtsprechung noch nicht so weit. Glauben Sie mir, das bedauert niemand mehr als ich.«

Das Unheil eines Lachkrampfs drohte.

»Haben Sie Ihre Personalausweise dabei?«

Richard zog seine Brieftasche, ich holte das Stofftäschchen mit den Münzen und Scheinen aus meinem Parka und fischte den Perso heraus. Der Beamte nahm unsere Identitätskärtchen, stand auf und ging an seinen Computer.

Ich zählte bis drei, was das Zwerchfell beruhigte. Er tippte die Daten von Richards Ausweis ab und legte dann meinen Ausweis vor die Tastatur. Und noch mal: eins, zwei, drei. L, I, S …

»Oh! Entschuldigen Sie … Das ist mir jetzt aber peinlich. Sehr peinlich. Ihr energisches Auftreten … ich dachte doch glatt, Sie …«

Richard blickte ungnädig auf seine Hände, während sich der Beamte beim Versuch, sich dafür zu entschuldigen, dass er mich für einen Mann gehalten hatte, in Spiralen in immer größere Taktlosigkeiten redete.

»Ihr Outfit ist nicht gerade dem Anlass … nur einem Mann würde es einfallen, in diesem Aufzug … und dann Ihr Gehabe. So wie Sie da draußen standen, da musste ich ja … die Frauen kommen herausgeputzt, manche kaufen sich extra ein Kleid für diesen Tag. Neue Schuhe vor allem. Frauen kaufen gern Schuhe. Natürlich können Sie sich anziehen, wie Sie wollen, ich bin der Letzte, der sich daran stört, aber ich dachte wirklich …«

»Sie werden nicht fürs Denken bezahlt«, knurrte Richard.

»Ich kann's aber, auch wenn Ihnen das nicht passt, Herr Dr. Weber.«

Richard bat wohlerzogen um Entschuldigung. Der Beamte nahm es gnädig zur Kenntnis.

»Fein, dann hätten wir das geklärt«, sagte ich. »Und nun zu den Formalitäten. Wo muss ich unterschreiben? Ach so, die Geburtsurkunde ...« Ich hob den Deckel von der Schuhschachtel.

Richards Handy schnurrte. Der Beamte warf ihm einen tadelnden Blick zu. Richard griff sich ins Jackett und stellte das Telefon stumm.

»Welchen Namen wollen Sie annehmen? Es gibt die Möglichkeit, den ...«

»Wir behalten unsere Namen«, schoss aus mir heraus. Hatten wir gar nicht abgesprochen.

»Und Sie sind verwitwet, Frau Nerz. Das ist Ihr Mädchenname?«

»Nein.«

Er blickte hektisch auf meine Geburtsurkunde. »Aber ...«

»Ich bin kein Mädchen. Nie gewesen.«

Richard lachte.

»Also gut, Frau Nerz, dann bräuchte ich jetzt einen neu ausgestellten beglaubigten Ausdruck aus dem beim Standesamt Reutlingen geführten Eheregister Ihrer letzten Ehe mit Scheidungsvermerk oder Eintragung des Todes.«

Ich krustelte: »Familienbuch ... Totenschein ... Reiterabzeichen ... Freischwimmer ...« Der Standesbeamte schüttelte den Kopf. Erwischt. »Ist dann jetzt alles umsonst?«, fragte ich.

»Sie haben Familienbuch und Todesbescheinigung«, sagte Richard. »Falls ein neueres Dokument unbedingt vonnöten ist, wird Frau Nerz das nachreichen.«

»Und Sie, Herr Doktor ... Haben wir bei Ihnen auch eine Überraschung zu gewärtigen?« Der Standesbeamte senkte das

Kinn in die Halsfalten und blickte mit gerunzelter Stirn in die Unterlagen.

Es war absolut unmöglich, dass sich in ihnen Reste oder Spuren von Richards ursprünglicher Identität und Existenz befanden, die war Ende der achtziger Jahre bis in die Geburtsurkunde hinein geändert worden. Dennoch war Richard plötzlich angespannt. Jetzt hatte der Standesbeamte uns so weit, dass wir vor ihm saßen wie Delinquenten, weil wir unser Leben offenlegen mussten wie vor dem Finanzamt unser Vermögen. Und wehe, wir verschwiegen etwas!

Nuschelnd hakte er die Routine ab. »Wünschen Sie Gütertrennung oder Zugewinngemeinschaft?« Er machte Kreuzchen und schaute uns einzeln in die Augen. »Dann muss ich Sie jetzt fragen, ob Sie mir hier an Eides statt versichern können, dass Sie nicht bereits anderweitig verheiratet sind.«

Ich durchforstete hektisch meine Vergangenheit nach womöglich vergessenen Eheschließungen. Im Dorf meiner Kindheit hatte man das Aufgebot noch im Schaukasten am Rathaus ausgehängt, damit, wer Einwände hatte, sie vorbringen konnte. Oder er schweige für immer!

Richards Handy begann erneut zu surren. Er holte es aus der Tasche, blickte aufs Display und stand auf. »Entschuldigen Sie, ich muss da rangehen. Ich versichere Ihnen, dass ich ledig bin. Wo muss ich unterschreiben?«

»So geht das fei net!«

Ich zog dem Beamten das Formular unter den Händen weg und schob es Richard hin. Er machte seine Unterschrift, nahm das Gespräch an, sagte: »Moment«, und lief hinaus. Der Standesbeamte und ich, wir blickten uns an.

»So isser halt«, sagte ich. »Staatsanwalt. Immer im Einsatz. Der Fall Rappküfer … Sie haben sicher davon gehört.«

Er senkte das Kinn tief in die Falten. »Eine widerliche Sache. Der Mensch ist eine Bestie.«

»Sie auch?«

»Ich? Nein.«

»Erstaunlich, wie hart unser Urteil über den Menschen ist. Und immer meinen wir den anderen, nie uns selbst. War's das?«

»Eine Kleinigkeit noch. Welcher Tag soll's denn nun sein?«

»Ach so. Wann ist denn der nächste freie Termin?«

Er stand wieder auf und ging zu seinem Computer, um den Kalender aufzumachen. »Müssen Sie das nicht mit Ihrem Zukünftigen besprechen? Die nächste Schnapszahl wäre …«

»Keine Schnapszahlen. Richard ist Antialkoholiker.«

»Wenn es ein Samstag sein soll, da hätte ich noch einen im Juli.«

»Wir nehmen auch einen Montag.«

»Montags trauen wir nicht.«

»Wann würde es Ihnen denn passen?«

»Das ist nicht die Frage. Ihnen muss es passen.«

Herrgottsack! Da kam Richard wieder herein. Hyperaktivität im Blick.

»Donnerstag nächste Woche?«, fragte der Beamte.

Richard nickte.

»Elf Uhr dreißig?«

»Alles klar. Lisa …«

Ich schnappte meine Schuhschachtel und sprang auf. »Vielen Dank und auf Wiedersehen.«

Die Hand des Beamten blieb über dem Tisch in der Luft hängen.

»Wir haben den Tatort«, sagte Richard draußen an der Schwelle zur Treppe hinunter.

»Wo?«

»Im Gewerbepark von Remshalden. Das liegt auf der anderen Seite der Rems gegenüber vom Lebenshof der Frau von Strittburg.«

Mir wurde fahl. Also doch Violette?

Ich hatte sie mit Cipión bei Brontë in einer Parkbucht vor dem Schuhgeschäft zurückgelassen, mit dem Versprechen, dass ich eine Idee hatte, wo sie unterkommen könnte. Brontë war ein Auto, das man auch zwischen den heutigen Großraumkarossen nicht übersah. Richard hatte sie sofort entdeckt. Und ich sah sofort, dass Violette nicht mehr drin saß. Kluge Frau. Vermutlich hatte Richard keine Sekunde angenommen, dass ich sie ihm ausliefern würde. Er fragte nicht nach ihr.

Ich befreite Cipión aus dem Auto. Richards Limousine stand im Rathausparkhaus, ein paar Schritte weiter die Nadlerstraße hinunter. Vor gut hundert Jahren, als man Banker noch Bankiers nannte und sie Sozialreformer sein konnten, hatten Eduard Pfeiffer und sein Verein zum Wohl der arbeitenden Klassen die versiffte Ecke zwischen Tagblattturm und Nadlerstraße zu einer neuen Altstadt umgebaut. Man hatte die mittelalterlichen Häuser abgerissen und vierzig große Jugendstilgebäude aus Stein hochgezogen, geschmückt mit Erkern, Tafeln, Figurenreliefs und gehauenen Inschriften. Was aber nur sah, wer die Augen erhob und die Fassaden hinaufschaute. Unten traf der Blick auf Restaurantfenster und Speisekarten oder Hinterhofasphaltödnis. Aus dem heute wieder von verlotterten Straßen umschlungenen Parkhaus schritten abends Damen im kleinen Schwarzen auf Pumps am Arm von Herren in schwarzen Anzügen hinüber zu einem Empfang im Rathaus. Aber abreißen? Den Platz schön machen? Nein! Der Schwabe brauchte nichts Schönes, sondern Parkplätze. Nur ein Durchgang weiter, und man stand auf dem Marktplatz.

Zum zweiten Mal an diesem Tag rollte ich die B29 ins Remstal hinaus. Diesmal lenkte Richard. Die Sonne warf blaue Schatten und machte sich ans Abendrot. Für wen eigentlich veranstaltete die Natur ihre Farbenpracht? Für die Vögel oder die Pferde auf der Weide nicht. Auch Cipión hatte noch nie einen orangeroten Sonnenball bestaunt. Wann in der langen Entwicklung der Menschheit hatte einer oder eine erstmals das Farbenspiel am Himmel als prächtig wahrgenommen? Seit wann gab es die Schönheit der Natur?

Das wusste auch Richard nicht. »Ich weiß nur, Francesco Petrarca war der erste Dichter, der die Schönheit der Natur und sein Verhältnis dazu beschrieben hat, im 14. Jahrhundert war das.«

Ich guckte nebenher in mein Handywiki. »Und zwar am 26. April 1336.«

»›Und es gehen Menschen hin, zu bestaunen die Höhen der Berge, die ungeheuren Fluten des Meeres, die breit dahinfließenden Ströme und die ...« Richards Gedächtnis lud noch.

»... die Weiten des Ozeans und die...«, las ich vor.

»... und die Bahnen der Gestirne und vergessen darüber sich selbst.«

»Und vorher hat niemand die Schönheit der Natur gesehen?«

»Vorher war die Natur nicht schön, sondern feindlich, eine Durchgangsstation für den Menschen auf dem Weg ins Jenseits. Naturphänomene waren Zeichen und Strafen der Götter. Sie hatten einen Sinn.«

Ich fragte ihn nicht, warum er einen Tatort anschauen wollte in einem Fall, in dem er nicht ermittelte. Er gehörte eigentlich nicht zu den Kriminalromantikern, die meinten, sie könnten das Böse verstehen und ein Verbrechen aufklären, wenn sie den Dunst eines Tatorts in sich aufsogen, oder sie sähen mehr als die Polizei mit ihren technischen Mitteln der Spurensicherung und Tatortanalyse. Vermutlich fuhr er hin, damit ich es sehen konnte. Ich gehörte nämlich zu denen, die alles sehen mussten, damit sie wussten, dass es ernst war und kein Spiel.

Weil ich das Handy in der Hand hatte, sichtete ich gleich meine E-Mails. Wagner hatte mir den Zugang zu Violettes Facebook-Account geschickt. Ihre E-Mail-Adresse hatte ich richtig konstruiert, ihr Passwort lautete »S5lin-W1«. Ich kopierte es. Wenn ich es benutzte, würde Violette die Warnung von Facebook bekommen, dass sich jemand von einem unbekannten Gerät aus angemeldet hatte. Allerdings würde sie die Warnung nicht sehen, denn sie hatte derzeit kein Handy und keinen Zugang zum Internet. Wobei mir einfiel, dass sie ja zu Ostern noch in Facebook gewesen war. Von wegen, sie verwendete keinen Computer. Zumindest war ihre Internetaskese sehr jungen Datums.

Ich meldete mich mit ihrem Account an und durchsuchte ihre nicht sonderlich lange Freundesliste. Kein Ralf. Ihre Welt bestand aus vierzig Kontakten, darunter Lionel, Karoline von Strittburg, Janice, Denise, Kevin und Obstcocktail, Tieranarchie, eine Florin Rosshaupt, eine Mi Mose, eine Steffi Za-Za und – ich verhielt – eine Rothilde Kräuterhexe. Die war mein Vegan Guide gewesen. Aber noch irgendwo war mir ihr Name kürzlich untergekommen, nicht gesehen, sondern gehört.

Rothilde postete Bilder vom Mittelmeer, von Sonnenuntergängen, Melonen, einem Blumengarten mit einer gigantischen violetten Bougainvillea. Auf einem anderen Foto waren Leute vor einem Laden zu sehen, der *Hierbas de Ibiza* hieß. Das Profilfoto zeigte eine Frau Ende vierzig mit langen dunklen Haaren. Ich verließ Violettes Account und meldete mich ab. Rothilde Kräuterhexe betrieb die mir schon bekannte Internetseite als Vegan Guide mit Ratschlägen, Rezepten und Lebensmittelergänzungen zur Darmreinigung und Entschlackung. Man konnte außerdem Kräuter bestellen und ein persönliches Gesundheitscoaching per Mail, im Preis inbegriffen ein Telefongespräch. Die Seite war gespickt mit Werbeanzeigen aus dem Wellness- und Gesundheitsbereich. Ein ordentliches Impressum fehlte.

Da fiel mir ein, wo ich den Namen gehört hatte: Janice hatte ihn mir genannt, als ich die Rede auf Storchenbeins Mutter gebracht hatte, die in der VegaKoS kochte. Vor Janices Zeit. Dann war diese Rothilde wohl Violettes Mutter. Offensichtlich lebte sie auf Ibiza. Womöglich nicht freiwillig. So kommerziell, wie ihre Seite sich präsentierte, standen Differenzen mit den deutschen Behörden, etwa dem Finanzamt zu vermuten. Das mochte dann auch der eigentliche Grund gewesen sein, warum das Fernsehen das große Kochduell Rothilde-Rappküfer, vegan gegen omni, vor der Ausstrahlung abgesetzt hatte. Und damit war Violette Storchenbein, falls das Veganblog irgendetwas mit der Realität in Stuttgart zu tun hatte. Das bedeutete aber auch, dass die Bloggerin nicht in Zwiefalten aufgewachsen war, sondern in Biberach. Ihr Kontakt zu Rappküfer, falls es ihn gab, konnte nicht aus der Zeit stammen, als er in Zwiefalten in der Psychiatrie kochte.

So ein Hurenseich! Ich war der unbekannten Bloggerin ferner denn je. Auch Violette war mir wieder abhandengekommen. Das lief schlecht.

Wir verließen die B29 und fuhren in ein Gewerbegebiet. Vor einem flachen Haus am Ende der Straße standen Polizeiautos an gespannten Trassierbändern.

»Von diesem Haus gibt es einen Abwasserkanal zur Rems«, erklärte Richard.

»Dann war das deine Idee?«

»Es war ein Vorschlag von mir, einer von zweien«, antwortete er. »Und wie es aussieht …«

Wie es wirklich aussah, sahen wir nicht. Die Kriminaltechnik ließ uns nicht hinein. Wir mussten uns mit Fotos begnügen, die wir von Hauptkommissar Christoph Weininger in Laptopbildschirmgröße in einem Polizeiwagen vorgeführt bekamen, während es draußen dunkel wurde. »Wir müssen natürlich noch die Gentests abwarten«, sagte Christoph. »Aber wie das hier aussieht …«

Der Bildschirm zeigte einen weiß gekachelten Raum mit einem niedrigen Käfig aus Eisen, Ketten, Fleischerhaken und stählernen Geräten. Stahltisch und Boden waren nicht sonderlich sauber, überall bräunliche Flecken. Blut war, einmal angetrocknet, nur noch schwer zu entfernen.

»Es ist menschliches Blut«, erklärte uns Christoph, »wie die erste Analyse unterm Mikroskop ergeben hat.« Auch sonst war alles da: eine Rolle Paketklebeband, leere Wasserflaschen, Reste von Mahlzeiten, dem Augenschein nach vegetarisch, außerdem Sporthose, Sweater und Laufschuhe, wie sie Rappküfer bei seinem Verschwinden getragen hatte. »Muss natürlich von der Ehefrau noch bestätigt werden.«

Man hatte auch Folien zum Einschweißen von Fleisch und Folienetiketten gefunden, nicht aber die dazugehörige Vakuumiermaschine oder einen Etikettendrucker.

»Die muss der Täter entfernt haben. Solche Geräte kosten einiges.« Ich hörte Christophs Stimme an, welche Chancen er darin sah. Blut ist tückisch, es klebt überall. Selbst kleinste Tropfen, die man abgewischt zu haben meinte, ließen sich mit kriminaltechnischen Mitteln noch nachweisen. Die Vakuumiermaschine, einmal gefunden, würde den Täter entlarven oder als Tatbeweis dienen. »Und hier ist der Abfluss in den Kanal.« Christoph zeigte uns im gekachelten Boden ein Viereck dicht neben dem Käfig, von dem der Deckel weggeschoben war.

Es war groß genug, um eine kleine PET-Flasche mit der Salatbotschaft »Bin entführt, Hinni Rapp« hineinfallen zu lassen. Rappküfers letzte Hoffnung auf Rettung.

Nein, ich wollte es mir nicht vorstellen. Aber mein Kopf hörte nicht auf mich. Was hätte ich getan? In jedem anständigen Krimi würde ich es am eigenen Leib erfahren, würde dem Killer am Schluss in die Hände fallen und das Lachen des Mörders hören. Ich nackt wie Rappküfer im Käfig. Nackt wie ein Tier. Anders als ein Tier quälte mich, quälte ihn die Scham, ich und er versuchten, unser Geschlecht zu verbergen, Beine angezogen, Arme vor dem Leib, Angststellung. Wenn man nackt ist, versagt die Intelligenz, Unsicherheit dominiert. Hinni Rappküfer war kein Tier, Entspannung war ihm nicht möglich, er wusste, was die Maschinen bedeuteten, die Haken, die Sägen, der Fleischwolf, der Tisch. Sein Organismus befand sich im Dauerstress der Todesangst. Tiere kennen den Tod nicht, sagt man und meint, sie sehen ihn nicht voraus. Sie leben unbeschwert vom Wissen um die eigene Endlichkeit. Elefanten trauern um ihre Toten, heißt es. Sie fragen sich immerhin, warum das Familienmitglied nicht mehr aufsteht, warum es nichts mehr sagt, warum sich sein Geruch ändert.

Hinni Rappküfer kratzte mit dem Fingernagel eine Botschaft in ein rotes Salatblatt, steckte es in eine Plastikflasche, in der er Wasser bekommen hatte, und ließ sie in den Gully fallen. Seine letzte selbstbestimmte Handlung. Für Stunden war er high, weil er ein winziges Stück Kontrolle über seine Situation gewonnen hatte. Er würde gerettet werden, es gab ein Später, in dem er von der Idee erzählen konnte, die ihn gerettet hatte. Das alles passierte ja nicht wirklich, nicht ihm. Das gab es nicht.

Doch, das gab es. Es geschah ihm. An diesem Haken, sagte sein Mörder, wirst du hängen wie ein Schwein. Nie hast du wissen wollen, wie es sich für das Schwein anfühlt, an den Füßen aufgehängt ins Todeshaus gefahren zu werden. Das Schwein fühlt nichts, hast du gesagt. Es ist betäubt. Aber du wirst nicht betäubt sein. Als er kopfunter hing, hatte er seinen Metzger gesehen, wie er mit dem Messer an ihn herantrat, um ihm die Halsschlagader aufzuschneiden, damit er ausblutete.

»Die Tiere leiden nicht«, hatte er einmal in einem Video verkündet. »Wir regen uns über das Schächten auf. Aber ich sehe keinen Grund dazu. Wenn der Löwe das Gnu mit dem Kehlbiss tötet, ist es auch nicht vorher tot. Ja, es kämpft. Aber es leidet nicht. Glauben Sie mir, es spürt keine Schmerzen. Sie kennen das alle. Wenn Sie sich mit dem Messer schneiden, tut es erst viel später weh. Und eigentlich ist es keine große Sache. Menschen, die sich die Pulsadern aufgeschnitten haben und gerettet wurden, erzählen, dass sie keine Schmerzen gespürt haben. Eigentlich war es schön. Wenn das Blut herausströmt, fühlt man sich leicht, man gleitet hinüber, eine große Ruhe erfasst einen. Die meisten wollten nicht mehr zurück ins Leben.« Ob das stimmte, würde er den Zuschauern im Fernsehen und in Youtube nicht mehr mitteilen können. Und was er nackt in diesem Käfig wirklich gefühlt und gedacht hatte, würden wir auch nie erfahren. Da blieben wir mit unserer Einbildungskraft alleine. Grauen nannte sich das.

»Die Schlachterei war seit etlichen Jahren nicht mehr in Betrieb«, informierte uns Christoph. Das Gebäude gehörte ersten

Erkenntnissen zufolge einem Immobilienunternehmen, das es demnächst abreißen und an seiner Stelle ein Bürogebäude für eine Computerfirma errichten wollte. »In ein oder zwei Wochen wäre alles weg gewesen.«

Gut gemacht, dachte ich. Erstens, dass ich Richard dazu bewegt hatte, sich die Wasserkarte anzuschauen, und zweitens, dass er tatsächlich was gefunden hatte. Auf den alten Terrier war halt Verlass. Aber das sagte ich lieber nicht. Auch Richard unterdrückte jedes Anzeichen von Zufriedenheit mit sich selbst. So gelang es Christoph, seinen Ärger über die ewige Überlegenheit des Oberstaatsanwalts im Zaum zu halten. »Und wem hat das Gebäude vorher gehört?«, fragte ich.

»Das wissen wir noch nicht«, antwortete der Kommissar. »Nachbarn gibt es hier ja keine.« Hinter den Fenstern des Polizeiautos waren die Straßenlaternen und die Firmentafel eines Solaranlagenvertriebs das Einzige, was leuchtete.

»Falls in euren Ermittlungen irgendwo der Name Ralf auftaucht, bleibt da dran«, sagte ich und erzählte alles, was ich wusste.

In Begleitung eines Uniformierten mit Taschenlampe stiegen Richard, Christoph und ich dann noch eine Weile um das Haus und am Remsufer herum. Wir fanden den Ausfluss des Kanals als Viereck, das halb über und halb unter der Wasseroberfläche lag. Durch ihn hatte die Salatflaschenpost tatsächlich ihren Ausgang gefunden. Aus der Strömungsgeschwindigkeit würde sich der Tag errechnen lassen, bis zu dem Rappküfer mindestens noch am Leben gewesen war. Dann konnte man Alibis abklären und vielleicht neue Spuren aufnehmen. Das ging nun alles seinen kriminalistischen Gang.

14

Der Hunger trieb's rein. Statt Döner Apfel, Macadamianüsse, Karotten, vegetabiler Aufstrich und Kekse. Sogar ein Stück Tofu hatte ich mir in der Pfanne schwarz gebraten. Das musste ich noch üben. Wegen meines Streits an der Biobrottheke hatte ich kein Brot, die Datteln waren alle, also sättigte ich mich an Keksen. Kohlehydrate und Fruktose mischten sich zu einer geräuschvollen Darmorgie.

Die Sansibar-Stummelaffen brauchten vier Mägen, um die Zellulose der Blätter zu knacken, und mussten nach einer Stunde fressen für den Gärprozess stundenlang Ruhe halten. Wobei Ruhe das falsche Wort war, denn Furze knallten durch den Wald. Siebzig Prozent ihrer Zeit verbrachten sie fressend und verdauend. An Werkzeugbau und Kultur war da nicht zu denken. Immerhin hatten sie gelernt, sich in menschlichen Siedlungen Holzkohle zu klauen und sie zu knabbern. Das milderte die Blähungen.

Morgen: Apotheke, Kaffeekohle kaufen.

Rothilde empfahl auf ihrer Seite eine Darmsanierung mit probiotischen Bakterien, Inulin – das war ein kristalliner Ballaststoff, wie er sich auch im Kartoffelsalat fand, der eine Weile gestanden hatte – und ballaststoffreichem Erdmandelmehl. Das konnte man alles für teures Geld in Monatspackungen bei ihr bestellen. Es half der guten Darmflora, Oberhand über die bösen Bakterien zu gewinnen. Dass manche Veganer dabei dick wurden, lag vermutlich daran, dass die Darmflora sich wohl fühlte und vermehrte, was dazu führte, dass auch die schwer zu knackenden Pflanzenzucker aufgebrochen und als Fett eingelagert wurden. Der vegane Mensch entwickelte sich zum optimalen Futterverwerter, was nur heute nicht mehr als Evolutionsvorteil gesehen wurde.

Rothilde hatte ihre Seite auch mit der von FAMA verlinkt:

Die Blutschuld des Menschen der Tierwelt gegenüber ist ein hässlicher, stinkender Fleck auf der Fahne der Ehre und der Menschenwürde. Diese Schuld ist überhaupt nur zu ertragen, wenn man Menschen von ihrem Podest herunterholt und eine Stufe unter die Tiere stellt. Offenbar ist dieser größenwahnsinnige Zweibeiner mental immer noch im Busch und schwingt den Jagdspeer, obgleich die Handys immer kleiner und die Bildschirme immer flacher werden.

Wenn sich die Massentierhaltung nicht ändert, wird sich bald eine Al-Kaida für Tierrechte bilden. Wir, die FAMA, werden das nicht sein, denn wir lehnen Gewalt ab. Aber wir sind für die Bauernlobby das Hassobjekt für alles, was in der Szene läuft, weil wir effizient sind und weil wir das System ins Mark treffen. Wir kämpfen gegen ein mächtiges System von Industrie, Landwirtschaftsverbänden und Tierärzten.

Ich habe es ja kapiert. Kein Grund, die Argumente ständig zu wiederholen. Wir böse. Tiere gut. Und der Zweck heiligt die Mittel.

Eine Bäuerin erzählte einer Zeitung: »Eines Tages steht der Tierarzt in deinem Stall und zeigt dir Fotos, die ihm zugespielt wurden. Auf einem ist ein Kadaver, der von drei Schweinen angefressen wird. Schweine sind halt keine Vegetarier. Eins von unseren tausend Schweinen ist über Nacht gestorben. Aber das tote Schwein auf dem anderen Foto, das haben die ganz klar aus der Kadavertonne genommen und in den Stall gelegt. Es ist größer als die anderen Schweine. Der Laie kann so was nicht beurteilen. Der glaubt den Bildern. Wir sind die Landmenschen, wir arbeiten wie seit Generationen. Und das da, das sind die urbanen Eliten, die nichts davon verstehen.«

Einer von denen, die in Tiermastanlagen einbrachen und filmten, hieß Ralf Kaiman. Ralf!

Er trieb sich in den großen Anlagen Ostdeutschlands herum. Mit einer Handykamera hatte er angefangen. Ein privater Sender zeigte es. Aufschrei. Inzwischen zog er mit anständiger Kamera los und brach von hinten über die Zäune in Tiermastanlagen ein. Politmagazine öffentlich-rechtlicher Sender nahmen ihm das Material ab. In den Mediatheken fand ich nichts mehr davon. Dafür stieß ich auf einen anderen Bericht, der Auszüge einer solchen Reportage kopiert hatte. In dem Video war ein Huhn zu sehen, das sich mit einer Kralle im Deckengitter verfangen, den Schlegel ausgekugelt hatte und sich nun zu Tode flatterte. Darunter der Text: »Der Landwirt und sein Anwalt konnten durch Auswertung des Videomaterials belegen, dass das Huhn erst nach dem Eindringen von Ralf K. verunglückt ist. Es ist vor dem Scheinwerfer erschrocken, wollte fliehen und hat sich mit dem Fuß verfangen. Ralf K. filmte das Huhn minutenlang kopfüber hängend bei seinem Leiden, statt es aus der tödlichen Lage zu befreien.«

Ich lehnte mich zurück und hatte schon das Handy in der Hand, um Richard eine SMS zu schicken. Doch dann suchte ich doch noch etwa eine Stunde im Netz, um zwischen Ralf K. und den Aktiven der VegaKoS eine Verbindung zu finden. Ich fand keine.

Zigarette, Kaffee.

Wo steckte Violette eigentlich? Als ich gegen neun Brontë aus der Eberhardstraße geholt hatte, war sie aus keiner schattigen Ecke aufgetaucht. Um draußen herumzustehen, war es auch zu kalt. Hatte ich ihr erzählt, wo ich wohnte? Neckarstraße, gegenüber der Staatsanwaltschaft, Haltestelle Stöckach. Was hätte ich an ihrer Stelle getan? Ich wäre in die VegaKoS marschiert und hätte mich aufs Ohr gehauen. Unwahrscheinlich, dass die Polizei mit dem SEK anrückte und das Veganernest aushob. Und in diesen Kategorien dachte Violette ohnehin nicht.

Ich chattete Janice an und fragte: »Ist Violette bei euch?«

Keine Antwort. Es war auch schon nach Mitternacht.

Ich hörte *Albino* »Ohne Rechte« – »… und frag, was könnte noch schlimmer sein, am Jüngsten Tag, viele Wesen leiden Qualen …« – und trieb mich noch eine Weile in den sozialen

Netzwerken herum. Denise hatte, wenn man genau hinsah, schon seit zwei Wochen kein neues Babyfoto mehr gepostet. Und Cecile hatte heute Abend die Vorträge eines Workshops zusammengefasst.

Pietismus als Beginn der Tierrechtsbewegung, Empfindsamkeit und Sentimentalismus, Laurence Sterne, William Blake, Jeremy Bentham, der das Leidensvermögen als zentral für die Ethik erklärte, Romantik, Maximilian Perty, Animismus, Arthur Schopenhauer (spricht sich gegen die vogelfreien Tiere aus), Eduard von Hartmann (betrachtet Tiere als moralisches Rechtssubjekt), christliche Tierethik, heiliger Kevin, Tolstoi (pazifistisch/anarchistisch/vegetarisch), Chiliasmus (Neues Zeitalter des Friedens), Biedermeier und Vormärz (Tiere werden zu Haustieren und Gefährten, es kommt zu einer anthropozentrischen Tierethik), Marie von Ebner-Eschenbach, London als Zentrum des Tierschutzes in Europa (RSPCA 1824), der Tierschutzverein in München hat 1900 über 10000 Mitglieder, Bund gegen Vivisektion, konsequenter Tierschutz (Nazis), Pazifismus, Suttner (Schach der Qual), Ernst von Weber (Folterkammern der Wissenschaft), Richard Wagner, Parsifal (Schwanszene). Das ist etwas unzusammenhängend, aber wenn ich das ausformuliere, dann gäbe es zehn Seiten. Wer mehr dazu erfahren möchte, möge sich die Bücher kaufen, die der Vortragende zu diesen Themen geschrieben hat.

Und wer bitte hatte den Vortrag gehalten? Das hatte Cecile leider vergessen zu erwähnen. Ich kopierte ein paar Stichworte und setzte sie in die Suchzeile.

Und plopp, da war er: Ralf Tänzer, Philosoph und Betreiber des einzigen Kreislaufhofs in Deutschland. Herrgottsack, wie oft war ich jetzt auf der Seite des Kreislaufhofs im Remstal gewesen und hatte das glatte Gesicht des Jungbauern gesehen? Ein Vorreiter in Sachen Selbstversorgung und Recycling zu werden, das passte zu einem veganen Häretiker. Aus dem Jünger wurde ein Jesus, der selber Jünger sammelte.

Lionel hatte ihn als Gastredner in seinem Institut gehabt. Sie hatten sogar gemeinsam ein Buch veröffentlicht: *Die Tiere, die wir lieben*, Untertitel: *Eine sozio-psychologische Deutung des Tier-Freund-Begriffs in der europäischen Kulturgeschichte.*

Der politische Veganismus erlebt eine Blütezeit. Ob Welthunger, Umweltzerstörung oder moralische Verrohung, im Fleischkonsum erkennt der politische Veganismus den wichtigsten Grund. In dem Buch stellen wir uns verschiedenen Thesen des politischen Veganismus. Im Mittelpunkt steht dabei die Leidensfähigkeit der Tiere. Wir fragen, ob wirklich weniger Menschen hungern würden, wenn kein Fleisch mehr produziert würde, und was die Entscheidung des Konsumenten bewirkt, kein Fleisch mehr zu essen.

Im Tierreich fressen Tiere einander, um selbst zu leben. Wir können Tiere nicht zum Mitleid aufrufen. Der Aufruf verhallte ungehört. Ein Tier versetzt sich nicht in das andere Lebewesen hinein, es frisst, bis es satt ist. Das macht der Mensch als Tier genauso. Damit könnten wir uns zufriedengeben, wäre da nicht der politische Veganismus mit seinem Imperativ, der Mensch dürfe kein tierisches Lebewesen essen. Es geht ihm nicht um eine private Entscheidung, er sagt: Man darf das nicht, und das gilt nicht nur für einen selbst, sondern auch für andere. Der politische Veganismus stellt zwar Tiere dem Menschen gleich, kann aber von Tieren weder erwarten noch fordern, dass sie sich vegan ernähren. Der Widerspruch, dass Tiere demzufolge doch etwas grundsätzlich anderes sind als der Mensch, wird nicht aufgelöst.

Und Violette, die mir erklärt hatte, sie wolle von ihm nichts mehr wissen, hatte sich ganz in seiner Nähe niedergelassen. Von wegen Auszeit. Sie war verliebt. Die Asketin in den Häretiker. Tragisch, aber plausibel. Junge Frauen waren immer in irgendwen verliebt, leider immer seltener in mich.

Schluss für heute. Schlafen.

Zwei Stunden später saß ich aufrecht im Bett. Selin! Selin Walther, die junge Laborantin des Max-Planck-Instituts in Tübingen, die so viele Hassmails bekommen hatte, war mir leibhaftig im Traum erschienen. Mit dem Tattoo am Hals, das man auf dem Profilfoto kaum erkennen konnte, von dem ich aber auf einmal wusste, dass es eine kugelige Blüte an stachligem Zweig darstellte, und mit ihrem feuerroten Haar. Ich angelte mein Telefon vom Nachttisch und rief Wagners Mail mit den Zugangsdaten für Violettes Facebook-Account wieder auf. Das Passwort lautete: »S5lin-W1«. Wieso war mir das nicht gleich aufgefallen? Vermutlich weil ich es nicht abgetippt, sondern nur kopiert hatte. Ersetzte man die Zahlen durch die entsprechenden Buchstaben im Alphabet, las man Selin-Wa. Das konnte kein Zufall sein.

Obwohl ich wusste, dass sich unter Violettes vielleicht vierzig Facebook-Freund*innen keine befand, die Selin hieß, stand ich auf und guckte es am größeren Computerbildschirm noch mal nach. Ein paar machten ein ziemliches Geheimnis um ihre Identität, nannten sich Rosa Rose oder Steffi Za-Za und hatten die Rubriken Wohnort oder Geburtsort leer gelassen. Aber sie alle posteten Bilder, die nur für Violette sichtbar waren und auch für mich, die ich mit ihrer Identität eingeloggt war. Tübingen hatte unverkennbare Ecken, die Stiftskirche mit dem Markt, das Burschenschaftshaus, die Fahrradwege, die Stocherkähne. Das dazugehörige Profil hieß Mi Mose. Selin hatte ihre Masterarbeit über eine Mimosenart geschrieben, die in Wüstengegenden trockene Flussbetten besiedelte, immer dort, wo es bald Wasser gab.

Ich lehnte mich im Kneipenstuhl zurück. Und das hieß jetzt?

Ich starrte an die Wohnzimmerdecke. Die relativ neue Farbe hatte kleine Risse bekommen. Vor ein paar Jahren hatte ich renovieren lassen müssen, weil ein Feuer alles vollgerußt hatte. Richard hatte mir damals schon eine Bleibe in seiner Wohnung in der Kauzenhecke angeboten, aber ich hatte mich mit Cipión zu den Viechern bei Sally unters Dach geklemmt. Irgend so eine Art Stolz. Lisa Nerz zieht nicht bei einem Mann ein. Never ever.

Das hieß, Selin hatte mich angelogen, als sie erklärte, sie habe die Pflegerin im Affenlabor nicht mit Namen gekannt. Hatte ich mich nicht gewundert, warum sie sich von einem Rauchpausengespräch einen Künstler merkte, der in Biberach einen Skandalbrunnen gebaut hatte? Ja, ich hatte mich gewundert. Man merkte sich nur das Geschwätz von Leuten, zu denen man eine emotionale Bindung hatte. Andererseits, wenn Selin mir das erzählte, musste sie doch davon ausgehen, dass ich den Namen herausbekam, wenn ich ihn herausbekommen wollte.

Was hatten die beiden Frauen miteinander?

Oder irrte ich mich? Vielleicht merkte sich eine Wissenschaftlerin wie Selin Details und Namen, die aus meinem selektiven Gedächtnis einfach herausrieselten. Und zufällige Rauchpartnerinnen fragte man nicht nach dem Namen. Selin musste Violettes Namen nicht wissen, nur weil Violette den ihren in einem Passwort konservierte. Aber ein Passwort! Die meisten Menschen nahmen dafür ihre Ehemänner oder Ehefrauen, ihre Kinder, den Hund, kurz: emotional tief verankerte Namen.

Eigentlich hätte Violette Ralfs Namen verpassworten müssen. Oder nicht? Oder war ich blöd?

Nichts passte mehr.

Ich verfluchte die Internetrecherche. Da war alles möglich und nichts greifbar. Wenn nicht einmal Wagner die Bloggerin fand, wie sollte ich sie dann im Netz finden?

Wer einen Fernsehkoch entführt, gefüttert und dann geschlachtet hatte, kam vielleicht aus dieser Welt, in der alles möglich war und es für alles Vorbilder gab, aber er oder sie war längst raus. Auf der Flucht, untergetaucht. Postete nicht mehr. Hielt sich geheim. Fürchtete CIA und NSA, die nach Stichworten suchten und in Privatsphären eindrangen. Raus wie Violette.

15

Das Paket mit den veganen Schuhen war am Morgen angekommen. Ich konnte in Kunstlederbikern Brontë besteigen und die Stadtautobahn mit grüner Welle längs durch den Kessel in den Süden rollen bis zum Österreichischen Platz, wo die Parkhausanzeigen für die neue Einkaufsgalerie Gerber verrieten, dass das Ding nicht recht brummte, dann die Immenhofer rauf und beim Friedhof rechts in die Filderstraße. Tagsüber gab es durchaus Parkplätze im nahen Lehenviertel. In meinen Skaileder-Bikern hatten sich allein vom Treten des Gaspedals und der Bremse Fersenblasen entwickelt. Ich humpelte den Gehweg entlang. Das Theater Rampe ein Stück weiter Richtung Marienplatz im Depot der Zahnradbahn hatte sein A verloren. Abends um neun fuhr die Zacke zur Nachtruhe ins Foyer.

Die VegaKoS hatte ihren Eingang an der Ecke Lehenstraße. Die Schaufenster des ehemaligen türkischen Gemüsehändlers waren von innen mit Antifa- und Tierrechtsplakaten zugeklebt. Drinnen standen ein paar Tische und Stühle. Zwei Frauen saßen dort. Janice wandte mir ihren dunklen Haarwirbel und den Rücken zu. Sie trug ein petrolgrünes ärmelloses Kleid mit buntem Ringelpullover darunter.

Im Raum hingen die Töne des sanften Hip-Hops »Smoothies Like a Boss« von *MC Fruktose*. »Wake up in the morning …« Dem Eingang gegenüber befand sich eine Theke mit Grünzeug und Obst in der Vitrine. Dahinter werkelte an stählernen Küchenmaschinen ein junger Mann, der dem Profilfoto von Kevin halbwegs ähnlich sah. Groß und fast weißblond. Er besaß eine athletische Gestalt, die er langsam und weichlich wie Gelbe-Rüben-Kraut bewegte. Eben hatte er ein grünes Smoothie fertig gemixt, goss es in ein Fläschchen und reichte es einer jungen Frau mit Kind im Kinderwagen. Sie bot es dem Kind an, das nach einem Zug aus dem Strohhalm das Gesicht verzog. Dann doch lieber ein veganer Donut.

»Hallo«, sagte Kevin. Hatten wir uns schon mal getroffen? Etwas in seinem Ton provozierte diese Frage.

»Hallo.« Oder redete er alle Kundinnen so an, weil alle, die hier hereinkamen, zur Elite der ethisch Korrekten gehörten? Da musste ich wohl einen Smoothie ordern. »Tja, was nehme ich?«

Janice drehte sich um und rief: »Ja, hallo, Lisa. Guten Morgen.«

»Hallo, was nehme ich denn?«

Sie suckelte an einem roten Drink. »Ich habe Red Lady.«

Auf einer Tafel standen viel zu viele Möglichkeiten: Red Lady – Granatapfel, Orange, Ingwer, Minze, Limette mit einem Hauch Chili und Nelke. Green Garden – Spinat (igitt, roh!), Limette, Karotte, Ingwer und Muskat. Sunshine – Orange, Apfel, Birne, Ananas, Kaki und Kokosmilch. Dark Moon – Rote Bete, Brombeere, Schwarze Johannisbeere, Heidelbeere, Rotkohl, Purple Haze …

»Was ist das denn?«

Kevin deutete mit schlaffer Hand auf purpurfarbene Wurzeln. »Urmöhren«, antwortete er sanft, »sie haben einen höheren Vitamin-C-Gehalt, mehr Vitamin B_1 und Beta-Carotin als herkömmliche Karotten.« Ich verstand ihn kaum, so leise sprach er. »Der Farbstoff ist der gleiche wie der in blauen Trauben und Schwarzen Johannisbeeren, ein natürlicher Oxidationsschutz für die Zellen.«

»Aha, äh … dann nehme ich …« Hilfe! »… Sunshine.« Da war wenigstens fettige Kokosmilch drin.

Kevin griff in die Früchte. Die Mixer surrten. Dazu entspannt »Wha me eat«, der Reggae von *Macka B*: »… Pap Choy and Pomegranite, Hijiki and Rocket, Berries, Cherries and Strawberries, Beetroot, Grapefruit and Celeries. You see the meat's not necessary. Wha me eat them a wonder wha me eat …«

»Ist Violette hier?«, fragte ich in den Laden.

»Ich habe sie heute noch nicht gesehen«, antwortete Janice.

»Ich auch nicht«, sagte die Frau, die mit einer Schüssel Müsli vor sich bei ihr saß.

»Violette?«, sagte eine junge Frau mit breitem Becken, die gerade zur Tür neben der Theke hereinkam. Auf ihrem Arm lag ein Säugling. »Die ist gerade weg.«

»Hallo, du bist Denise, nicht wahr? Ich bin Lisa Nerz.«

»Ah, hallo.« Denise klang nicht so, als sei ich ihr wirklich präsent. Sie trug zwei graue Röcke übereinander und einen dunkelgrauen Rollkragenpullover mit Flecken.

»Wir kennen uns von Facebook.«

»Ah, ja!«

»Das ist ja mal eine ganz Süße!«

Denise schaute weniger stolz auf das Kipf hinab, als ich erwartet hätte bei meinen Eideidei-Anstrengungen angesichts eines zerdatschten Säuglings mit schielendem Blick und trielendem Mund. Ich streckte lockend meinen Finger aus und grinste die Kleine an. Aber die blauen Augen blieben müde. »Ach Gott, die ist wohl ganz frisch auf der Welt ...« Konnte nicht stimmen, aber es sah so aus.

Kevin und Denise wechselten einen angespannten Blick. Janice und die andere Frau schwiegen plötzlich laut.

Dranbleiben. »Wie alt ist sie denn?«

»Elf Monate«, antwortete Denise leise und gar nicht mutterstolz. »Aber sie sieht jünger aus, ich weiß. Eli ist nicht ganz gesund.«

Kevin wandte uns den gekrümmten Rücken zu und mischte mein Smoothie.

»Oh, das tut mir leid. Was hat sie denn?«

»Die Ärzte sagen, es ist eine Muskelschwäche, wahrscheinlich genetisch bedingt, etwas mit den Nerven. Aber wahrscheinlich entwickelt sie sich nur etwas langsamer. Kinder sind so verschieden. Nicht wahr, Purzel.«

Kevin stellte mit einem Klong das gelbe Früchtemus auf die Theke und ließ einen Strohhalm hineingleiten. »Die Ärzte haben keine Peilung.«

»Und wenn es damit zusammenhängt, dass du …« Ich konnte nicht zu Ende sprechen.

»Dass ich Veganerin bin, damit hat das nichts zu tun.«

»Haben sie das getestet?«

»Die haben tausend Tests gemacht.«

»Wie lange lebst du denn schon vegan?«

»Damit hat es nichts zu tun. Ich habe immer viel Kräuter und Algen gegessen.« Die junge Frau zupfte an Elis Mützchen. Das Baby reagierte auch darauf nicht. Es bewegte nicht mal die Finger. »Außerdem müsste sie dann doch wohl anämisch sein. Ist sie aber nicht.«

»Lass sie noch mal testen. Der Sohn von Kleopatra, der ist nämlich nicht von seinen Pflegeeltern vergiftet worden. Der Junge ist an Vitamin-B_{12}-Mangel gestorben. Der war schon so weit fortgeschritten, dass man ihn nicht mehr retten konnte. Er hatte Nervenschäden, sein Gehirn war geschrumpft.«

»Das behaupten die doch nur!«, rief Janice. »Die Ärzte lügen, wenn sie den Mund aufmachen, die reden der Pharmaindustrie nach dem Mund, die stopfen die Kinder voll mit Antibiotika, die wollen nur verschreiben und Geld verdienen.«

»Lass Eli testen, Denise. Tu es einfach. Algen reichen nicht. Für dich haben sie vielleicht gereicht, aber für den Fötus nicht mehr. Sie wird sterben, Denise. Willst du das? Und wenn du nicht zum Arzt willst, dann gib ihr rohe Leber zu essen oder Scheiße!«

Denise schaute mich blass an. Ein Hauch Muskat und Nelken wehte über die Theke. Mein Riechzentrum phantasierte nasse Jacke dazu und würzte mit Brandgeruch.

»Was'n das für ein mega-mackriges Geschwätz?« Janice war aufgesprungen und reckte mir ihren wallenden Busen entgegen. »Was fällt dir ein, auf Kosten von Denise herumzuchecken?«

»Bitte!«, rief die andere Frau. »Wir wollten doch achtsam miteinander umgehen.«

»Alle Säugetiere und Vögel ernähren ihre Brut mit tierischem

Eiweiß«, rief ich, »auch wenn sie eigentlich Pflanzenfresser sind. Sonst wird nichts aus den Kindern. Und wir sind auch Tiere. Leider haben wir unsere Instinkte verloren.«

»Eli bekommt alles, was sie braucht«, sagte Denise mit angelegtem Kinn. »Das haben uns die Ärzte bestätigt.«

»Wir wissen es zu schätzen, dass du dir Sorgen machst«, ließ sich nun Kevins welke Stimme vernehmen. »Wir haben schon viele gut gemeinte Ratschläge gehört und viel bedacht. Wir müssen es akzeptieren, wie es ist. Die Natur entscheidet, nicht wir.«

»Statt hier herumzuchecken«, sagte Janice »solltest du anerkennen, wie tapfer und vernünftig Denise und Kevin sind. Andere Eltern würden von einem Arzt zum nächsten rennen, das Kind in Krankenhäusern quälen lassen, nur damit es ein paar Monate länger le…«

Sie schluckte. So locker verhandelte sich der nahe Tod von Purzel dann doch nicht, wenn die Mutter mit der Tränen müden Augen danebenstand.

»Na, wenn ihr das so genau wisst …«, sagte ich. Auf Sunshine hatte ich nicht die geringste Lust mehr. Mein Gedärm krampfte beim bloßen Gedanken an Zitrusfruchtsäure und Ananas am Morgen.

Aber bezahlen musste ich. Als ich in meinem Stoffbeutel nach Münzen kramte, wusste ich auf einmal, wo ich Kevins Stimme schon gehört und warum er mich begrüßt hatte wie jemanden, den er kannte. Er war bei der Befreiung der Polizeipferde dabei gewesen. Die nasse Jacke. Ich legte einen Fünf-Euro-Schein auf die Theke und blickte in seine wasserblauen Augen mit den fast weißen Wimpern. War da nicht auch die kleine Narbe an der Braue? Dazu hätte ich näher rangehen müssen.

»Ach übrigens, eine Frage, Kevin: Wolltet ihr mich eigentlich im Polizeipferdestall umbringen?«

Er schlitzte den Blick. »Keine Ahnung, wovon du redest.«

Denise sah auch nicht so aus, als wüsste sie von nichts.

»Von einem Feuer in einer Box. Der Stall ist abgebrannt.«

»Das habe ich im Internet gelesen. Es hieß, jemand hat die Pferde gerettet.«

»Im Internet hat sich aber auch die FAMA zu einer Befreiungsaktion bekannt. Und du warst dabei.«

Er zuckte mit den Schultern. »Keine Ahnung, wie du darauf kommst. Du warst offenbar dabei. Das ist deine Sache. Ich beteilige mich nicht an kriminellen Aktionen.«

»Ich habe eine Taschenlampe gefunden. Falls das deine ist, dann sind deine Fingerabdrücke drauf.«

Kevin zuckte mit keiner weißen Wimper. »Wie gesagt …«

Alle um mich herum machten Gesichter wie Firewalls. Da kam ich nicht ran, nicht rein. Also geordneter Rückzug. »Na gut. Wahrscheinlich irre ich mich. Ich irre mich ständig. Irrtum ist meine Natur. Schönen Tag noch. Ich muss dann mal weitercruisen.«

Am Theater RMPE vorbei hinkte ich zum Marienplatz hinunter. Die Blase an meiner rechten Ferse war geplatzt.

Auf dem Telefon suchte ich nach der Nummer vom Jugendamt und rief an. Die Gefahr, dass sie die kleine Elise bei Denise und Kevin ließen, war um ein Vielfaches geringer als die, dass sie das Kind in Obhut nahmen. Das hatte mit dem Gesetz vom Fehler erster Ordnung und dem Fehler zweiter Ordnung zu tun: Niemand wollte sich geirrt haben, wenn das Kind bei den leiblichen Eltern starb, deshalb irrte man sich lieber einmal zu viel über die tatsächliche Gefahr und nahm das Kind vorsorglich den Eltern weg. Das hatte ich gelernt, als wir eine tote Jugendrichterin bei den Bärenseen in einem Bachbett fanden und Richard für ein paar Wochen Pflegevater der kleinen Alina wurde.

Ja, er hätte gern Kinder gehabt. Aber dafür war es zu spät. Wir waren beide zu alt für eine Adoption. Ich kann nicht behaupten, dass ich das bedauerte, aber für Richard tat es mir auf einmal furchtbar leid. Regelrecht zum Heulen war das. Der gute Kerl. Sein Lebensweg war ein Jammertal, das er klaglos durchschritt, ohne dramatische Gesten des Verzichts, ohne ethische Prahlerei und ohne viele Worte über seinen Abscheu vor Gewalt und Mord zu machen.

Ich schilderte der Beamtin zur Bekräftigung meiner Befürchtungen Elise betreffend den Fall des Sohnes von Kleopatra in Zwiefalten, deren Klarnamen ich nicht nennen konnte, und verwies auf eine Akte aus Reutlingen zu dem Fall, die sie bei der Stuttgarter Staatsanwaltschaft, namentlich bei Oberstaatsanwalt Dr. Richard Weber anfordern konnte. Die Dame versprach mir, der Sache zügig nachzugehen.

Das ECC, Ecological Critique of Capitalism, befand sich im dritten Stock über dem Rewe und einem Fitnessstudio im neuen Gebäude am sogenannten Südtor. Daran vorbei donnerte die Hauptverkehrsachse auf den Mund des Heslacher Tunnels zu. Sie trennte das Gebäude vom weitläufigen Marienplatz mit seinen Cafés.

Der Fahrstuhl war nur für Kunden des Rewe zugänglich, die ihre Autos in der Tiefgarage stehen hatten. Aber daneben war noch eine Tür. Zufällig kam jemand heraus, was mir alle Überlegungen ersparte, ob ich beim ECC klingeln sollte und Lionel damit vorgewarnt war. Ich fuhr mit dem Fahrstuhl in den dritten Stock. An einer Tür fand ich das Institutsschild wieder und klingelte.

Eine sehr junge Frau machte auf.

»Hallo, ich will zu Lionel, ist er da?«, fragte ich und stand schon drinnen. Ein Gang, ein großer Kopierer, der Geruch nach Kaffee und Spülmaschine, ein Büro mit Flachbildschirmen, Bücherregalen und Aktenordnern, Pflanzen auf den Simsen, Flyer auf einem Tisch, ein Brett mit Zetteln, weitere Türen verschlossen.

»Er ist in einer Besprechung.« Die junge Frau blickte dabei nach links auf eine Tür.

»Und zwar mit mir«, sagte ich und drückte die Klinke runter.

Lionel schaute auf. Er saß an einem runden Tisch. Die andere Person wandte mir einen knochigen Rücken zu, über den, zu einem Schwanz gebunden, schwarze Haare flossen.

»Hallo, Violette, da bist du ja.«

Sie fuhr herum und lächelte. »Hallo, Lisa. Dachte ich mir's doch, dass du mich findest.«

»Wer nicht sucht, der findet.«

Lionel war höflich aufgestanden und bot mir einen Platz am runden Tisch an. »Und was verschafft uns wirklich die Ehre deines Besuchs?«

»Tacheles«, sagte ich. »Du wolltest mit mir reden, erinnerst du dich? Aber erst einmal hast du mich mit ein paar durchgeknallten Pferderettern in einen brennenden Stall geschickt. Und jetzt reden wir Tacheles. Was für ein Spiel spielst du in der ganzen Sache?«

»Welcher Sache?«

»Sag du es mir.«

Der Engländer setzte sich wieder. Er lächelte. »Du bist ziemlich erregt.«

»Ich hätte dabei draufgehen können.«

Violette blickte erschrocken drein.

»Das war sicher nicht Sinn und Zweck dieser Aktion«, sagte Lionel. »Wahrscheinlich hat die Polizei das Feuer selbst gelegt, um die Tierrechtsbewegung zu kriminalisieren und ...«

»Das glaubst du doch wohl selber nicht. Außerdem war ich dabei. Und da war kein Polizist. Da waren nur wir. Kevin war dabei, wer noch?«

Violette senkte den Blick.

Lionel zog die Schultern hoch. »Ich weiß nicht, wer dabei war.«

»Aber du hast mich doch angeworben.«

»Weil sie auf die Schnelle jemanden gesucht haben. Es war alles exakt vorbereitet. Und um die Frage, die du sicher gleich stellen wirst, vorweg zu beantworten: Nein, ich weiß nicht, wer sie sind. Die Anfrage kam über ein Forum.«

»Was ist das für ein Forum? Kann ich das mal sehen?«

»Wozu? Darin bewegt sich niemand mit Klarnamen.« Lionel lächelte. »Du bist ziemlich neugierig. Das muss man wohl sein als Journalistin. Du arbeitest nicht zufällig an einem Artikel über uns?«

Violette riss die Augen auf.

»Und wenn, hättet ihr etwas zu verbergen?«, fragte ich. »Seid ihr nicht die Aufrechten und Gerechten im Getümmel des allgemeinen Massenmordens?«

»Das klingt ironisch.«

»Sagt ihr doch ständig.«

Lionel zog die Brauen hoch. »Ihr? Gehörst du also doch nicht zu uns?«

»Zu Leuten, die Feuer legen, in denen Menschen umkommen können?« Ich schüttelte den Kopf.

»Das war mit Sicherheit keine Absicht, Lisa.« Lionel beugte sich vor und fing mit seinen blauen Augen meinen Blick ein. »Übrigens identifiziere ich mich nicht über das, was ich esse. Tiere identifiziert man so, Raubtiere, Pflanzenfresser ... Wir sind nicht, was wir essen, sondern, was wir denken und tun. Das unterscheidet uns von den Tieren. Die folgen nur ihrer Natur, ihren Instinkten.«

»Was uns nicht das Recht gibt, über ihr Leben zu bestimmen«, sagte Violette wie aus der Pistole geschossen. »Tiere sind keine Ware.«

Lionel richtete seine blauen Augen auf sie. »Violette, du weißt, wie ich darüber denke.« Dann hypnotisierte er mich. »Der Schlachtruf ›Tiere sind keine Ware‹ ist entlehnt von linken Parolen, wonach Wasser oder Bildung keine Ware sei. Verbunden mit der Forderung, dass Wasser oder Bildung jedem zugänglich sein müsse und deshalb keinen Warencharakter haben dürfe. Denn Waren schließen Menschen aus, die sie sich nicht kaufen können. Das unterscheidet sich grundlegend vom politischen Veganismus. Denn der sagt, Tiere sind keine Ware, und meint damit nicht den kostenfreien Zugang zu ihrer Nutzung, sondern ganz im Gegenteil, er will die Tiere dem Zugriff der Menschen entziehen.«

Leuchtete mir ein.

»Aber wir sehen Tiere eben nicht als Nahrungsquelle«, mischte sich Violette ein. »Dabei spielt keine Rolle, ob sie der Befriedigung menschlicher Bedürfnisse dienen oder eine Industrie daraus Kapital schlagen will. Deshalb sagen wir: Tiere sind keine Ware.«

Es war mir ehrlich gesagt so was von egal.

Aber Lionel nicht. »Der politische Veganismus schreibt alle Übel dem Warencharakter der Tiere zu. Und er wird nie müde, von Gräueln zu berichten und diese mit erschreckenden Bildern zu versehen. Zudem zeigt er auf, dass die Gräuel, welche die industrielle Tierhaltung den Tieren antut, den Gebrauchswert des Fleischs mindern und es für den Menschen schädlich machen. Fleisch aus Massentierhaltung ist voller Medikamente, Entzündungen und ungesunden Konservierungsstoffen. Das ist alles richtig. Wenn der politische Veganismus erklärt, Tiere seien keine Ware, so sagt er, dass Tiere nicht als Sache angesehen werden dürfen, die dem Kapital unterworfen sind. Wenn wir aber erkennen, dass Tiere heute nicht mehr zu dem Zweck gehalten werden, dass wir etwas zu essen haben, sondern als Ware, dann sehen wir, warum Tiere so leiden müssen. Die Zustände in der Massentierhaltung sind Ergebnis der kapitalistischen Kalkulation, mit möglichst wenig Investitionen möglichst hohen Profit zu erzeugen. In dieser Kalkulation hat weder das Leid der Tiere noch das Bedürfnis des Menschen nach gutem Fleisch Platz.«

»Fleisch ist halt zu billig«, sagte ich es mit meinen einfachen Strickmustern. »Allerdings ist billiges Fleisch Harz-IV-zugänglich. Wir können doch nicht zulassen, dass sich nur die SUV-Fahrerin von der Halbhöhe ein Schnitzel leisten kann.«

»Dürfen wir zulassen, dass Tiere für die Armen leiden?«, mahnte Violette.

»Wenn die sich schuldlos fühlen will«, überlegte ich weiter, »kauft sie im Bioladen. Das Gewissensfleisch für die Reichen.

Das Prekariat muss zum Billighack im Supermarkt greifen. Wir leben in einer Gewissensklassengesellschaft. Denn, Violette, seien wir ehrlich, vegan kann sich nur leisten, wer das Geld für die Apothekenkost hat. Und selbst im normalen Supermarkt ist Gemüse teurer als Fleisch, wenn man davon satt werden will. Es sei denn, man isst nur Kartoffeln und Zwiebeln oder man ist sportlich und frech genug, containern zu gehen.«

»Man könnte auch die Mindestlöhne und Hartz-IV-Sätze anheben«, sagte Lionel. »Damit alle sich gute Lebensmittel leisten können.«

»Dann tun wir das doch«, sagte ich.

»Damit steigern wir aber wieder nur unseren Fleischkonsum!«, rief Violette. »Und in Afrika oder Bangladesch verhungern sie, weil sie die Preise nicht bezahlen können.«

»Das hat andere Ursachen«, sage Lionel. »Das liegt daran, dass auf dem Weltmarkt mit Lebensmitteln spekuliert wird. Tatsache ist, dass wir schon jetzt genügend Lebensmittel produzieren, um die ganze Welt zu ernähren. Wenn wir Hunger und Not in den Entwicklungsländern beseitigen wollten, könnten wir das in einer Minute tun.«

»Und was hindert uns daran?«, fragte ich.

Lionel lächelte. »Wir glauben nicht recht daran, dass es gut wäre. Wir glauben lieber, dass nur aus der Kluft zwischen Arm und Reich die nötige Dynamik entsteht, die Wohlstand für alles schafft. Ein Märchen, natürlich. Aber glauben nicht gerade die Deutschen gern an Märchen?«

Der Gedanke gefiel mir. Er klang nach einer echten Chance.

»Du machst es dir zu einfach, Lionel«, widersprach Violette. Sie hatte sich gestrafft, saß aufrecht und schön vor uns. »Unser Wohlstand basiert auf dem Leid, das wir anderen zufügen, weil wir sie als lebendige Vorratskammern halten, Tiere in Ställen, Menschen als Arbeitskraft. Das prangert der politische Veganismus an.«

Und schon zerbröselte mir Lionels glasklares Argumentationsgebäude wieder, und die Trümmer versanken im Sumpf des veganen Nihilismus.

»Du hast schon recht«, antwortete Lionel, »der politische Veganismus öffnet uns die Augen für die lebensverachtende Gewalt von Speziesismus, Rassismus und Kapitalismus. Er ist eine notwendige Durchgangsstation auf dem Weg in eine verantwortungsvolle Gesellschaft, die achtsam und nachhaltig wirtschaftet und das Leben schützt und deshalb die Tiere nicht leiden und die Armen nicht verhungern lässt.«

»Das hat doch mit all den anderen Ismen auch schon nicht geklappt«, bemerkte ich. »Warum soll es mit dem Veganismus klappen.«

»Entgegen landläufiger Meinung ist die Welt nicht schlechter geworden, sondern zivilisierter«, behauptete Lionel. »Wir haben globale Menschenrechte formuliert, auch wenn wir sie noch nicht überall durchsetzen können, wir haben umfangreiche Hilfsprogramme … alles viel zu wenig, natürlich …«

Violette schüttelte den Kopf.

»Ich weiß«, sagte Lionel. »Überall herrscht Krieg und unfassbare Brutalität. Aber wir, du und ich und Lisa, wir sind nur ein paar schwache Menschen. Wir können nicht alles richten. Und wir können uns nicht gegen unsere Natur stemmen. Unsere Natur ist es – wie die der Tiere – zu leben. Das hat die Biologie in uns gepflanzt, den Überlebenswillen. Und darin steckt auch das Wort ›über‹, im Sinn von ›über andere hinweg leben‹.«

Zu kompliziert für mich. Aber es hatte ja auch niemand gesagt, dass Weltverbessern einfach wäre. »Habt ihr hier ein Pflaster?«

16

Das Gelpflaster, das mir die junge Frau in Lionels Büro gegeben hatte, polsterte meine offene Ferse gegen das Kunstleder ab. Der Wechsel vom Gas- zum Bremspedal war wieder schmerzfrei.

Leichter Regen sprenkelte Brontës Windschutzscheibe. Zu wenig für einen Scheibenwischer ohne Pausenautomatik. Die noch kahlen Bäume auf den Hügeln des Schönbuchs konservierten den Winter.

Violette hatte Cipión auf ihrem Schoß. Die Nacht hatte sie tatsächlich in der VegaKoS verbracht. »Ich kann überall sein.« Sie reiste ohne Gepäck, sie lebte ohne Ballast. Was sie besaß, ging in die Taschen ihrer Outdoorjacke. Aus der VegaKoS war sie vor zwei Wochen ausgezogen, ohne einen leeren Schrank zu hinterlassen. Auch im Lebenshof Gänseblume blieb nichts von ihr zurück, nichts außer ein paar Haaren und Hautschuppen bei den Hausstaubmilben in Betttuch und Bettdecke ihres Lagers. Nicht einmal anrufen hatte sie Karoline von Strittburg wollen, um ihr zu sagen, dass sie nicht mehr wiederkam. »Handy und Computer habe ich schon vor langer Zeit verschenkt.«

»Aber du warst zu Ostern noch auf Facebook.«

»Ich habe Karolines Computer benutzt. Aber eigentlich ist es Zeitverschwendung. Halt!« Sie schrie plötzlich. Gellend!

Cipión fuhr hoch. Ganz Kampfhund.

Da sah ich den Vogel vor Brontës linkem Kotflügel flattern und stieg ins Eisen. Hinter mir quietschten Reifen. Der Vogel flatterte im Rückspiegel, ich gab Gas und atmete aus. »Alles gut. Er lebt.«

Der Autofahrer hinter mir hupte ergrimmt. Die Ohren klingelten mir noch von Violettes Todesschrei. Mein Organismus pumpte. Himmelherrgottsack!

Auch Violette keuchte.

»Es ist nichts passiert.«

»Tut mir leid.«

»Vögel können die Geschwindigkeit von Autos eigentlich ganz gut abschätzen«, sagte ich. »Sie lernen das. Vögel, die an Tempo-30-Straßen leben, fliegen stets später auf als solche an Tempo-50-Straßen. Nur wenn dort ein Auto mal schneller kommt, dann …« Falsche Vision. Autos sind Mörder.

Der Autofahrer hinter mir überholte mit Getöse und zeigte mir einen Vogel. Dabei durfte man hier nur 70 fahren.

»Und dein Handy, wer hat das jetzt?«

Violette ächzte den Reststress ab. »Warum interessiert dich das?«

»Weil es vor anderthalb Wochen noch in der Gegend vom Hof Gänseblume eingeloggt war.«

»Woher weißt du das?«

»Die Polizei sucht dich, schon vergessen?«

Sie blieb stumm, überlegte, atmete tief ein und wieder aus. »Ich weiß nicht, warum du das alles tust für mich, welche Interessen du verfolgst. Du musst es mir nicht sagen, ich muss das nicht wissen. Ich weiß nur, du bist anders, du willst den Sachen auf den Grund gehen. Ich habe inzwischen begriffen, dass das zu nichts führt. Wissen ergibt Stillstand. Man muss mitschwimmen im Strom wie ein Fisch im Wasser. Das Wasser weiß, wo es dich hinführt. Man muss vertrauen. Das wirst du auch noch lernen.« Sie schaute zu mir herüber und lächelte. »Du hast viele Fragen. Ich werde versuchen, sie dir zu beantworten.«

»Du bist die Einzige, die ich kenne, die weiß, wer die Autorin des Blogs *vegancode* ist. Sagst du mir ihren Namen?«

»Wozu?«

»Möchtest du mir nicht einfach sagen, wie sie heißt, und gut ist?«

»Sie hat Hinni nicht umgebracht.«

Ich zog meinen Blick von der ersten Ampel ab, die uns in Tübingen stoppte, und schaute zu ihr hinüber. »Das kann man nie hundertprozentig sicher wissen.«

»Ich weiß es.«

»Du bist Storchenbein.«

Violette lächelte. »Ich wusste nicht, dass sie mich so nennt. Sie hat allen Spitznamen gegeben.«

»Warum? Was hat sie bezweckt mit ihrem Blog?«

»Sie hat ihn geschrieben. Muss alles einen Zweck haben?«

»Es ist ein unheimlicher Text. Jemand soll umgebracht werden.«

»Wir alle bringen ständig jemanden um. Tiere, aber auch Menschen. Du kaufst Blumen, und dafür stirbt in Afrika eine Frau, die sie erntet, an den Pestiziden. Du ...«

»Schon klar. Aber sie denkt sich ganz konkret aus, wie jemand umgebracht wird.«

»Das ist nicht konkret. Es ist eine Art Roman. Sie hat zeigen wollen, was es bedeutet, wenn Menschen an Stelle der Tiere wären. Lionel hat sie ermutigt, es sollte ein Buch werden.«

»Er kennt das Blog?«

»Wir alle kennen es. Also, viele.«

»Wer ist sie? Sag es mir!«

»Sie heißt Florin Rosshaupt. Wir sind zusammen ins Ernst-Ottenbacher gegangen. Sie war eine Klasse über mir.«

Irgendwie war ich enttäuscht. Ich war gut, ich hatte den Namen rausgekriegt, aber nicht als virtuelle Detektivin im Netz, sondern doch wieder nur durch Fragerei face to face. Dabei hatte ich Florin gesehen in Violettes Freund*innenliste. Einer von den toten Accounts ohne Gesicht im Profilfoto. Aber ich hatte mir nichts dabei gedacht. Gar nichts.

»Aber sie hat nichts zu tun mit der Sache mit Hinni. Glaub mir. Sie ist schon lange nicht mehr da.«

»Wie?«

»Sie ist weg.«

»Wohin?«

»Australien, Patagonien, was weiß ich? Sie hat immer wieder davon gesprochen, dass sie weggeht. Immer wenn es nicht geklappt hat mit einem Typen. Damals auch, nach der Sache mit Ralf.«

»Ralf Tänzer vom Kreislaufhof?«

»Ich dachte, sie ist bei ihm. Aber ist sie nicht. War sie nie.«

Das war also doch noch eine Sache gewesen, der sie hatte auf den Grund gehen wollen. »Und sie hat sich nie wieder bei dir gemeldet?«

Sie schüttelte den Kopf. Ihre Finger kraulten Cipión etwas angestrengt hinter den Ohren.

»Was war Florins Problem?«

»Sie hatte ohne Ende Stress mit ihrem Vater. Ich denke, sie wollte eigentlich nur seine Aufmerksamkeit, seine Liebe. Mit den Jungs hat sie es auch so gemacht. Sie hat mit ihnen herumdiskutiert und dachte, die finden das voll sexy. Aber meistens hat es nur genervt. Sie konnte nie auch mal chillen. Sie hat sich selber im Weg gestanden. Und immer Männer, die gut reden konnten.«

»Kannte sie Hinni Rappküfer?«

»Ja.«

»Woher?«

»Er war mit ihren Eltern befreundet. Florin war total verknallt in ihn. Er hat sie ein paarmal bei uns in der VegaKoS besucht. Ursprünglich wollte er die erste Vegankochshow im Fernsehen machen. Hat er behauptet. Aber entweder es war gelogen, oder die vom Fernsehen haben ihn umgedreht. Die werden ja von der Lebensmittelindustrie gesponsert. Und Hinni, der ist … er war übel ein Opportunist. Ich glaube, er hat uns und unsere Ideen nur benutzt, um selber groß rauszukommen, indem er sie niedermacht. Aber deshalb bringt ihn doch keine und keiner von uns um.«

Bei der nächsten Tankstelle fuhr ich raus und tankte. Das erlaubte es mir, mich beim Bezahlen Violettes Blickfeld zu entziehen. Vor mir standen zwei an der Kasse. Ich hatte genug Zeit, Richard eine SMS mit der Nachricht zu schicken: »Die Bloggerin heißt Florin Rosshaupt, Biberach. Lebt vermutlich im Ausland. Und Rappküfer hatte Kontakt zur VegaKoS.«

Dann rollten wir auf die Zollernalb zu. Um die Türme der Burg Hohenzollern herum war die Wolkendecke aufgerissen, der Himmel blau. Aber noch schien die Sonne, wo wir nicht waren. Wie viele Jahre war es jetzt her, dass ich mit Richard unter der Burg vorbei nach Balingen gefahren war, weil der Patriarch, sein Vater, tot im Ehebett lag?

Ich erinnerte mich an die weiße Wand des Fabrikgebäudes von Bizerba mit Türmchen und Mobilfunkantenne. Die Firma des ehemaligen Mechanicus Andreas Bizer hatte die Umstellung auf elektronische Waagen geschafft. Leitplanken und querende Brücken verstellten den Blick auf die Schwäbische Alb. Frommern empfing uns mit einem Gewerbepark. Die Dorfhäuser versteckten ihr Fachwerk unter Putz und scharten sich um den achteckigen Turm der Kirche, deren Namen ich vergessen hatte. Sankt Gallus? Auf der anderen Seite der Hauptstraße die gestutzte Hochaussiedlung. Ich erinnerte mich. Aber das alte Fabrikgebäude von Weber-Waagen gab es nicht mehr. Abgerissen. An seiner Stelle sollte den Werbeplakaten zufolge ein Wohnkomplex der gehobenen Klasse entstehen.

Nach dem Fabrikantenhaus mit den spitzbogigen Fensterstürzen aus Schwarzjurasandstein neben der Baugrube hatte ich mich im Vorbeifahren nicht umgesehen. Besuchte Richard seine Mutter noch ab und zu? Meine künftige Schwiegermutter. War ich jetzt verpflichtet, ihn bei den Besuchen zu begleiten und wohlerzogen herumzusitzen?

Ich bog ins Zeitental ab. Ein Schild lockte zum Hofladen. Der Fluss mit seinen Pappelreihen schirmte den Bauernhof gegen den Höhenzug von Frommern ab. Im Westen ein Wald mit Restnebel. Auf der anderen Seite verloren sich nasse Weiden zwischen bewaldeten Höhenzügen gen Stockhausen. Die Blautanne überragte das Wohnhaus aus den Sechzigern. Der Hofladen war im alten Fachwerkbauernhaus direkt am Fluss untergebracht.

Zwei Autos standen auf den Kundenparkplätzen. Ich stellte Brontë dazu.

Violette hatte keine Fragen gestellt und stellte auch jetzt keine. Sie stieg aus und setzte Cipión auf den Boden, der schnüffelnd alles wiedererkannte. Es roch nach Kuh. Violette zog die Nase kraus.

»Hier steht die berühmte Arche-Herde«, erklärte ich. »Die Vorstufe zur Tierbefreiung. Sie leben zwar zwischen Zäunen, aber wie Wildrinder. Niemand nimmt den Müttern die Kälber weg, die Stiere bleiben bei der Herde. Übrigens führt die Herde kein Stier an, sondern eine Leitkuh. Die Bullen sind nur für den Schutz der Außenränder zuständig und zum Decken. Und wer randarf, das fechten sie untereinander aus. Es gibt Kälber-Kindergärten, und es gibt sogar ein paar schwule Stiere, die gern auf die Kälber aufpassen, und lesbische Kühe, die keinen Stier ranlassen. Muss ein Rind geschlachtet werden, dann wird es unauffällig und ruhig auf der Weide erschossen. Kein Transport, keine Aufregung. Für die anderen Kühe wirkt es natürlich. Ein Rind steht einfach nicht mehr auf.«

Violette sagte nichts dazu. Vielleicht leuchtete ihr ein, dass der Mensch den natürlichen Feind Wolf ersetzen musste, damit die wilde Herde nicht die Zäune sprengte. Vielleicht schwante ihr auch, welche Herausforderungen ihr bevorstanden.

Barbara stand im Hofladen hinter der Theke.

In mir flackerte es sofort. Ihr burschikoses Haar war nicht grauer geworden, das Gesicht nicht älter, die Augen nicht weniger scharf, der Mund spöttisch. Ihre Figur war immer noch dieselbe kitzlige Mischung aus bäurischem Geläuf und mädchenhafter Grazie. Sie wirkte klein in dem großen roten Wollpullover.

»Hallo, Barbara.«

Sie schob die Lippen vor. »Hallo, Lisa. Gibt es dich auch noch?«

Eine Kundin wandte sich gerade mit einer Tüte von der Theke ab und sagte: »Auf Wiedersehen.« Ein Ehepaar schwärmte im Laden herum.

»Ich habe Violette mitgebracht. Kann sie eine Weile hierbleiben?«

Barbara schärfte ihren Blick. »Kriegst du nicht genug zu essen oder legst du es drauf an?«

»Sie lebt vegan.«

»Wir essen hier Fleisch und Eier und trinken Milch, aber du musst natürlich nicht mitessen. Meine Tochter Maxi ist Vegetarierin.«

»Ich komme schon zurecht«, sagte Violette.

»Was wiegst du? Fünfundvierzig Kilo?«

»Neunundvierzig.«

»Das sind zwanzig Kilo zu wenig. Hast du dir schon überlegt, wann du sterben willst? Nächstes Jahr oder in zwei Jahren?«

Violette zog ein schützendes Lächeln auf. »Das habe ich nicht vor.« Ich hörte an ihrem Atem, dass ihr das Herz klopfte.

»Das ist schon mal ein gutes Ziel«, sagte Barbara. Ihre Mimik änderte sich plötzlich, wurde mitfühlend. Sie kam hinter der Theke hervor und zog Violette mit einem Arm kurz, aber herzlich an sich. »Willkommen auf dem Zeitentalhof. Du magst Tiere, nehme ich an. Kannst du mit ihnen arbeiten?«

»Ich denke schon.«

Noch blühten gerade mal die Maiglöckchen, noch ließen sich Käfer und Mücken nicht sehen, als wir über den Hof zum Wohngebäude gingen. Aber in ein paar Wochen, vielleicht nur Tagen, würde hier das Insektenleben explodieren. Und wenn der Sommer heiß wurde, dann sprangen die Hundeflöhe auf dem Küchentisch herum und ersoffen im Kaffee. Landleben ist Kampf gegen die Eroberung durch Ungeziefer. Über-Leben.

Die hintere Tür in die Wohnküche war wie üblich nicht abgeschlossen. Oben auf dem Küchenschrank stand, wie ich sofort sah, eine Glasschüssel mit einem in Milch gekrümmten Hasen. Barbaras Art, das durch Hunde gewilderte Tier mürbe zu machen. Auf dem Küchentisch befanden sich noch die Teller, Schalen und Tassen vom Frühstück, eine Tüte Müslimischung, irgendein Schokozeug und ein Glas Nutella.

Ich führte Violette nach oben in das Kabuff, in dem ich eine Weile geschlafen hatte, und erklärte ihr schnell die verkehrte Welt von Richards Cousine.

»Hier herrscht das Matriarchat. Der Sohn heißt Vicky, die Töchter heißen Maxi, Jacky und …« Wie hatte die Älteste geheißen? »… fällt mir sicher gleich ein, ach so, ja, Henry … ihr Kind muss jetzt so sieben oder acht Jahre alt sein. Aber ich weiß nicht, ob sie noch hier lebt. Maxi offenbar schon. Sie züchtet Fische und Reptilien in Parthenogenese: Weibchen bringen ohne Mann durch Klonen Weibchen zur Welt. Zumindest hat sie das mal gemacht. Und Jacky ist ein Biest, so lange, bis die Rangordnung geklärt ist. Du wirst dich erst einmal unterordnen müssen. Aber sie sind fair.«

Violette nickte.

»Meinst du, du schaffst das?«

Ihre Stimme klang tapfer. »Vielleicht kann ich ja erst einmal im Laden verkaufen.«

Auch ich nahm sie kurz in den Arm. »Rede mit Barbara. Erklär ihr dein Problem. Sie wird eine Meinung dazu haben, aber dich zu nichts zwingen.«

So unsicher hatte ich Violette noch nicht gesehen.

»Keine Sorge, Violette, die lassen dich in Ruhe. Sie lassen auch ihre Tiere in Ruhe. Sie haben Zeit, das zu tun, was ihnen gefällt. Im Rahmen natürlich. Sie werden auch dich in die Pflicht nehmen. Hier müssen alle dazu beitragen, dass der Hof überleben kann. Mensch und Tier. Es ist ewiger Kampf, auch gegen die Behörden.«

Eine halbe Stunde später saßen wir beim Mittagessen am Küchentisch. Maxi hatte sich gefreut, mich zu sehen. Aus dem verspielten Teenager war eine junge Frau geworden, groß, breithüftig und vollbusig. Sie hatte im vergangenen Jahr ihr Abitur gemacht, sich ein paar Monate in Australien herumgetrieben und wollte sich nun für ein Biologiestudium bewerben. Sie hatte vegetarisch gekocht und, als sie erfuhr, dass Violette sich vegan ernährte, die Sahne weggelassen. Es gab Kartoffeln und ein Ragout aus Pilzen, Zwiebeln und Kohlrabi mit Erdnussbuttersoße. Ich musste mich vor Barbara nicht als opportunistische Veganerin outen.

Henry lebte mit dem Kind in Berlin mit einem Künstler zusammen, erzählte Barbara. Jacky war mit einem Neuseeländer nach Neuseeland ausgewandert und züchtete Schafe. Die lebten dort in riesigen Herden völlig frei.

»Aber sie werden geschoren«, sagte Violette vorwurfsvoll.

Barbara verstand den Einwurf gar nicht. »Aber sicher. Sonst wächst ihnen die Wolle über den Kopf. Sie sehen nichts mehr, und sie schleppen sich an der Matte zu Tode. Diese Schafe leben überhaupt nur, weil wir ihre Wolle brauchen. Mein Pullover ist aus ihrer Wolle. Jacky hat ihn mir zu Weihnachten geschickt.«

Dann berichtete sie vom Ärger, den sie wieder mal mit den deutschen Behörden hatten. Das Landratsamt hatte nach Jahren der Duldung plötzlich entdeckt, dass die Archerinder keine Ohrmarken hatten, und bestand darauf, dass sie ihnen welche verpassten.

»Aber die reißen aus, wenn die Kühe im Wald umherstreifen. Kühe sind ja eigentlich nicht für offene Weiden. Ihnen wird schnell zu warm, sie brauchen Schatten.«

Violette hörte stumm zu.

»Unsere Rinder haben statt der großen gelben Ohrmarken kleine Chips unter der Haut, an denen man sie identifizieren kann. Das ist auch viel weniger schmerzhaft, als den Kälbern Löcher in die Ohren zu knipsen.«

Violette nickte.

Doch was unmittelbar einleuchtete, hatte noch lange keine Chance, in Verwaltungsvorschriften aufgenommen zu werden. »Wir werden wohl wieder einmal klagen müssen. Als ob wir nicht genug andere Sorgen hätten. Maxi, willst du Violette nicht mal den Hof zeigen?«

Die beiden jungen Frauen brachen auf. Violette nahm Cipión mit. Die Sonne schien.

»So und jetzt sag mal«, fragte Barbara, als wir allein in der Küche saßen, »was ist eigentlich los?«

»Richard und ich heiraten.«

Sie lachte. »Wird auch Zeit. Aber das meinte ich nicht.«

Peinlich. Aber zu spät.

»So ganz wohl scheint dir dabei nicht zu sein.«

»Doch, ich habe es selber vorgeschlagen.«

»Da wird er aber froh gewesen sein. Er hat sich ja nie getraut, der Feigling.«

»Darüber hat er mit dir gesprochen?«

Sie lachte. »Er nicht, aber ich. Ist gar nicht mal so lange her. Ihr werdet nicht jünger, habe ich ihm gesagt. Wenn mal was ist, wenn du im Krankenhaus liegst, dann kriegt Lisa keine Auskunft. Und umgekehrt.«

»Als ich totgeschossen wurde, war das kein Problem, und als Richard halb ertrunken eine Woche im Krankenhaus lag, auch nicht. Ärzte lassen sich keine Ehebescheinigungen vorlegen.«

»Wenn es um Organspenden oder künstliche Ernährung geht, schon.«

»Ah, das ist natürlich ein guter Grund.«

Barbara grinste. »Warum sitzt du dann mit einem Gesicht vor mir wie kurz vor Weltuntergang?«

»Gar nicht wahr!«

»Hihi, du hast Angst, deine Freiheit zu verlieren.«

»Werde ich nicht. Es wird sich nichts ändern.«

»Na, dann ist doch alles gut.«

Ich schaute sie an, sie mich. Nein, es hatte sich nichts geändert. Es war alles wieder da. Ich konnte es noch: aufstehen, sie an mich reißen, ihr den Atem nehmen.

Sie hatte sich immer gewehrt, dabei schrill kichernd gelacht. »Lisa, nicht hier! Du bist verrückt.«

War ich. »Verrückt nach dir.«

»Hast dich aber nie wieder hier blicken lassen.«

»Hättest ja auch mal nach Stuttgart kommen können.«

Ich hakte mich mit der Hand bei ihr ein. Ohne großen Aufwand. Das war der Vorteil des Alters. Keine Romantik, keine Kerzen oder Betten, keine zugezogenen Vorhänge, keine Scham, einfach Hose auf und rein. Ihre Möse zuckte. Sie roch nach Arbeitsschweiß, Wolle und Kelleräpfeln. Ihr Haar war griffig, drahtig, fest. Ihre Lippen weich, zunächst mädchenhaft schüchtern, aus der Übung, dann kamen sie auf den Geschmack. Ich kam, als sie mir an den Arsch fasste, sie kam ein paar Sekunden später, heftig.

Nach zwei Minuten war es erledigt. Wir traten auseinander, sie machte ihre Hose zu, fuhr sich über die Haare, lachte kurz, sagte: »Alles wieder gut?«, und ging zur Spüle, um sich ein Glas Wasser einzuschenken.

Ich erklärte ihr die Sache mit Violette.

»Hm«, machte sie. »Die Geister der toten Insekten suchen sie nachts auf. Ein entfernter Cousin von mir hat sich nach dem Krieg monatelang nur von Erbsbrei ernährt. Irgendwann haben ihn die Toten heimgesucht. Dabei hatte er im Krieg keinen einzigen Schuss abgegeben. Das Ende vom Lied war, er hat seine Frau umgebracht und dann sich selber. Eine Vergiftung mit nichtproteinogenen Aminosäuren. Kommt in Bangladesch häufig vor, eine Folge einseitiger Ernährung. Die Leute haben Halluzinationen und Nervenstörungen. Deshalb isst man bei uns Erbsensuppe traditionell mit Fleisch oder Wurst, das bindet die Giftstoffe.«

Der Geruch aus dem Topf auf Karoline von Strittburgs Herd stand mir wieder in der Nase: Erbsensuppe für eine Woche. »Könnte sein. Vielleicht ist sie aber auch nur sensibler als andere. Und sie hat ein starkes Verantwortungsgefühl.«

»Das ist die Krux. Die jungen Leute stopfen sich wahllos mit Informationen voll. Sie wissen alles, sie glauben alles durchschaut zu haben. Nur eines wissen sie nicht: welche Rolle sie in alldem spielen sollen. Sie finden ihren Platz nicht. Die einen gucken dann nur noch auf sich und ihren Vorteil, andere suchen das Extreme und sprengen sich in einer Menschenmenge in die Luft. Und ein paar kasteien sich, weil sie nichts tun können, um die Welt zu ändern.«

»Und was kann man dagegen machen?«

»Gar nichts, Lisa. Nach meiner Erfahrung kommen die jungen Leute eines Tages von selber drauf, dass es ihnen keiner dankt, wenn sie sich opfern. Meistens, wenn sie sich verlieben und eine Familie gründen wollen. Mir scheint, Violette hat in ihrem kurzen strengen Leben noch nicht viel Liebe und Aufmerksamkeit erfahren. Sie spürt sich nicht. Sie glaubt, sie ist nur was wert, wenn sie verzichtet und sich kasteit. Von uns wird sie Anerkennung bekommen, wenn sie mitmacht und arbeitet. Und wer hart arbeitet, muss auch essen.«

Ich war schon fast runter vom Hof, da sah ich Violette im Rückspiegel hinter uns herlaufen und winken. Ich stoppte Brontë und kurbelte mein Fenster runter.

Atemlos kam sie bei mir an. »Das Handy«, sagte sie. »Du wolltest doch wissen, wem ich mein Handy geschenkt habe. Denise wollte es haben.«

Ich nahm die nächste Abfahrt in den Schönbuch, stellte Brontë auf den leeren Waldparkplatz und ließ Cipión von der Leine. Viele Lagen Kies hatten aus dem Waldweg im Lauf der Jahre einen regelrechten Damm gemacht. In der Böschung kämpfte sich erstes Grün aus dem schwarzen Boden. Irgendwelche weißgrünen Blüten zitterten im Wind. Ab und zu malte die Sonne einen hellen Fleck auf den Weg. Der Lockruf der Meisen hallte wider in den Bäumen. Es bestand Hoffnung auf Frühling.

Richard hatte mir eine SMS geschickt. »Florin Rosshaupt wird seit 15 Monaten vermisst.«

Ich rief ihn an.

»Viel mehr kann ich dir auch nicht sagen«, sagte er. »Ihre Eltern haben sie als vermisst gemeldet, nachdem sie sie nach

Weihnachten vor einem Jahr in Stuttgart nicht mehr erreichen konnten und sich auch auf Facebook nichts mehr tat. Sie wurde zuletzt Mitte Januar auf dem Schlossplatz bei einer Demonstration für Tierrechte gesehen. Ermittlungen ergaben, dass sie sich mit Plänen trug, auszuwandern. Man hat die einschlägigen Konsulate befragt, aber ein Antrag auf ein Visum wurde offenbar nicht gestellt. Auch hat sie sich von niemandem verabschiedet.«

»Klingt nicht gut.«

»Ein Unglück oder ein Verbrechen konnte bisher nicht ausgeschlossen werden.«

»Und gibt es sonst noch etwas Neues?«

Der Weg des Fleischs in den Handel war geklärt. Es war in vier Supermärkte gelangt, die ihr Fleisch aus einem zentralen Kühlhaus in Hedelfingen holten. Die zwei Arbeiter dort wurden derzeit überprüft. Es hatte sich aber bereits herausgestellt, dass die Schlüssel der Schließanlage nicht mehr vollzählig waren. Unklar, seit wie lange.

Wobei mir einfiel, nach dem Schlüssel vom Rosensteintunnel zu fragen. Hier war die Sache ganz einfach. Das Schloss war mit einem professionellen Lockpicker geöffnet worden, wie die mikroskopischen Untersuchungen des Zylinders ergeben hatten. Und wenn wir schon bei den Schlüsseln waren: Das stillgelegte Schlachthaus in Remshalden hatte ein relativ neues Schloss. Das alte war an der Hintertür herausgebrochen und ersetzt worden. Der Metzger, dem das Haus einst gehört hatte, war leider schon vor etlichen Jahren an einer Sepsis verstorben. Die Witwe litt an Demenz und befand sich in einem Heim. Hier war nichts mehr zu holen.

»Wir haben natürlich inzwischen auch jede Menge Genanalysen vorliegen«, fuhr Richard fort, »aber keinen Treffer in unseren Datenbanken. Der Antrag auf Gentest in Rappküfers Umfeld ist auf dem Weg zum Richter. Ob man im Zuge dessen auch die Mitglieder und das Umfeld der VegaKoS zum Gentest bitten kann, halte ich für fraglich. Vielleicht in einer zweiten Aktion.«

»Schnell geht anders.«

»Du weißt doch, sogenannte Massengentests erzeugen öffentliche Aufmerksamkeit. Und ich möchte mir nicht ausmalen, was abgeht, wenn sich die Veganer- und Tierschutzszene unter Generalverdacht gestellt sieht.«

Ich kicherte. »Die Hassmail-Produktion brummt.«

Richard gab einen undefinierbaren Ton von sich.

»Ist noch was?«, erkundigte ich mich.

Er holte Luft. »Lisa, ich möchte dich bitten, mir zu sagen, wo sich Violette Sirsch aufhält, falls es dir bekannt ist. Die Polizei hat gestern Abend noch ihr Handy in einem Brombeergestrüpp an der Uferböschung nahe dem Tatort gefunden.«

Mir klopfte plötzlich heftig das Herz. Alarm! Und wenn ich mich irrte?

»Bist du noch dran, Lisa?«

»Aber sie hat ihr Handy doch verschenkt. Sie hat überhaupt alles verschenkt. Den ganzen Zivilisationsmüll. Das Handy hat sie Denise Methang gegeben. Die betreibt diese Smoothie-Bar.«

Jetzt hörte ich nichts mehr. »Bist du noch dran, Richard?«

»Jemand hat sie heute früh beim Jugendamt angezeigt.«

»Ja, ich.«

»Was hast du denen erzählt? Der Jugendamtsleiter hat mich persönlich angerufen und nach der Akte aus Reutlingen gefragt. Sie haben dann um Polizeibegleitung gebeten und etwa vor einer halben Stunde dort vorgesprochen. Leider haben sie die betreffenden Personen nicht mehr angetroffen. Augenscheinlich haben sie in aller Eile ihre Sachen gepackt und Haus und Stadt mit unbekanntem Ziel verlassen. Die Fahndung läuft.«

»Seltsam. Ich habe nicht mit dem Jugendamt gedroht. Vielmehr bin ich wie ein grenzdebiler Trottel abgezogen.«

»Vielleicht haben sie andernorts bereits einschlägige Erfahrungen gemacht. Aber das muss uns jetzt nicht kümmern. Wo steckst du gerade?«

»Gassi mit Cipión. Nachdenken. Es passt alles nicht, Richard.«

Das Telefon rauschte eine Pause. »Das fürchte ich auch«, sagte er dann.

»Was ist los?«

»In der Schlachterei in Remshalden wurde auch Wild verarbeitet.«

»Danach haben wir doch gesucht.«

»Und ein Hund.«

»Oh!«

»Es wurde Genmaterial von einem Hund gefunden. Außerdem Hundeblut im Abguss. Der Abgleich mit dem Hundehaar, das man bei den sterblichen Überresten Rappküfers gefunden hat, steht noch aus.«

Mein Hirn war blank wie eine Internetseite, die nicht aufgerufen werden konnte. Error 404. Manchmal half es, den Browser zu wechseln.

»Aber das bedeutet doch, Richard …«

Cipión stieß plötzlich ein hohes Fiepen aus und startete durch.

»Halt, Cipión, blieb hier!«, schrie ich.

Er hörte nichts mehr. Mit einem Satz schoss er über den Graben neben dem Wegdamm ins Unterholz. Etwas Geflecktes sprang ein paar Meter weiter im Wald auf. Ein Kitz. Es kam aber nicht recht auf die Beine. In nächsten Moment hing Cipión an seiner Kehle. Das Kitz zappelte kurz, Cipión schüttelte es durch, ein Zittern durchlief den kleinen Körper, dann lag er still. Langsam öffnete Cipión seine Kiefer, bereit, wieder zuzupacken, sobald die Beute zuckte. Aber sie zuckte nicht mehr.

Ich war offensichtlich fast ebenso schnell wie der Dackel in den Wald gesprungen und blickte auf die Bambileiche hinunter. Blut sickerte aus dem Kehlbiss. Das Hinterbein war am Sprunggelenk seltsam abgewinkelt, offenbar gebrochen. Deshalb hatte es nicht fliehen können. Wie es sich in der Wildnis gehörte, hatte Cipión ein krankes Tier gerissen.

Mit steil gereckter Rute schnüffelte er die Beute ab. Doch was jetzt damit anfangen? Keine Dackelmutter hatte ihm je gezeigt, wie man ein Tier aufreißt.

»Was ist los?«, hörte ich Richard aus meinem Telefon rufen.

»Cipión hat eben ein Rehkitz gerissen.«

»Oh.« Richard lachte mit einem Anflug von Stolz. »Der Racker!«

»Es war schon verletzt. Was mache ich jetzt damit?«

»Bei Wildunfällen ruft man den Förster an.«

Och, nöööö! »Wenn du meinst … Ich melde mich gleich wieder.«

»Lisa, warte!«, hörte ich ihn noch quäken. Dann hatte ich ihn weggedrückt.

Es war zwar niemand im Wald zu sehen, aber Jogger konnten sich unerwartet materialisieren. Das gewilderte Tier unter den Arm klemmen und wegtragen ging nicht. Hatte ich im Auto vielleicht irgendwas Tütiges, womit ich das Kitz transportieren konnte? Der Weg war zu weit, um nachzuschauen und zu scheitern. Aber mein Parka war lang. Ich ging in die Hocke. Nur widerstrebend ließ Cipión sich wegschieben.

»Keine Sorge. Du bekommst es. Wir nehmen es mit.«

Der Dackel sah ein, dass nur ich ihm Zugang zur Nahrung verschaffen konnte. Hunde teilten mit Menschen, anders als Wölfe. Da konnte ein rangniederes Tier zusammen mit einem ranghohen an der Beute fressen. Denn für Wölfe waren Wölfe die Familie, mit der sie lebten, jagten und teilten. Hunde hingegen teilten nicht mit anderen Hunden.

Ich stopfte das tote Kitz unter den Parka vor meinen Bauch und legte den Arm darüber, damit die Hinterläufe nicht unten rausfielen. So stieg ich durchs nasse Unterholz über den schwammweichen Waldboden zum Weg zurück. Cipión immer an meiner Ferse. Vegan war das nicht. Scheiß drauf! Natürlicher ging kaum. Ich Jäger und Sammler. Der Hund mein Auftragskiller.

Reformveganer nannte Violette Leute wie Lionel und Ralf, die sich zum wilden Ursprung des Menschen zurückdefinierten. Zugleich Abtrünnige, weil sie den intellektuellen Erkenntnisgang in die vegane Weltlogik nicht ungeschehen machen, aber die Nebenwidersprüche auch nicht mehr ignorieren konnten. Über Ralf hatte Violette mir nicht viel erzählt. Der war abgehakt, er aß Tiere und hatte Frau und Kind, wie sie gesehen hatte. Und es war nicht Florin, die seine Frau geworden war.

Selin Walther dagegen war noch zu bekehren. So zumindest hatte ich es auf der langen Fahrt nach Balingen aus Violettes Worten herausgehört. Bei der war ein Grauen da vor den neurologischen Versuchen mit Affen. Wozu musste man so genau wissen, welche Neuronen funkten, nur damit man vielleicht einmal einen Rollstuhl bauen konnte, der von Gedankenkraft gelenkt wurde? Das sagte Violette und meinte, Selin habe es gesagt. Wir dachten an Luxusrollstühle, und woanders starben die Kinder. Selin wollte abgeholt werden in die vegane Erlösung von Schuld. Das war Violettes Aufgabe. »Wir brauchen Wissenschaftlerinnen wie Selin«, hatte sie mir erklärt, bevor ich sie auf Barbaras Hof ablieferte. »Wir müssen sicherstellen, dass Nahrungspflanzen überall angebaut werden können.«

Eine Missionarin war sie. Aber auch eine Mörderin? War sie fähig, einen Menschen zu schlachten, der ihr nicht folgte und zudem die Sache des Veganismus öffentlich als Mumpitz anprangerte? War Ralf in Gefahr gewesen und dem Tod nur entgangen, weil sich die Gelegenheit nicht ergab? War Selin in Gefahr, wenn sie Violette auslachte beim Versuch, sie zu bekehren? Hatte ich Barbara und Maxi in tödliche Gefahr gebracht?

Glaubenseifer weckte ungeahnte Kräfte. Mit den richtigen Mitteln und Instrumenten konnte man jeden ohne großen Krafteinsatz unter Kontrolle bringen und zerstückeln. Woher aber hätte Violette wissen sollen, wie man Schlachtvieh fachgerecht zerlegte? Florin hatte sich wenigstens eine Schlachtung angeschaut. Aber zugucken reichte ja nicht. Außerdem hätte

Violette sich Schlüssel angeeignet haben, mit einem Lockpicker umgehen können und ein Schloss aus einer Tür brechen und ersetzen können müssen.

Nein, Violette war es nicht gewesen. Und Denise auch nicht. Eine junge Mutter mit sterbenskrankem Kind hatte weder den Nerv noch die Zeit, sich um die Verarbeitung eines Fernsehkochs zu kümmern.

Mein Fuß stockte. Was ist eigentlich eine Spanferkelstelze? Warum hatte ich mich das bisher nicht gefragt? Ich war keine Spezialistin im Einkaufen, aber eine Stelze war mir unter den Fleischbergen im Supermarkt noch nie begegnet. Und genau das hatte auf dem Etikett gestanden, das ich Richard im Rosensteintunnel vorgelesen hatte, bevor es mich verspulte. Er hatte sich nicht gewundert, zumindest nicht laut. Als Gourmet waren ihm Ferkelstelzen wohl von irgendwoher vertraut.

Ich holte mein Handy aus der Tasche – mit der anderen Hand hielt ich das tote Kitz unterm Parka in Fötusposition – und ließ suchen: österreichisch lecker, knusprig und mit Knödeln.

Hinni Rappküfers Schlachter war in der Mehlspeisenküche zu Hause, nicht in der Maultaschenküche. Da war mir in den letzten Tagen nur einer untergekommen. Bregenz lag mit Seebühne und Pfänder an der österreichischen Küste des Bodensees. Von dort kam Kevin Eder.

Er war mit Frau und Kind gar nicht vor dem Jugendamt geflüchtet, sondern weil ich ihm einen Mordversuch an mir vorgehalten hatte, samt Fingerabdrücken auf einer Taschenlampe. Er hatte also wirklich im Polizeipferdestall versucht, mich zu beseitigen. Ungeplant, aber höchst misstrauisch, wie einer, der Grund hatte, misstrauisch zu sein, wenn neue Leute in Facebook und im realen Leben auftauchten und über Leichengift und Hinni Rappküfer sprachen. Ich hatte zwar am Ostersonntag das Thema nicht selbst auf den Koch gebracht, aber ich hatte widersprochen, als Lionel das Mailing als Grund dafür nannte, dass Rappküfers Sonntagssendung abgesetzt worden war.

Auf einmal purzelte alles an den richtigen Ort. Denise hatte Violettes Handy an Kevin weitergegeben, und der hatte es samt Karte und Vertrag weiterbenutzt, bis er es in Remshalden verlor.

Meine neuronale Suchmaschine präsentierte mir in weniger als einer Sekunde weitere Links. Die Schlachthofszene, die zehn Schweine und der große Blonde mit der Zigarette hinterm Ohr, der so viel wusste über EU-Hygiene. Der Florin erzählte, sein Onkel habe aufgeben müssen. Bitterkeit gegen die EU fütterte andere Bitterkeiten und Frustrationen. Das Glück war eine unergründliche Sache, es setzte sich aus vielem zusammen: einem oder mehreren Besuchen beim Onkel, Faszination für große Körper an Haken, die man mit Messer und Säge zerlegte. Kleine Jungen liebten Waffen, weil das damit verbundene Gefühl von Größe und Macht sie erregte. Der Onkel hatte ihn wie einen Großen behandelt und schneiden lassen. Dann war er tot, und Kevin verliebte sich in die schöne Denise. Ein neues Glück. Sie war Veganerin, er bekehrte sich, er brach die Fleischereilehre ab oder fing sie gar nicht an. Das Glück war wieder da, zumindest für eine Weile. Er schaffte stählerne Maschinen an, häckselte Gemüse und Obst. Er wurde Vater. Doch dann schlich sich Frust ein und vermehrte die Bitterkeit. Purzel wollte oder konnte nicht leben, Denise verhärmte in Sorgen. Wirklich glücklich war er doch nur damals bei den großen Leibern in der Metzgerei gewesen, die man still machen und zerlegen konnte.

Dann fiel ihm ein Hund in die Hände oder ein Reh. Und da war es wieder, das unheimliche und zugleich wohlige, das aufregende und tief befriedigende Glück, als er die alten Maschinen in Betrieb nahm und den schönen großen Leib zerkleinerte. Wild war schwer zu kriegen. Und wenn ein Hund verschwand, fahndete halb Facebook in Lynchstimmung nach dem Unhold. So kam er auf den Menschen.

Aber warum Hinni Rappküfer?

Egal. Ich rief Richard an. Er nahm nicht ab.

Und wenn Hinni nicht der erste Mensch gewesen war, den

Kevin zerlegt hatte? Womöglich hatten wir kurz nach Weihnachten vergangenen Jahres schon einmal Spanferkelstelzen aus zartem weißem Menschenfleisch konsumiert. War Florin nur leichte Beute gewesen, die er im Auto von der Demo mitnahm? Oder war sie seiner geheimen Leidenschaft fürs Töten und Zerlegen großer Säugetiere auf die Spur gekommen?

Ich schickte Richard eine SMS.

17

In dem Kitz hatte die Leichenstarre schon eingesetzt, als ich die Läufe über den Sprunggelenken mit Strick an einen Kleiderbügel band. Mit dem Bauch nach vorn hängte ich das Bambi unter den Duschkopf. Mit der Schnauze berührte es fast den Duschbeckenboden. Cipións Kehlbiss hatte dafür gesorgt, dass es im Wald ausgeblutet war. Beim Schütteln hatte er dem Tier das Genick gebrochen.

Mit aufgestellten Schlappohren beobachtete er mein Tun. Auf keinen Fall durfte ihm der Moment entgehen, wo etwas für ihn abfiel. Und damit durfte er rechnen, wenn der Sozialvertrag unseres Zusammenlebens irgendetwas bedeutete.

Zuerst ein Messer. Auf dem Herd stand noch die Pfanne, in der ich gestern Nacht Tofu verkohlt hatte. Zum Kochen gehörte spülen. Auch nicht so mein Ding. Ich zog die Schubladen auf. Es musste ein kurzes, stabiles Messer sein. Ich fand sogar den Schleifstahl, um es zu schärfen. Mit dem »Fenster zur Welt« aus der vorösterlichen Ausgabe des *Stuttgarter Anzeigers* kehrte ich ins Bad zurück und breitete das Zeitungspapier in der Duschwanne aus. Da hatte jemand unter großer Überschrift über Nahrungsmoden räsoniert.

Man isst immer und überall, Fast Food hat nichts mehr mit Bratwurst und Brötchen zu tun, sondern muss gesund und schick, also mindestens ein Wrap sein. Gegessen wird auch nicht mehr im Gehen, stattdessen besetzen Street-Food-Märkte hippe Plätze in Großstädten und bieten alles, was gut und exotisch ist, oder eben halal, koscher, vegan. Auf dem Teller liegt immer auch eine Portion Moral.

Noch was? Nein. Dann ran an die rote Arbeit.

Nach dem ersten Kindheitsschock über den toten Stallhasen des Nachbarn hatte ich ein paarmal gesehen, wie ein Bauer einem Hasen das Fell über die Ohren zog. Einmal hatte ich einem Jäger zugeschaut, wie er ein Reh aufbrach. Knifflig war der Anfang am After, bis man den Darmausgang freigelegt hatte. Soweit ich mich erinnerte, hatten Bauern und Jäger immer lange herumgestochert. Manche hatten das an den gespreizten Hinterbeinen aufgehängte Tier dabei umgedreht, Bauch zur Wand, Rücken zu mir. Und dann mit Finger und Messer in den After. Das Löchlein unterm Schwänzchen am Rand packen und den Enddarm aus Haut und Haaren schälen. Hatte das Kitz eigentlich auch nur einmal in seinem winzigen Leben geschissen? Wenn, dann höchstens Biestmilch, also die mit Vitaminen und Antikörpern vollgepumpte Kolostralmilch. Der Enddarm lag im Ring des Kitzbeckens, dicht an der Wirbelsäule. Anritzen durfte man ihn nicht. Schließlich war's geschafft. Ich drehte das Tierchen wieder um, mit dem Bauch zu mir, griff eine Hautfalte im weichen Unterleib und stieß das Messer durch die Hautschichten. So verletzte man den Darm darunter nicht. Hätte Cipión gewusst, wie, hätte er das Kitz an dieser Stelle aufgerissen, der zartesten Stelle mit der größten Leckerei, dem Darminhalt. Ich hakte den Finger in das Loch und riss die Bauchdecke ein Stück auf. Stahlgrauer Darm quoll mir entgegen. Zu früh. Ich schob ihn zurück. Keinesfalls durfte man das Messer jetzt reinrammen und die Bauchdecke aufschlitzen. Denn die darunterliegenden Organe mussten unversehrt bleiben. Ich schob zwei Finger unter Haut und Fell, rein ins Feuchte und Weiche, legte die Klinge mit dem breiten Rücken gegen meine Finger, die den Schlitten bildeten, und schlitzte runter bis zum Brustbein. Der vorwitzige Darmbollen quoll erneut hervor. Ich zog Hände und Messer raus, schob den Darm beiseite und setzte am Brustbein neu an. Die Knorpel und Knochen leisteten nicht mehr Widerstand als die eines Grillhähnchens. Knackend teilte das Messer die

Brust über Lungen und Herz. So weit, so gut. Der blaugraue Darmbollen hing schon wieder schwerkraftsüchtig heraus. Im offenen Leib entlang des Rückgrats glänzten Nieren und Milz, kleines Gekröse und großes Gescheide, nämlich Pansen und Leber. Weiter oben, im rosigen Fleisch verankert, hingen kaum unterscheidbar von Haut und Fasern Gebärmutter und Blase. Ich tauchte die Faust in die Beckenschale und versuchte den bereits gelösten Darmausgang zu fassen. Dann ziehen, kräftig, ruckartig! Das hätten wir. Nun brauchte ich nur noch Faser für Faser das Gekröse vom Kitzrücken zu lösen, das der Schwerkraft folgte und Schnitt für Schnitt heruntersackte, ein Gebaumel aus Darm, Magen, roter Leber, rosa Milz und Nieren. Ich schabte Lungen und Herz aus den Rippen und durchtrennte schließlich die Speiseröhre. Die gesamten Innereien platschten dem Kitz vor die Schnauze auf die Zeitung in der Duschwanne.

Augenblicklich roch es nach frischer Leiche. Diesen Leichengeruch zu beseitigen war einst Aufgabe meiner Mutter gewesen. Verstorbene wurden ja nur gewaschen, um den Darm- und Blaseninhalt abzuwischen, welche die schlaffen Schließmuskel verlassen hatten.

Auf dem Tod basierte das Leben, auch meines. Andernfalls wäre die Welt vollgewuselt, längst abgegrast und aufgefressen. Letztlich ließ sich alles begründen. Auch die Rückkehr zum Fleisch, nach dem der Körper gierte. Bei so einer war ich im Netz auch vorbeigekommen.

Vorsichtig sprach ich mit einigen veganen Freunden über meinen Gesundheitszustand. Manchmal teilte ich meine Zweifel auch in Blogs oder auf Twitter. Die Antworten ließen nicht lange auf sich warten. Innerhalb weniger Tage bekam ich E-Mails von strammen veganen Bloggern, in denen sie mir gestanden, dass sie hinter den Kulissen nicht hundert Prozent vegan lebten. Sie aßen Eier oder mal einen Fisch oder ein Stück Fleisch, um gesund zu bleiben. Aber sie trauten sich nicht, das auf ihren Blogs zu schreiben. Solche Mails habe ich sogar von prominenten und angesehenen Mitgliedern der veganen Community bekommen, beispielsweise von einer berühmten veganen Kochbuchautorin und von einem bekannten Blogger für Tierrechte. In ihren E-Mails beschrieben sie mir ihren Kampf gegen Krankheiten, gegen die nur ein gelegentliches Stück Fleisch half. Sie erzählten von Koliken, Zahnschmerzen, schweren Depressionen, körperlicher Schwäche. Viele Leute schickten mir Links zu anderen Veganern, die mit ähnlichen Gesundheitsproblemen gekämpft und sich gezwungen gesehen hatten, wieder Tiere und tierische Produkte zu essen. Ich könnte Dutzende von Namen nennen. Es tat mir gut, zu erfahren, dass ich nicht die Einzige war, die unter solchen Problemen litt, und je mehr ich erfuhr, desto mehr hatte ich den Eindruck, dass ich nicht einmal zu einer Minderheit gehörte.

Mein erstes Stück Fleisch in den Mund zu schieben war nach fünfeinhalb Jahren Veganismus beides, das Schwierigste und Einfachste, was ich jemals getan habe. Tränen liefen mir übers Gesicht, als sich der Speichel in meinem Mund sammelte. Die Welt um mich herum versank, und ich aß und aß und aß. Ich weinte vor Trauer und Angst, während ich voller Genuss und Freude kaute. Nachdem ich den letzten Bissen geschluckt hatte, lehnte ich mich zurück und wartete darauf, dass mir schlecht wurde. Ich hatte doch eben einen Batzen totes Tier verschlungen, das Übel schlechthin. Ich war mir sicher, dass mein Körper revoltieren würde, wenn ich wirklich dazu bestimmt war, vegan zu leben. Stattdessen wurde mir wohlig warm, Friede herrschte in mir, mein Magen war angenehm voll. Zum ersten Mal seit vielen Monaten fühlte ich mich satt, ohne dass mir der Magen wehtat. Fünfeinhalb Jahre Veganismus hatten mich ausgepowert und krank und depressiv gemacht. Zweifel und quälende Fragen über Moral und Ethik hatten mich komplett beherrscht. Wenn ich aber Tiere essen muss, um gesund zu werden, was kann daran falsch sein?

Ich zwang mich, auf die pflanzliche Ernährung dieselben ethischen Kriterien anzuwenden, mit denen ich tierische Lebensmittel verworfen hatte. Ich versuchte den Schaden abzuschätzen, den ich mit meiner Entscheidung anrichte, was ich esse. Mir war schnell klar: Mit meiner veganen Ernährung hatte ich das Leben keines einzigen Tiers und keines Menschen gerettet. Sie war ethisch nicht besser als die Ernährung eines Omnivoren. Allerdings gibt es zwei wichtige Unterschiede: Ich belüge mich nicht mehr selbst darüber, dass der Tod zum Leben gehört, und ich bin endlich wieder gesund.

Ich suchte im Eingeweideband nach den Nieren und warf eine Cipión ins schnappende Maul. Er schluckte. Leber, Lunge und die andere Niere legte ich ins Waschbecken. Dann nahm ich die Zeitung und legte sie vor Cipión auf den Kachelboden. Er schnüffelte erst, dann schlang er das Gekröse in sich hinein. Während er schlabberte, schnitt ich die Haut an den Hinterbeinen um das Sprunggelenk herum auf und ritzte sie auf der Schenkelinnenseite durch. Es war ziemlich mühsam, das Fell von den mageren Schenkeln zu ziehen. Ich plante um, säbelte ein Vorderbein mit Haar und Haut unterm Schulterblatt hindurch vom Körper und überreichte es feierlich Cipión.

Ungläubig sachte fasste er das Bein mit den Kiefern und nahm es mir aus der Hand. Die winzigen Hufe stießen an den Türrahmen. Cipión ging rückwärts, bis er draußen war. Dann zog er mit gerecktem Kopf und dem Bein quer im Maul ab. Ich hörte seine Krallen auf den Dielen im Wohnzimmer, dann trabte er in die Küche, dann in mein Schlafzimmer, dann zurück ins Wohnzimmer, wo er in der Ecke neben dem Fernseher seinen Fressplatz für Leckereien außer der Reihe hatte.

Ich war noch nicht wirklich weitergekommen mit dem Abhäuten, da klingelte mein Telefon. Das Waschbecken war voller Innereien, also lief ich in die Küche, um mir die Hände zu waschen, bevor ich das Telefon aus meiner Gesäßtasche zog.

Gleich noch schnell Wasser in die geschwärzte Pfanne laufen lassen.

Richard schnurrte ungeduldig auf dem Display.

»Hallo«, meldete ich mich. »Hast du meine SMS bekommen? Es ist Kevin Eder. Die Spanferkelstelze hat mich drauf gebracht. Er kommt aus Bregenz. Sein Onkel hatte eine Schlachterei, die er wegen der EU oder irgendwas anderem aufgeben musste. Florin beschreibt ihn in ihrem Blog. Ich hätte viel eher darauf kommen müssen. Er ist nicht abgehauen, weil er Angst vorm Jugendamt hatte, das konnte er ja auch gar nicht wissen, sondern weil er dachte, ich wäre hinter ihm her. Fragt sich nur, was er Denise erklärt hat. Aber wenn er nachts mal weg ist, dann denkt sie, er ist bei einer Befreiungsaktion ...«

»Langsam, Lisa.«

»Diesmal irre ich mich nicht. Er hat versucht, mich im Polizeipferdestall ...«

»Beruhige dich! Es läuft alles. Eben hat Weininger angerufen. Sie haben in den Räumen der beiden Flüchtigen in der VegaKoS ein Folienschweißgerät und Etikettenrohlinge gefunden. Es war zwar nicht leicht, den Richter zu überzeugen, dass er aufgrund eines so vagen Verdachts einen Durchsuchungsbeschluss ausstellt, aber auch Richter sind nur Menschen, und der Gedanke, dass der Kannibale von Stuttgart frei herumläuft, ist auch dem größten Pedanten unheimlich.«

Vermutlich war der Richter ein Tennispartner von Richard. Ich trat ans Küchenfenster. Dämmerung war in den Schaft zwischen Staatsanwaltschaft und meiner Wohnung gefallen, hatte aber die erleuchtete Haltestelle Stöckach ausgelassen. Eben fuhr die Stadtbahn ein und brachte noch mehr Licht. Drüben im Bunker der Staatsanwaltschaft leuchteten nicht mehr viele Fenster. Das von Richard war dunkel. Ja, wo steckte er denn?

»Also habt ihr den Beweis«, sagte ich.

»Vorausgesetzt, die KT kann an dem Gerät entsprechende

Blutspuren nachweisen. Insoweit hätten wir ein starkes Indiz für Eders Täterschaft.«

Vermutlich befand er sich im LKA oder im Präsidium. »Ihr müsst unbedingt überprüfen, ob es Kevins Onkel war, dem die Schlachterei in Remshalden gehört hat.«

»Auch das ist bestätigt.«

»Wow!« Tja, wenn man erst mal wusste, wo das richtige Ende war, dann dröselte sich alles auf. Es fühlte sich eigenartig unwirklich an. »Jetzt müsst ihr ihn nur noch kriegen.«

Meine Türglocke schellte. Es klang nach Oma Scheible. Wahrscheinlich wollte sie mir mit tratschsüchtigem Blick ein Päckchen Veganerklamotten bringen, das sie tagsüber dem Paketboten abgenommen hatte. Die brauchte ich nun nicht mehr. Aber Sally vielleicht.

»Das ist nur eine Frage der Zeit«, sagte Richard im Telefon. »Er ist mit seinem eigenen Auto aufgebrochen. Der kommt nicht weit.«

Ich ging an Cipión, der neben dem Fernseher das Kitzbein zwischen den Pfoten hielt und runterknabberte, vorbei zur Tür und öffnete.

»Oh! Hallo, Kevin!«

Er schlug mir das Handy aus der Hand. Es krachte gegen die Wand und zerschellte. Cipión schoss mit einem Knurren aus der Fernsehecke und verbiss sich in den Jeans. Offenbar hatte er dabei auch ein Stück Fleisch erwischt, denn Kevin konnte einen Schmerzenslaut nicht unterdrücken. Er bückte sich. Ich erkannte schneller, als mein Bewusstsein die Bezeichnung dafür fand, den Elektroschocker in seiner Hand.

Cipión fiel, ohne einen Mucks von sich zu geben, auf die Seite und blieb reglos liegen.

Kevin schloss die Tür. Der Geruch nach nasser Jacke breitete sich in meinem Salon aus.

»He!«, rief ich. »Was soll das?«

Nicht sonderlich intelligent, aber Eitelkeit war gerade Nebensache. Da stand der große Blonde, gar nicht mehr sanft, sondern mit breiter Brust und ausgestrecktem Elektroschocker. Cipións Angriff hatte mir immerhin Raum gegeben, mich hinter meinen Kneipentisch zurückzuziehen.

»Du hast meinen Hund umgebracht. Tut man das als Veganer?«

Kevin schaute nur kurz auf den reglosen Leib. Seine Augen suchten etwas anderes. Er fand meinen Hausschlüssel am Haken neben der Tür, nahm ihn und streckte die Hand mit dem Elektroschocker in meine Richtung, bevor er sich halb zur Tür umdrehte, sie von innen abschloss und den Schlüssel in seine Jackentasche steckte. »Schön hast du es hier.«

Noch hatte er mich nicht unter Kontrolle. Ich memorierte meine Judotechniken. Er wollte mich töten, daran gab es keinen Zweifel. Aber zur Panik war noch kein Grund. Hätte sich Richard drüben in der Staatsanwaltschaft befunden, wäre er in drei Minuten hier gewesen. Er hatte ja gehört, wie ich Kevin begrüßte. Wie lange würde die Polizei brauchen? Wenn ich zehn Minuten durchhielt … Zehn Minuten waren lang, aber keine unmögliche Aufgabe. Er musste ja erst einmal mit seinem Schocker an mich herankommen.

Kevin nahm sich Zeit. Er guckte in die Küche und ging weiter in mein Schlafzimmer. Schließlich blickte er ins Badezimmer, sah das halb geschälte Kitz in der Dusche hängen und lachte auf. »Was soll das denn werden, wenn es fertig ist?«

»Du kannst das besser, ich weiß.«

Er stellte sich frontal zu mir und musterte mich. Gedanken zuckten durch seine Mimik. Sie weiß es also, dachte er. Er nickte unwillkürlich. Sein Griff um den Elektroschocker wurde fester. Er erwog einen schnellen Angriff und verwarf ihn, denn er sah, dass ich damit rechnete. Die Überraschung, die ihm bei den anderen geholfen haben mochte, war misslungen. Wir würden knurrend umeinander herumstaksen wie zwei Rüden vor dem Gartentor einer läufigen Hündin. Vielleicht dachte er, er hätte Zeit.

Ich überlegte, ob ich anfangen sollte mit dem Reden. Frauen leisteten die soziale Arbeit, kümmerten sich um Kommunikation, Männer wehrten ab. Kevin war sicher gut im Fragen-Abwehren. Lieber nichts sagen, damit man sich nicht verriet. Andererseits hatte er sich durch seine Tat verraten. Und er wollte sich erklären, sich rechtfertigen. Er sehnte sich nach jemandem, der ihn verstand.

Ich wartete. Die Zeit spielte für mich.

Er spürte das. Ich war ihm zu ruhig. Ich fürchtete mich zu wenig. Das irritierte ihn. »Wo ist die Taschenlampe?«

»Welche Taschenlampe?«

»Stell dich nicht blöd. Die aus dem Polizeipferdestall. Oder war das nur ein Bluff, dass du sie hast.«

»Du hast sie für mich fallen lassen. Damit ich reingehe in die Box und du in der anderen Feuer legen kannst.«

»Gib sie mir!«

»Sie ist bei der Polizei.« Gelogen, noch lag sie in meiner Unterwäsche.

Er trat von einem Bein aufs andere.

»Dann wäre das ja geklärt«, sagte ich. »Und wenn es dir nichts ausmacht, wäre es mir recht, du würdest jetzt gehen. Allerdings für eine Taschenlampe meinen Hund töten, das finde ich …«

»Er hat mich gebissen.« Kevin fuhr sich mit der Hand das Bein hinab zur Wunde. Seine Körperspannung ließ nach. »Außerdem ist er nur betäubt.«

Ich fand, dann hätte Cipión sich wieder rühren müssen. »Solche Schocker sind darauf ausgelegt, ausgewachsene Menschen kampfunfähig zu machen.«

»Gewisse Opfer müssen eben sein«, erklärte Kevin.

»Rehe, Wildsauen, Hunde … Du hast sie zerlegt.«

»Ich musste üben.«

»Florin, war die auch zur Übung?«

Das Gesicht des athletischen blonden Buben zeigte kurz Überraschung. »Sie hat es so gewollt«, verkündete er finster.

»Echt jetzt? Warum?«

»Die Menschen begreifen nur, wenn sie es am eigenen Leib spüren, hat sie gesagt. Sie müssen das Menschenschlachthaus sehen, damit sie verstehen, was ihre Schlachthäuser für die Tiere bedeuten. Es war Florins Idee. Sie hat sich das alles ausgedacht. Die Menschen werden erst aufwachen, wenn sie ihr eigenes Fleisch im Supermarkt kaufen können. Argumente fruchten nicht, der Mensch tut zwar so, als wäre er vernünftig, aber in Wahrheit handelt er irrational. Das Leid der Tiere blendet er aus, wenn er sich ein Schnitzel brät. Wenn er aber auf einmal im Radio hört, es ist ein Stück Mensch, das in der Pfanne brutzelt, dann wacht er auf. Voller Ekel und Abscheu vor sich selbst und seiner eigenen kannibalischen Brutalität. Nur durch einen Schock kann man den Menschen heute noch erreichen.«

»Aber Florin wollte doch wohl nicht selber in die Pfanne.«

Kevin überlegte einen Moment. »Sie wollte ein Zeichen setzen. Immer wieder hat sie davon geredet. Wir entführen einen Fernsehkoch, wir nehmen Hinni Rappküfer, er ist ein Verräter, er geißelt uns öffentlich, er stellt uns als Idioten hin. Du kannst das doch, hat sie zu mir gesagt. Du hast das von deinem Onkel gelernt.«

Ich überlegte, ob ich das glauben sollte.

»Aber«, fuhr er mit nicht mehr sanfter Stimme fort, »ich war natürlich aus der Übung. Ich habe die Vertriebswege nicht gekannt. So etwas muss man gut organisieren. Es muss alles klappen, es muss alles an einem Tag fertig werden. Das Fleisch muss in den Handel gelangen, sonst ist alles vergebens. Es musste alles glattgehen.«

»Es ist nicht glattgegangen, Kevin.«

»Alle Welt redet über Menschenfleisch. Es hat funktioniert.«

»Alle Welt redet über den Kannibalen von Stuttgart, Kevin. Über einen perversen Mörder. Und wenn du so weiterredest, dann kannst du dir auch noch zugute halten, dass du die Veganerszene in Verruf gebracht hast.«

»Wenn sie jemand in Verruf bringt, dann du, Journalisten wie du, die überall den Skandal suchen. Ich habe getan, was getan werden musste.«

»Ach, hör doch auf. Ich glaube dir kein Wort. Du hast Florin umgebracht, weil sie dir auf der Spur war, deiner geheimen Leidenschaft fürs Töten großer Säugetiere. Sie hat es sogar erwähnt in ihrem Blog.«

Ich erinnerte mich nicht mehr genau, aber an irgendeiner Stelle war von einem Serienkiller die Rede gewesen. »Ihr habt für alles Begründungen, hat sie geschrieben. Damit verdeckt ihr nur eure Lust am Töten. Und du arme Sau hast gedacht, sie meint dich damit.«

Kevin wurde rot wie ein Teenager. »Sie hat es plötzlich mit der Angst bekommen. Sie wollte aussteigen. Erst macht sie mich heiß mit dem Projekt Menschenschlachthaus, und dann … pah! Alles nur Phantasie, dichterische Freiheit. Ich bin aber kein Dichter. Wir haben genug geredet all die Jahre. Es musste ein Zeichen gesetzt werden gegen das System.«

Im Augenwinkel sah ich im dunklen Küchenfenster den Widerschein eines pulsierenden Blaulichts. Nur nicht hingucken!

»Jemand musste es tun, damit die Allesfresser aufwachen.«

»Begründen kann man alles, Kevin«, sagte ich. »Aber nichts ist gut genug, um einen Mord zu begründen.«

»Ach ja? Tagtäglich höre ich Begründungen für den Massenmord an Tieren. Wir brauchen Eiweiß, der Mensch ist ein Allesfresser, Kinder brauchen Milch.«

»Was sagt denn Denise zu deinem Hobby?«

»Lass Denise aus dem Spiel. Sie hat damit nichts zu tun.«

»Natürlich hat sie was damit zu tun, Kevin. Ihre Tochter hat einen Killer zum Vater.«

»Eli stirbt. Sie wird es nie erfahren.«

»Aber Denise wird es erfahren. Falls sie es nicht längst weiß. Man wird sie in die Mangel nehmen.«

»Niemand wird sie finden. Ich habe sie in Sicherheit gebracht.«

Mir wurde flau. »Was hast du mit ihr gemacht?«

Er lächelte. »Das wirst du nie erfahren.«

Worauf wartete die Polizei da unten eigentlich so lange? »Sie wird dich hassen, Kevin. Du hast sie betrogen. Du hast nie aufgehört, Tiere zu töten.«

»Für mich ist kein Tier gestorben! Ein Reh lag schwer verletzt am Straßenrand. Ich habe es erlöst.«

»Und der Hund?«

»Von irgendeinem Hundehasser mit einem Köder vergiftet. Er hat kaum noch geatmet. Er wäre nicht zu retten gewesen. Und ein Schwein, das habe ich aus einem Stall geholt, die anderen Schweine hatten es totgebissen. Erstaunlich, wie viele Tiere halbtot oder tot herumliegen, wenn man genau hinschaut. Abfall, den wir hinterlassen.«

Und dann hatte ich meine Augen doch nicht mehr im Zaum. Kevin fuhr herum und blickte in die dunkle Küche. Die Reflexe des Blaulichts waren unübersehbar.

»Tja, viel Zeit hast du nicht mehr«, sagte ich. »Die Polizei ist da.«

Sich zurückdrehen und den Tisch gegen mich stoßen war eins. Ein Tischbein traf den reglosen Körper von Cipión. Er rutschte gegen den Fernsehtisch. Ich wich in dieselbe Richtung aus. Kevin sprang auf mich zu, dem ausgestreckten Schocker hinterher. Er knatterte und blitzte.

Ich bekam Kevins Handgelenk zu fassen, drehte mich mit dem Hintern zu ihm und katapultierte ihn über meine Schulter. Mit den Kunstlederstiefeln zuerst hagelte er in mein Soundsystem und donnerte auf die Dielen.

Aber er war sportlich und vollgepumpt mit Adrenalin und rappelte sich wieder auf.

In diesem Moment klingelte es an meiner Tür.

Kevin kam hoch und baute sich zwischen mir und der Tür auf.

Es klingelte noch mal.

Ich vermisste das Klopfen und den Ruf »Polizei, bitte machen Sie auf«, oder was die zu sagen pflegten. Offenbar klingelten sie unten an der Haustür wie normale Staubsaugervertreter. Womöglich zogen sie wieder ab, wenn niemand öffnete.

Ich setzte mich in die Küche ab. Das Nächstbeste von Gewicht, das mir in die Hände fiel, war die Pfanne. Manchmal konnte Kochen echt lebensrettend sein. Die Pfanne durchschlug die Scheiben des Doppelfensters, Wasser und aufgeweichte Tofuklumpen flogen, Scherben glitzerten wie ein Feuerwerk nach allen Seiten. Es prasselte noch, da hörte ich aus dem Schacht der Neckarstraße einen Schrei, dann einen Knall. Und Stille.

Hoffentlich hatte die Pfanne keinen Passanten erschlagen. Das hätte ich mir vielleicht vorher überlegen müssen. Aber die Polizei wusste nun, dass hier etwas vor sich ging, das man nicht so lassen konnte.

Kevin checkte natürlich sofort, dass er mich in der Falle hatte. Er füllte die Küchentür aus.

Wie lange konnte ich ihn noch auf Distanz halten? Falls Richard die Polizei alarmiert hatte, dann wussten die Beamten, dass mich der Kannibale von Stuttgart in seiner Gewalt hatte. Das bedeutete allerdings nur, dass jetzt einer mit dem Revier telefonierte. Nur in Fernsehkrimis stürmten Kommissar und Kommissarin mit oder ohne Begleitung eines Uniformierten mit gezogener Waffe eine Wohnung, nachdem er die Tür mit der Schulter oder einem Tritt aufgebrochen hatte. In Wirklichkeit dachten Polizeibeamte zuerst an Eigensicherung und riefen das SEK. Das aber war in Göppingen stationiert und nicht wirklich für Einsätze von jetzt auf nachher zuständig. Das MEK, das mobile Einsatzkommando, befand sich zwar beim LKA, verfolgte aber eher den im Auto flüchtigen Täter und war nicht auf das Eindringen in enge Wohnungen spezialisiert.

Aber das wusste Kevin vermutlich nicht.

»Mach schnell«, sagte ich. »Die Polizei ist gleich da. Beeil dich! Los! Auf geht's! Sonst wird das nichts mehr.« Kevin war genau der Mann, der sich nichts befehlen ließ. Ein Eigenbrötler und Geheimniskrämer, der seine Aktionen still und gründlich planen musste. Deshalb war ihm auch der Brandanschlag auf mich bei den Polizeipferden misslungen. Er hatte ja nicht gewusst, dass ich dabei sein würde. Aber er hatte mein Facebook-Gesicht erkannt, bevor ich die Maske überzog und einstieg.

Martinshörner näherten sich und hielten hinter mir unter dem Fenster. Kalte Luft strich mir über den Rücken.

»Aber zum Zerlegen kommst du nicht mehr«, sagte ich. »Das ist dann natürlich nur der halbe Spaß.«

»Halt die Klappe! Glaubst du wirklich, das macht mir Spaß?«

»Es ist das Einzige, was dir jemals Spaß gemacht hat. Du bist ein Duckmäuser. Um Denise nicht zu verlieren, hast du dich auf vegan getrimmt. Wahrscheinlich hat sie es nicht mal von dir verlangt. Du dachtest nur, du müsstest es tun. Dabei verzehrst du dich nach einem Steak. Du träumst davon, wie andere Väter gesunder kleiner Racker am Samstag die Wurst überm Feuer auf dem Grill zu drehen. Du …«

Mein Festnetztelefon schrillte.

Mein Gott, machten die jetzt auf Geiselnahme und wollten erst einmal Verhandlungen starten? »Das ist bestimmt meine Mutter«, verkündete ich.

Kevins Ohr zuckte samt Kopf seitwärts. Jetzt!

Mein Bewusstsein setzte aus. Mein Körper griff an, mein Fuß traf Kevin am unteren Ende des Brustbeins. Er japste und fiel in sich zusammen. Im nächsten Moment hatte ich den Elektroschocker in der Hand.

Zum Glück hatte ich keine Ahnung, wie er funktionierte, und nicht den Nerv, es herauszufinden, sonst wäre Kevin vermutlich nicht mehr am Leben.

So eine Solarplexusohnmacht konnte eine Weile dauern. Ich fand schneller als befürchtet meinen Wohnungsschlüssel in seiner Jackentasche und ging durch den Salon zur Haustür.

Cipión richtete sich auf die kurzen Vorderbeine auf, schaute sich bedröppelt um und schüttelte, wenn auch noch etwas zaghaft, die Ohren um den Kopf. Göttin sei Dank!

Aber erst die Tür. Meine Hand zitterte so, dass ich den Schlüssel kaum ins Schloss brachte. Ich hörte etwas auf der anderen Seite.

»Moment«, sagte ich und drehte den Schlüssel um.

Es tat einen Schlag, und ich sah Sterne.

18

Es sieht nicht cool aus, wenn die Braut mit weißem Verband überm Nasenbein erscheint und als Erklärung angibt: »Mein Zukünftiger hat eine Tür zu heftig geöffnet.«

Natürlich hatte er mir nur das Leben retten wollen. Als er mich in seinem Telefon den Namen Kevin sagen hörte, rief er den Notruf an, raste vom Präsidium auf dem Pragsattel in die Stadt und machte vor meiner Haustür die Jungs von der Trachtengruppe wild: »Das ist ein Killer. Der sucht seine letzte Tat. Eine Psyche wie ein Amokläufer. Der verhandelt nicht. Wir müssen stürmen!« Die Polizisten als Hilfsbeamte der Staatsanwaltschaft hatten Mühe, den Mann zurückzuhalten. Auf Betreiben Richards beschloss man, den Täter mit einem Anruf abzulenken. Er besaß ja einen Schlüssel, bekam ihn dann aber nicht hinein, weil ich gerade von der anderen Seite schlüsselte. So hatte er sich, angestachelt von Angst und Zorn, auf die rohe Gewalt des Kraftsportlers besonnen.

»Kevin Eder hat angesichts der erdrückenden Beweislage im Beisein eines Psychologen und seines Anwalts gestern Nacht ein umfassendes Geständnis abgelegt«, raunte er mir statt einer Begrüßung zu, als ich die letzte Stufe zum Vorsaal des Trauungszimmers genommen hatte. »Meisner wird ihn wegen zweifachen Mordes anklagen. Ich hoffe nur, er verkündet vor Gericht nicht noch mal seine wirren Theorien über vegane Fanale.«

»Wie du wieder aussiehst, Kind!« Im steifen Witwenkleid materialisierte sich – jawohl – wenige Minuten später meine Mutter. Wozu hatte man eigentlich das öffentliche Aufgebot abgeschafft? Wer hatte da wieder geplaudert? Natürlich Richard. Er log nicht gern. »Hättest du dich nicht ein bisschen netter anziehen können, Kind? Wenigstens ein Kleid! Weiß wäre natürlich nicht gegangen, ihr lebt ja in wilder Ehe, aber …«

Richard unterdrückte ein Grinsen und umarmte den schwarzen Prügel, der sich meine Mutter nannte. Wahrscheinlich hätte er sowieso gern ein stolzes Fest mit Kolleg*innen, Sekt an Stehtischen, Babyfotos, Holzsägen und Walzer auf Schloss Solitüde oder Monrepos gefeiert. Wenn nur die Braut nicht mit gepflasterter Nase aufgelaufen wäre.

Der Standesbeamtin, einer rundlichen Person in weißer Bluse, blauem Blazer und dunklen Hosen, entgleisten kurz die Gesichtszüge, als sie von Richard und mir die Ausweise einkassierte. Mein Outfit war eigentlich als Blickableiter gedacht: schwarze Jeans mit Rissen und Punkketten, neue Bikerstiefel mit kantiger Kuppe, weißes Shirt mit Love-Herz, dazu die alte Lederjacke. Sally hatte mir noch eine blaue Schleife in die Schnalle am Hals gepfriemelt und mir ihre Uhr ans Handgelenk geschnallt: »Was Neues, was Altes, was Blaues, was Geliehenes. Und was war das Fünfte gleich noch mal?«

»A lucky sixpence in your shoe«, sagte Richard.

Ja, auch Sally war plötzlich aufgetaucht. »Du bist mir ja eine, Lisa. Wenn mir Oma Scheible nicht was gesteckt hätte …« Und woher wusste die es? Vom CIA? »Ich musste nur noch schnell Ghost unterbringen. Dein Cipión sitzt übrigens ganz brav unten. Bewundernswert! Meiner würde alles zusammenbellen. Schick siehst du aus, meine Liebe. Und du erst, Richard.«

Dabei sah auch er aus wie immer in seinem cognacfarbenen Dreiteiler mit passender Krawatte, Einstecktuch und passenden Schuhen. Eigentlich hatten wir uns doch nur zu einer Vertragsunterzeichnung verabredet.

»Und Sie sind die Zeuginnen?«, fragte die Standesbeamtin. Die goldenen Knöpfe an ihrem Blazer waren mit Ankern verziert.

»Ich bin die Mutter!«, erwiderte meine Mutter entrüstet.

»Und ich bin nur so hier«, erklärte Sally. »Als Brautvaterersatz.«

Die Standesbeamtin bewahrte Haltung. Ob wir etwas dagegen hätten, fragte sie, wenn die Praktikantin zuschaue. Es handelte sich um eine lächelnde sehr junge Frau in einem nicht kleidsamen blauen Hosenanzug.

Da summte Richards Handy. Er zog es aus dem Jackett, nahm das Gespräch an und ging beiseite.

»Wenn Sie dann bitte die Handys ausstellen«, sagte die Standesbeamtin. »Und ich bitte Sie, während der Ansprache nicht zu fotografieren.«

»Sehr gut«, hörten wir Richard sagen. »Aber jetzt habe ich gerade ... ja, ich melde mich nachher noch mal.« In seinen asymmetrischen Augen schimmerte grüblerische Zufriedenheit. »So, und worauf warten wir noch?«

Die Standesbeamtin öffnete den Saal. Wir passierten Dutzende Reihen leerer Stühle zu den Klängen des Hochzeitsmarschs. Wer hatte den eigentlich bestellt?

»Das war eben das Jugendamt«, raunte mir Richard ins Ohr. »Denise hat vor zwei Tagen ihre Tochter in ein Klinikum in Villingen-Schwenningen gebracht.«

»Und?«

»Die Prognose ist recht gut. Hier lang, Lisa!« Mit beherztem Griff machte er meinen Impuls zunichte, mich in die dritte Reihe zu setzen. Sally und meine Mutter blieben hinter uns zurück. Und so nahm das Unheil seinen Lauf.

Die Beamtin machte den CD-Player aus, stellte sich im Kapitänsjackett hinter den Altar, nein, Tisch, schlug eine Bibel, nein, ein Scheinbuch aus künstlichem Leder auf, suchte fensterwärts einen Funken Sonnenschein, holte Luft und sagte: »Die Sonne scheint heute, aber in Ihrer Ehe wird es nicht nur strahlende Tage, sondern auch Regentage geben ...«

Auf nichts ist man im Leben so wenig vorbereitet wie auf eine amtliche Trauungsansprache.

»Dann machen wir das doch ganz einfach so«, hatte Richard vorgestern Abend erklärt, als er in Hemdsärmeln mit einem Kaffeebecher in der Hand von meiner Küche zu seiner Staatsanwaltschaft hinüberblickte. »Unter der Woche übernachte ich hier. Am Wochenende kommst du zu mir. Wenn es passt.«

»Okaaaay. Aber … dann ändert sich doch gar nichts.«

Er hatte sich umgedreht und mich über den Kaffeebecher hinweg gemustert. »Was soll sich denn ändern?«

»Darüber habe ich noch gar nicht nachgedacht.« Unentwegt hatte ich darüber nicht nachgedacht.

Er lachte. »Lisa, entspann dich. Bei anderen Paaren lebt der eine in Berlin und der andere in Stuttgart. Wir wohnen immerhin in derselben Stadt.«

Hätte er mir nicht anbieten müssen, dass ich bei ihm einzog? Wenigstens pro forma, damit ich zickig werden konnte? Wieso ziehst du nicht zu mir? Er kniff, der Feigling. Ja, jetzt war ich irrational und ungerecht. Die Vorboten der Ehe. Eine Veränderung des Seins erzeugte eine Veränderung des Bewusstseins. Wer kein Fleisch isst, denkt wie Feldsalat, regional, grün und essigsauer. Und Ehefrauen fühlen sich ungeliebt, vernachlässigt und betrogen. Ist so.

»Nun beginnt für Sie ein neuer Lebensabschnitt«, behauptete die Standesbeamtin. »Der gemeinsame Alltag bringt es mit sich, dass Sie Eigenschaften an Ihrem Partner entdecken, die Ihnen nicht gefallen …«

»Wir kennen uns seit fünfzehn Jahren!«, entfuhr es mir.

Die Standesbeamtin fasste das Buch fester. »Sie werden lernen, Toleranz zu üben, aber auch Toleranz einzufordern, denn die Ehe ist ein Geben und …«

»… Streiten.«

Die Beamtin ließ das Buch sinken. »Wenn Sie keine Ansprache wünschen, hätten Sie das beim Vorgespräch angeben müssen.« Ihr Blick ging zu Richard. Das fing ja gut an. War er jetzt der, der für uns gemeinsam sprach?

Richard schwieg, die Hände entspannt zwischen seinen Schenkeln gefaltet. Sein Atem ging ruhig. Er amüsierte sich. Deshalb liebte er mich. Weil ich das Chaos war. Und deshalb seufzte meine Mutter. Dabei irrten sich alle in mir. Ich hätte es auch gern flüssig und ruhig gehabt. Was konnte ich dafür, dass der ganze Konventionskram nie so recht auf mich passte?

»Also gut«, sagte die Standesbeamtin, legte das Buch nieder und nahm ein auf dem Altar, nein, Tisch liegendes Blatt hoch. »Bitte erheben Sie sich.«

Unterhalb meines Magens formierte sich ein Klumpen.

»Ich frage nun zuerst Sie, Herr Dr. Richard Weber, ist es Ihr freier Wille, mit der hier anwesenden Frau Lisa Nerz die Ehe …«

»Moment!«, sagte ich. »Wieso fragen Sie ihn zuerst, wieso nicht mich?«

»Das ist Tradition. Immerhin hätten Sie dann das letzte Wort.« Grinste sie etwa?

»Typisch! Dieses ganze Ge-Ja-Worte ist immer noch auf den Mann ausgelegt. Hat er seinen Willen erklärt, dann darf die Frau zustimmen. Aber nicht mit mir.«

Die Standesbeamtin legte das Blatt weg. »Wenn Sie nicht wollen, dann ist die Zeremonie hiermit beendet.«

»Doch, ich will.«

»So geht das nicht. Eine Trauung ist ein hoheitlicher Akt. Da stimmen Sie mir doch zu, Herr Staatsanwalt.«

Richard überlegte kurz. »Sinn und Zweck der Trauungszeremonie ist die mündliche Willenserklärung beider Seiten. Dem ist genüge getan, wenn beide Seiten laut und vernehmlich ihre Zustimmung zur Eheschließung erklärt haben. Am Ergebnis ändert sich nichts, wenn dies zuerst die Frau und hernach der Mann tut. Insoweit ist davon auszugehen, dass die Reihenfolge der Befragung unerheblich und somit zu vernachlässigen ist.« Er beugte sich etwas vor und sagte leutselig: »Mit dem gesunden Menschenverstand betrachtet, ist es doch scheißegal, nicht? Wenn nötig, könnte ich Ihnen aber auch ein paar einschlägige Urteile nennen, etwa OLG Bochum 23.5.2002, Aktenzeichen …«

Das hatte er jetzt erfunden, oder?

»Nicht nötig«, beeilte sich die Standesbeamtin zu versichern. In der Folge sah sie keine Notwendigkeit mehr für falsche Feierlichkeit. »Frau Nerz, Sie wollen den hier anwesenden Herrn Dr. Richard Weber zur Ehefr… zum Ehemann nehmen? Dann sagen Sie Ja.«

»Ja.«

»Herr Dr. Weber, dann frage ich Sie hiermit, ob Sie die anwesende Frau Lisa Nerz zur Ehefrau nehmen wollen. So antworten Sie mit …«

»Ja.«

»Hiermit erkläre ich Sie zu Mann und Frau.« Ein kurzer hoffnungsloser Blick. »Ringe haben Sie keine?«

Richard müsste seinen zu oft abnehmen für seine Kraftakte an Fitnessmaschinen oder Aufschläge beim Tennis. Und ich einen Ehering tragen?

»Sie dürfen die Braut jetzt kü…« Sie riss ihren Blick von Richard zu mir herüber. »Sie natürlich auch den Bräutigam … ich meine: küssen!«

Richard lachte laut heraus.

Es folgte der Akt des Unterschreibens. Richard schraubte noch den Füller zu, da hatte die Standesbeamtin mir schon Familienbuch und Urkunde überreicht und die Flucht angetreten. Die Praktikantin stolperte vor lauter »Lass mi' au' mit!« in die Stühle. Die Saaltür rumste ins Schloss. Richard grunzte zufrieden, zog mich an sich und küsste mich, dass mir die Luft wegblieb und die Nase schmerzvoll aufjaulte.

Vor der rot gerahmten Tür auf dem Gehweg hielt Sally schon die Tüte bereit. Richard deutete auf die Schrift im Türrahmen: *Bitte in und vor dem Haus keinen Reis o. Ä. streuen.* »Ich streue nicht«, sagte Sally und bewarf uns mit Reis.

Cipión schüttelte sich, als ich ihn vom Geländer am Grünbeet losmachte, und zerrte an der Leine. Nur fort.

»Wo habt ihr denn den Tisch bestellt?«, erkundigte sich meine Mutter.

Ich schaute mich um. »Wie wär's mit dem *Block House* da drüben?«

Sally machte große Augen. »Haben die denn ein veganes Gericht?«

Schauen konnte man ja mal.

»Wiener Rindsgulasch«, las Sally die Speisekarte an der Tür vor, »dafür holzen sie den argentinischen Urwald ab. Und Paprika-Zitronen-Hähnchen. Die kommen …«

Sag's nicht! »Schau doch: Grüne Küche!«, unterbrach ich sie und las vor. »Unsere beliebte Potato mit Sour Cream, Spinat Gratiné mit Edamer … Was für ein Deutsch!«

»Nicht vegan.«

»Ist das nicht auch etwas düster?«, befand meine Mutter.

»Und wenn wir zum *Goldenen Adler* fahren?«, schlug Richard vor. »Der hat einen Zwiebelrostbraten, der seinesgleichen …«

»Vielleicht gehe ich dann doch besser jetzt nach Hause«, sagte Sally.

So verlor man Freundinnen. »Nicht gleich die Flinte ins Korn werfen, Sally. Wir finden was.«

Um die Ecke stießen wir zwischen Call Shop und Erotikkino auf den *vegi voodoo king*. Neben der Tür hing eine beschriebene Tafel.

»Falafel mit Yoghurt. Auch noch falsch geschrieben«, stellte ich fest.

»Aber die haben eine vegane Gemüsesuppe.« Sally schaute uns einkehrbereit an.

Meine Mutter versuchte krampfhaft, das Erotikkino aus ihrem Sichtfeld zu schieben. »Habt ihr in Stuttgart nicht was Feierlicheres?«

»Okay, dann schauen wir jetzt am Hans-im-Glück-Brunnen.«

Wir betraten das Plätzchen der vor hundert Jahren neu gebauten Jugendstilaltstadt des Bankiers Eduard Pfeiffer. Ein Mittagstischparadies in der Frühlingssonne. Tische und Stühle wuchsen von den Rändern auf den Brunnen zu. Kellnerinnen eilten, Geschirr und Besteck klirrten. Auf der Brunnenschale unter einer Art großem Vogelkäfig aus Eisen stand Hans breitbeinig über einem goldenen Schwein, das Wasser spuckte.

»Wie hübsch!«, sagte meine Mutter.

»Vorbild für den Künstler war ein Bauernbursche von den Fildern, den er im Schlachthaus getroffen hatte«, erklärte Richard. »Und nun?«

Wir studierten die Speisekarten in den Kästen an den Türen und auf den Schiefertafeln. Bunter Salatteller mit hausgemachten Frühlingsrollen …

»Gensoja!«, sagte ich.

Tortellini …

»Hartweizen braucht Unmengen Herbizide, weil er so langsam wächst. Außerdem nicht regional, muss eingeführt werden.«

… mit Basilikumcremesoße im *Deli.* Das *Kottan* hatte nur eine Getränkekarte. Rinderleber mit Bratkartoffeln und Gemüseeintopf mit Wursteinlage gab es im *Almdudler*, gebackenen Schafskäse mit frischen Feigen, Kalbssteak in Rahmsoße bot der *Platzhirsch* an. »Die Milchindustrie tötet Kühe und Menschen!«

»Und seine Jünger fragten ihn«, sprach Richard: »Willst du, dass wir fasten. Und von welchen Speisen sollen wir uns fernhalten?«

Meine Mutter kramte in ihrer Bibelerinnerung.

»Heißt es im Thomas-Evangelium.«

Sie verzog den Mund. Teufelszeug.

»Was ist das denn für einer?«, wunderte sich Sally. »Ich kenne nur Markus, Lukas und Johannes und … wer war der Vierte?«

»Matthäus«, antwortete Richard. »Aber die sind vergleichsweise spät. Das Thomas-Evangelium gehört zu den ältesten überhaupt. Es war lange Zeit verschollen, man kannte es nur aus Notizen der Kirchenväter. Erst 1945 wurden die Papyri am Nil mitten in Ägypten gefunden, auf Koptisch geschrieben, nicht auf Griechisch wie die anderen, womöglich teilweise schon dreißig

Jahre nach Christi Geburt verfasst. Damit besteht eine große Chance, dass einige Sprüche wirklich O-Ton Jesus sind.«

»Und was antwortet Jesus seinen Jüngern?«, erkundigte ich mich.

»Lügt nicht! Tut nicht, was ihr hasst!«

»Ich hasse Töten und Fleischessen«, verkündete Sally.

»Und Jesus sprach: Selig ist der Löwe, den der Mensch isst, und der Löwe wird Mensch werden. Und verflucht sei der Mensch, den der Löwe frisst …«

»Sind Löwen lecker?«, fragte ich.

»Verstehe ich jetzt nicht«, sagte Sally.

»Meistens ist der Löwe eine Metapher für den König«, erklärte Richard, »hier aber ist er das Symbol für die aggressive und gewalttätige Materie, für weltliche Interessen und sexuelles Verlangen.«

»Dann möchte ich bitte Löwe sein!«

»Und der Mensch steht hier wiederum für das gute, das reflektierende Wesen. Wenn er den Löwen isst, dann unterwirft er Kraft und Wildheit der menschlichen Vernunft.«

»Also doch bloß Triebkontrolle. Öde!«

»Wenn es wenigstens funktionieren würde«, sagte Sally und blickte auf Cipión hinunter, der in den Düften der Lokale schwelgte. »Die unvernünftigen Tiere sind immerhin keine Massenmörder. Das schafft nur der Mensch.«

»Weil er sich vom Löwen fressen lässt«, sagte ich.

Richard nickte. »Der, der isst – also in sich aufnimmt –, bestimmt die Ausrichtung des Verinnerlichten. Das ist die Aussage. ›Und Jesus sprach: In den Tagen, in denen ihr aßet von dem, was tot ist, machtet ihr daraus, was lebendig ist.‹«

»Sag ich's nicht? Das tote Huhn ist froh, dass es noch eine sinnvolle Verwendung findet und gegessen wird. Und wir dominieren unser Gegacker.«

»So ist das sicher nicht gemeint«, sagte Sally streng.

Und meine Mutter stellte fest: »Das ist sowieso Irrglaube.«

»Wie ist das denn nun gemeint, Richard?«, fragte ich.

»Schwer zu sagen. Diese Sammlung von Jesusworten, Logien genannt, ist eine Art Code. Um ihn zu entschlüsseln, müssen wir unsere Denkgewohnheiten umwerfen. Wir müssten uns in die Sätze versenken, bis sich plötzlich eine Erkenntnis bildet. Genau hinhören, genau hinschauen, Herz und Verstand naiv machen, alles über Bord werfen, was wir bisher für absolut richtig hielten, alles neu denken, frei denken, gut denken. Vielleicht heißt es: Lebe in der Welt, aber lerne und verhalte dich vernünftig.«

»Also keiner Weltanschauung folgen«, stellte ich freudig fest.

»Wissen, aber nicht glauben, was andere dich glauben machen wollen. Sonst wirst du von fremden Interessen bestimmt, vom Löwen.«

Sally war nicht zufrieden. »Aber an Gott glauben soll ich. Das ist doch das Interesse von diesen alten Evangelisten.«

Richard lächelte. »Das von Johannes schon. Er sagt: Glaube an Gott, dann geht es dir gut. Der unsichtbare Gott da oben, der Mensch hier unten im Korsett von Verhaltensregeln. Ganz anders Thomas. Die Logien sagen: Gott ist überall, in allen, im Licht, im Holzscheit, den man spaltet, im Stein und in jedem Menschen. Sei Mensch und du bist Gott! Denn Gott und wir, die Menschen, sind uns halt verdammt ähnlich.«

Meine Mutter strich sich vom Schoß abwärts über den schwarzen Witwenrock und grummelte: »Das ist Gotteslästerung.«

Richard legte den Arm um ihre knochigen Schultern. »Deshalb gehören diese Sprüche auch nicht zum Kanon der Bibel. Die Kirchenväter wollten ihre Gemeinde sammeln. Ein eigenständig denkender Mensch, der Gott in sich trägt, ist nicht beherrschbar. Er lässt sich nicht mehr fressen.«

»Aber ich muss doch kein Fleisch essen, wenn ich das für falsch halte«, protestierte Sally.

»Es gibt keine Dos and Don'ts, Sally. Das heißt das. Entscheidend ist, dass man wahrhaftig und gerecht lebt, nicht gegen seine Überzeugungen handelt, nicht lügt.«

Ein Ding der Unmöglichkeit, abgehakt. Aber das musste jetzt nicht gesagt werden. Zumal wir damit in Sachen Hochzeitsessen keinen Schritt weiterkamen. Carpaccio vom Oktopus oder der erste Spargel aus Spanien (selbst wenn er mit einer Sauce hollandaise aus Seidentofu und Olivenöl gereicht worden wäre) hieß den Teufel mit dem Beelzebub austreiben.

»Oktopusse gehören zu den intelligentesten Wassertieren«, sagte Sally. »Sie können Flaschen aufschrauben. Und die töten wir für fünf Minuten Kaugenuss wie auf Fahrradschläuchen!«

»Und die Spanier treiben Schindluder mit der Natur und den Billigarbeitskräften in der Landwirtschaft. Spargel kann ich nicht verantworten.«

»Kinder!«, mahnte meine Mutter. »Müsst ihr an allem etwas aussetzen? Früher bei uns daheim hatten wir nur, was auf den Äckern wuchs und im Stall stand. Wenn es Hagel oder Maul- und Klauenseuche gab, hat man gehungert. Das war nicht besser. Heute gibt es alles, und man kann alles überall hinbringen. Niemand müsste mehr hungern.«

»Aber …«, sagten Sally und ich unisono.

Richard steckte sich eine Zigarette an. »Tja, wie ich die Lage sehe, werden wir wohl auf Nahrungspflanzen und synthetisches Eiweiß aus recycelbaren Nullenergie-Gewächshochhäusern warten müssen.«

Meine Mutter ließ den Blick mit katholischem Verzichtgesicht über die Mittagstischparty rund um den Hans-im-Glück-Brunnen schweifen. »Was ist nur aus der Welt geworden, dass wir uns so sehr vor unserem Essen fürchten müssen?«

Christine Lehmann lebt in Stuttgart und Wangen (Allgäu), war jahrzehntelang als Nachrichten- und Aktuellredakteurin beim SWR tätig, macht jetzt grüne Politik in Stuttgart und schreibt Romane, Kurzkrimis, Kriminalhörspiele (Radio Tatort) und Glossen.
http://christine-lehmann.blogspot.de/

Christine Lehmann bei Ariadne

Vergeltung am Degerloch

Lisa Nerz 1 · Ariadne Kriminalroman 1165 · ISBN 978-3-88619-895-5

Mädchen nimmt Mord auf sich. Warum? Lisa Nerz' Debüt!

Gaisburger Schlachthof

Lisa Nerz 2 · Ariadne Kriminalroman 1167 · ISBN 978-3-88619-897-9

Fitness im Schlachthof: Lisa Nerz prüft, ob Sport Mord ist. Mit Wucht.

Pferdekuss

Lisa Nerz 3 · Ariadne Kriminalroman 1171 · ISBN 978-3-86754-171-8

Vollblut-Araber sind kostbar, Dörfer verschwiegen … Lisa Nerz reitet!

Harte Schule

Lisa Nerz 4 · Ariadne Kriminalroman 1157 · ISBN 978-3-88619-887-0

Toter Lehrer, Spur führt in höchste Kreise. Zynisch, kritisch, treffsicher.

Höhlenangst

Lisa Nerz 5 · Ariadne Kriminalroman 1161 · ISBN 978-3-88619-891-7

Tief sind die Höhlen der Schwäbischen Alb: Nerz stöbert in Abgründen.

Allmachtsdackel

Lisa Nerz 6 · Ariadne Kriminalroman 1169 · ISBN 978-3-88619-899-3

Waagen, Wagnisse, wilde Kühe: »Lehmanns Schwaben-Western!« *arte.tv*

Nachtkrater

Lisa Nerz 7 · Ariadne Kriminalroman 1173 · ISBN 978-3-86754-173-2

Menschen, Mord und Mondstaub: ein total realistischer Mondkrimi.

Mit Teufelsg'walt

Lisa Nerz 8 · Ariadne Kriminalroman 1179 · ISBN 978-3-86754-179-4

Stress mit dem Jugendamt: Lisa stößt auf blinde Flecken im Sorgerecht.

Malefizkrott

Lisa Nerz 9 · Ariadne Kriminalroman 1185 · ISBN 978-3-86754-185-5

In Büchern kann mehr als eine Geschichte stecken. Dreist, belesen, wahr.

Totensteige

Lisa Nerz 10 · Ariadne Kriminalroman 1189 · ISBN 978-3-86754-189-3

Parapsychologie, Verschwörung, Metaphysik – kann Lisa Nerz
die Welt retten? Und wenn ja, vor wem?

Die Affen von Cannstatt

Ariadne Kriminalroman 1195 · ISBN 978-3-86754-195-4

Camilla Feh sitzt in U-Haft – unschuldig, wie sie beteuert.
Aber wer ist dann verantwortlich für den Mord im Affenhaus?